BU
Rizzo...

DACIA MARAINI

VOCI

BUR
Rizzoli contemporanea

Pubblicato per

da Mondadori Libri S.p.A.
Proprietà letteraria riservata
© 1994 RCS Libri e Grandi Opere S.p.A., Milano
© 2007 RCS Libri S.p.A., Milano
© 2017 Rizzoli Libri S.p.A. / BUR Rizzoli, Milano
© 2018 Mondadori Libri S.p.A., Milano

ISBN 978-88-17-06111-7

Prima edizione Rizzoli: 1994
Prima edizione BUR: 1997
Quinta edizione BUR Contemporanea: febbraio 2019

Seguici su:

www.rizzolilibri.it　　　**f**/RizzoliLibri　　　🐦@BUR_Rizzoli　　　📷@rizzolilibri

VOCI

Alice raccolse guanti e ventaglio e [...] disse: «Mio dio, quante cose strane succedono oggi, invece ieri andava tutto liscio. Che sia stata scambiata stanotte? Vediamo un po', quando mi sono alzata stamattina ero sempre la stessa? A ripensarci mi sembra di ricordare che mi sentivo un poco diversa... ma se non sono la stessa, allora mi debbo chiedere: chi sono?».

da *Alice nel Paese delle Meraviglie* di Lewis Carrol

Uno

Il taxi mi deposita davanti al cancello di via Santa Cecilia. Ma perché tanto stupore? sono di nuovo a casa, mi dico, sono tornata; ma è come se non lo riconoscessi questo cancello, questo cortile, questo palazzo dalle tante finestre aperte. Ho una spina infitta nel palato, come il presagio di una sciagura. Cosa mi aspetta in questa dolce mattina che porta con sé gli odori conosciuti del ritorno? cos'è che preme sui miei pensieri come se volesse distorcerli e cancellarli?

Cerco con gli occhi la portiera, Stefana, che a quest'ora di solito sta smistando la posta nella guardiola, ma non vedo né lei né il suo allampanato marito, Giovanni. Attraverso il cortile tirandomi dietro la valigia a rotelle che, sulla ghiaia, non ne vuole sapere di camminare. Mi fermo un momento in mezzo al pietrisco per dare uno sguardo intorno: gli oleandri e i gerani rosa sono sempre lì nelle aiole, anche se coperti da un velo di polvere estiva, la fontanella dalla pietra muschiata gocciola, al suo solito, con un rumore di rubinetto rotto; i due grandi tigli sono carichi di fiori e sembrano i soli a non languire per il caldo, i soli estranei a quell'aria cupa che oggi grava sulla mia casa. Se ne stanno lì, nel leggero vento estivo, a scuotere i loro mazzetti di fiori pelosi e profumati.

Le finestre che danno sul cortile, così spesso occhiute, oggi sembrano tutte cieche, anche le scale sono deserte e stranamente silenziose. L'ascensore mi deposita con un soffio stanco all'ultimo piano, il mio.

Mentre cerco nella borsa le chiavi di casa, vengo raggiunta da un penetrante odore di disinfettante da ospedale. Mi volto e vedo la porta della vicina di pianerottolo socchiusa. Faccio due passi, la spingo con le dita e la vedo scivolare su se stessa, docile e leggera, rivelando un corridoio inondato dal sole, la frangia di un tappeto arrotolato e un paio di scarpe da tennis azzurre, bene appaiate proprio accanto alla porta.

Il mio sguardo si sofferma di nuovo, incuriosito, su quelle scarpe celesti che, così pulite, illuminate dal sole, suggeriscono l'idea di passeggiate felici, salti in punta di piedi, corse sui campi da tennis dietro una palla che vola. Ma perché giacciono lì, immobili, integre e slacciate di fronte alla porta aperta? Sono troppo bene appaiate per fare pensare che qualcuno se le sia tolte rientrando a casa, con un gesto di impazienza; c'è qualcosa di composto e definitivo in quel loro stare esposte agli sguardi dei curiosi, con i lacci arrotolati sulle tomaie.

Dal fondo dell'appartamento sento arrivare delle voci e, subito dopo, mi vedo davanti la faccia di Stefana dai grandi occhi dolenti.

«Non l'ha saputo?»

«Che cosa?»

«È morta cinque giorni fa, l'hanno uccisa.»

«Uccisa?»

«Venti coltellate, una furia... e non l'hanno ancora preso, poveri noi.»

Una voce da cospiratrice; le iridi che slittano verso l'alto mostrando il bianco della cornea. Mi ricorda un quadro di Delacroix: una espressione di allarme, come di chi abbia veduto con gli occhi della mente la catastrofe incombente e non trovi le parole per raccontarla. Un pallore da sottoscala, che "si nutre di vite altrui", come dice Marco; eppure Stefana Mario è una donna intelligente e consapevole. Le guardo le mani che sono grandi e capaci, mi chiedo se sia stata lei, con quelle mani, a rivestire la morta.

«Ma perché l'hanno ammazzata?»

«Non si sa, non sembra che abbiano rubato niente... un finimondo, doveva vedere, è arrivata la polizia, è arrivato il giudice istruttore, sono arrivati quelli della scientifica, i giornalisti, i fotografi, e tutti con le scarpe sporche che andavano su e giù per le scale... Il funerale è stato l'altro ieri... Ora abbiamo pulito tutto, ma ci sono ancora dei poliziotti di là che prendono misure... dice che oggi mettono i sigilli.»

Mi accorgo che sto stringendo la chiave di casa fra le mani con una tale forza che mi dolgono le giunture.

«Vuole entrare, Stefana, le faccio un caffè?»

«No, devo tornare giù, non c'è nessuno in portineria.»

La sento scendere i gradini, rapida, con le scarpe di pezza che emettono appena un leggero tonfo smorzato. Apro la porta di casa, trascino dentro la valigia; annuso l'aria che sa di chiuso, spalanco le imposte, mi chino sulle piante che se ne stanno reclinate, pallide e impolverate. Eppure l'acqua non è loro mancata, Stefana le ha innaffiate tutti i giorni come era nei patti; ma quello stare al chiuso, nel silenzio di una casa vuota, le avvilisce; non amano stare sole, le mie piante e me lo dicono con voci chiocce in un sussurro dietro le spalle.

Mi seggo alla scrivania davanti ad un mucchietto di lettere arrivate durante la mia assenza. Ne apro una, ma mi accorgo che leggo senza leggere: torno sulla prima frase due, tre volte, poi smetto. Il mio pensiero, come un asino giallo visto una volta in un quadro di Chagall, tende misteriosamente a volare fuori della cornice. Mi chiedo cosa so della mia vicina ammazzata a coltellate: niente; una donna è stata uccisa dietro la porta accanto e io non so neanche come si chiamasse.

La incontravo qualche volta in ascensore, la guardavo di sottecchi come si guarda una persona che ti sta di fronte in treno o in autobus, con un senso di colpa per la curiosità maleducata che ti anima. Perché, poi, sarà maleducato occuparsi del proprio dirimpettaio?

Era alta ed elegante, la mia vicina, portava i capelli castani chiari tagliati a caschetto. Il naso piccolo, delicato, il labbro superiore particolarmente pronunciato, che quando si arricciava in un sorriso rivelava dei denti piccoli e infantili, un poco sporgenti. Un sorriso da coniglio, avevo pensato vedendola la prima volta, timido e timoroso come di chi è abituato a rosicchiare pensieri segreti. Gli occhi grandi, grigi, la fronte spaziosa, la pelle delicata, bianca, cosparsa di efelidi. La voce, quelle rare volte che l'ho sentita, mi è sembrata velata, come di chi tema di esporsi e infastidire, una voce piegata su se stessa, resa opaca dalla ritrosia, con dei guizzi inaspettati di ardimento e di allegria.

Abitava da sola, come me, e su di noi vegliavano la portiera Stefana e il suo evanescente marito Giovanni Mario, che si comportano come due vecchi genitori indulgenti, mentre in realtà sono più o meno nostri coetanei.

Ma perché la vicina tornava così tardi la notte? a volte, nel dormiveglia, sentivo la sua porta che si chiudeva con un tonfo, e la chiave che girava nella toppa con insistenza, trac, trac, trac. Anche le persiane venivano sprangate con energia, le sentivo sbatacchiare bruscamente sia di sera che di giorno.

Perché la mattina usciva silenziosa, stanca e intontita e perché ogni tanto partiva con aria furtiva portandosi dietro solo una borsa gialla tipo zaino?

Eppure tutte e due eravamo "da proteggere" secondo la mentalità del palazzo, perché vivevamo sole, perché facevamo lavori faticosi che ci tenevano spesso fuori casa, io con la mia radio e lei... ma qui mi fermo perché non so altro.

Riprendo in mano la lettera e ricomincio a leggere: è il conto del commercialista. Ne apro un'altra: è la rata del computer da pagare. Poi c'è la bolletta della luce, scaduta, e quella del telefono a cui mancano pochi giorni per la scadenza. Ultima, una lettera "della felicità": "copiate questa missiva e speditela a dieci amici. Se lo farete, avrete conquistato la felicità per l'avvenire, se non lo farete, andrete incontro a sette anni di guai". Proprio come quando si rompe uno specchio. La getto nel cestino.

Lo sguardo mi va al segnalatore della segreteria telefonica: l'occhio rosso lampeggia imperioso. Premo il bottone e faccio scorrere il nastro: "Ciao Michela, sono Tirinnanzi, ancora non sei tornata dal tuo corso di aggiornamento? appena rientri, chiama, ciao".

Uno scatto, un fruscio, la voce metallica che scandisce: "Thursday, June twenty-three, twelve twenty p.m.". E poi una voce femminile che non conosco "Cara Michela Canova, io sono..." ma la comunicazione viene interrotta con un clic misterioso. Mi ricorda la voce della vicina, ma perché avrebbe dovuto telefonarmi?

Un altro scatto, la voce metallica che sillaba "Friday, June twenty-four, eight thirthy:" "mi scusi se... vorrei parlare con lei di"... Ma ancora una volta la frase è troncata da una mano impaziente. Sembra proprio la voce della vicina. Ma quando è morta? cinque giorni fa, ha detto Stefana. Ma cinque giorni fa era, per l'appunto, il 24 giugno.

Vado avanti ad ascoltare i messaggi, ma non trovo più quella voce titubante, interrotta bruscamente. Devo chiedere con precisione il giorno e l'ora della sua morte, mi dico. Estraggo il nastro dalla macchina e lo caccio dentro una busta.

Due

Fa caldo; la giacca mi pesa sulle spalle, l'acqua scorre stenta dal rubinetto. Do uno sguardo alla valigia che giace per terra e chiede di essere aperta e sgombrata; il bicchiere in cui ho appena bevuto dell'acqua vuole essere lavato e riposto fra gli altri oggetti sulla mensola sopra l'acquaio: gli oggetti stamattina parlano, parlano e sembrano tutti spinti da una urgenza gregaria.

Anche il sapone sembra avere una voce, rauca e soffiata, come di uno che è stato operato alla gola. Quanto chiacchierano gli oggetti! Da bambina leggevo e rileggevo una favola di Andersen che racconta come di notte i giocattoli di una casa si mettano a parlare fra di loro. L'avevo sempre intuito che i giocattoli sono dotati di pensiero. Quando poi ho letto che le uova svengono se avvicinate da una mano sbrigativa, che gli alberi soffrono di solitudine e che le pareti di notte "parlano", mi sono detta che lo sapevo. Che sia un poco animista?

Ma che faccio, a piedi nudi, di fronte alla porta d'ingresso chiusa? L'occhio si avvicina allo spioncino; lo sguardo perlustra il pianerottolo vuoto. Ora so cosa cerco: quelle scarpe da tennis, leggere, di tela azzurra, così meticolosamente appaiate sul pavimento nudo. Anche loro dicono qualcosa, ma cosa?

"Nella prassi del vivere quotidiano nella metropoli è di regola che chi abita porta a porta non sappia niente dell'altro... una società di isole rigorosamente separate da una fitta ipocrisia discrezionale fa sì che ogni famiglia si chiuda nel suo bunker linguistico culturale..." dove ho sentito questa voce? un sociologo dalla parlantina fluida, ma quando l'ho sentita? alla radio certamente, magari in un programma curato da me. Le voci si incrociano nella memoria, pretenziose, manierate, speculanti, ossessive. Mi piacerebbe dimenticarle, ma il mio orecchio ha una voracità animalesca e, come un maiale, grufola cacciando il naso fra i rifiuti sonori, mandando giù con disinvoltura frasi fatte, luoghi comuni, giudizi preziosi e citazioni dotte così come mi arrivano dai microfoni, aspettando poi che lo stomaco faccia le sue drastiche selezioni.

Da quanto tempo era venuta ad abitare in questo palazzo la vicina? sei mesi, un anno? forse anche di più e non le ho mai chiesto il nome. Sulla targhetta di ottone c'è ancora il nome dell'inquilino precedente, il professor Guido Festoni, scritto a caratteri svolazzanti, nero su oro. Un uomo alto e grosso, con i capelli tagliati a spazzola e la voce tonante.

Aveva una moglie che andava e veniva da Milano e Stefana diceva che era una "dirigente d'azienda". Niente figli, solo una vecchia madre, non so se di lui o di lei, che ogni tanto vedevo sul pianerottolo, arcigna, coperta di anelli e di bracciali.

Poi, il professor Festoni ha ottenuto il trasferimento a Milano e in pochi giorni si è portato via i mobili e le carte. L'appartamento è rimasto vuoto per mesi. Ogni tanto veniva qualcuno a visitarlo, sentivo delle voci al di là del muro.

Pensavo che fosse ancora vuoto quando, una sera, tornando dalla radio ho incontrato una donna in ascensore che mi ha detto: «Io vado al dodicesimo piano e lei?». «Anch'io. Viene a visitare l'appartamento vuoto?» «L'ho appena affittato.»

Stavo per dirle il mio nome e che se avesse avuto bisogno di qualcosa, avrebbe potuto suonare alla mia porta, quando l'ascensore si è fermato con un leggero sibilo e lei è scesa in fretta. «Arrivederci.» «Arrivederci.» Io ho aperto la mia porta, lei la sua.

Mentre andavo in cucina l'ho sentita chiudere girando la chiave dall'interno più volte, con fracasso, come a dire "lei è gentile, grazie, ma si tenga alla larga". Trac, trac, trac, la chiave continuava a ruotare nella toppa. Ma quanto sarà lunga questa sbarra che inchioda la porta al soffitto e al pavimento? mi ero chiesta. Da quel giorno l'ho vista raramente. I nostri orari non coincidevano. La mattina uscivo verso le otto per andare alla radio e da lei c'era assoluto silenzio. Quando rientravo all'ora di pranzo, qualche volta sentivo della musica. Alle tre e mezza, uscendo, di nuovo silenzio. Solo qualche sera, ritirandomi stanca morta verso le sette, la incrociavo che usciva, tutta profumata, stretta in un cappottino bianco che la faceva sembrare una ragazzina, un basco nero appoggiato di traverso sui capelli morbidi.

«Come si chiamava la vicina?» chiedo a Stefana appena la incontro in cortile.

Mi guarda con un sorriso ironico. Anche lei, come il sociologo radiofonico, sembra pensare che "l'alienazione del mondo di oggi ci chiude dentro destini familiari unici e incomunicabili, nella cui sostanza troviamo una nostra perfida soddisfazione...".

«Angela Bari» risponde distratta.

«E aveva un lavoro? che faceva?»

«Un po' l'attrice, credo... ma era di famiglia ricca... una madre con molti soldi a Fiesole. Non è venuta al funerale... un padre morto quando era bambina...»

«Non aveva altri parenti?»

«Ha una sorella, ma qui si vedeva poco. Meno male che era fuori, signora Michela, sarebbe stato orribile per lei, magari ha gridato, chissà, e nessuno l'ha sentita, poveretta, e lei poteva incontrare l'assassino sul pianerottolo!»

«Lei l'ha sentita gridare?»

«No, e come facevo dal seminterrato...»

«Hanno portato via qualcosa?»

«No, niente... i soldi stavano arrotolati dentro la scatola dei biscotti in cucina. Li teneva ammucchiati, tutti ciancicati... scommetto che non sapeva nemmeno lei quanto aveva in casa... due milioni in contanti, capisce, e non li hanno presi.»

«È successo di giorno o di notte?»

«Tardi, verso le undici, la mezzanotte, dicono. Certamente il portone era già chiuso, noi non abbiamo visto salire nessuno; la signora è rientrata verso le sette e poi, finché ho chiuso il portone, non l'ho proprio vista scendere... Dopo, qualcuno è salito, ma chi? L'ha trovata Giovanni la mattina andando a prendere i sacchi dell'immondizia... la porta era aperta e lei era lì, morta.»

Inseguo qualcosa di oscuro su quella faccia placida e sbiadita: un pensiero nascosto, una parola non detta o solo la testimonianza inconsapevole dell'orrore di un delitto in cui è stata coinvolta dal demone del caso?

Le dico della voce sulla segreteria telefonica; ma non sembra darle importanza. Non crede che sia di Angela Bari, e poi: «Vi conoscevate, forse?». «No.» «E allora!...» La vedo allontanarsi per andare incontro al postino, attraversando il cortile assolato.

Eppure, nel ricordo, la voce della vicina coincide curiosamente con quella incisa sul nastro della segreteria. Ed era il giorno della sua morte, lo dice il testimone automatico che segna la data e l'ora delle registrazioni.

Attraverso anch'io il cortile annusando il forte profumo dei tigli. La fontana coperta di capelvenere risuona del suo quieto gocciolio. Cerco la Cinquecento con gli occhi; non ricordo mai dove ho parcheggiato. Per fortuna ha quel colore inusuale che me la rivela a distanza in mezzo alle altre. Color "ciliegia matura" mi ha detto un amico una volta e così la penso fra me e me nonostante che sul libretto ci sia scritto "tonalità amaranto".

Eccola lì, infatti, fra un camioncino bianco e una enorme macchina di lusso con le pinne all'americana. Infilo la chiave della messa in moto ma non parte; dopo tanti giorni di abbandono sembra offesa e muta. Devo provare e riprovare, dandole gas, finché, con un colpo di tosse e molti brontolii, si decide a partire.

Tre

Alla radio trovo sul mio tavolo un biglietto di Tirinnanzi "ti aspetta il direttore, ciao".

Vorrei mettere a posto le carte, vedere se il computer è stato manipolato, ritrovare le mie registrazioni, ma quel biglietto mi mette fretta.

«Tirinnanzi mi ha detto che mi cercava» comincio titubante.

«Ah, è lei, Canova, ben tornata! Com'è andato il corso di aggiornamento a Marsiglia?»

«Bene.»

Il direttore è più giovane di tutti noi. Lungo lungo, una faccia da attore di fumetti, veste in modo disinvolto: camicie rosa, giacconi di pelle dall'aria sciupata, scarpe inglesi, gialle, che non si preoccupa di pulire. Sulla faccia ha sempre un sorriso sornione, accattivante.

«Vorrei da lei un lavoro di una certa delicatezza, se la sente?»

«Perché no?»

È bravissimo a suscitare curiosità. Mi guarda con occhi lampeggianti.

«Si segga, Canova, prego.»

Prendo posto davanti a lui, in punta di sedia. Cerco di capire in anticipo se si tratta di un lavoro interessante o di una stupidaggine che vuole farmi passare per chissà che.

«Abbiamo scoperto, con le nuove indagini di mercato, che il pubblico femminile alla radio cresce giorno per giorno. Cresce precipitosamente, direi, disastrosamente. Vedo che lei dissente dal mio "disastrosamente", ma ora le spiego, Canova, non c'è disistima per le donne, lei mi conosce, lo sa, il fatto è che dove arrivano le donne, anzi diciamo pure le casalinghe, arriva l'emotività, la famiglia, la gelosia, il pettegolezzo... Insomma, più cresce l'audience femminile e più noi dobbiamo calare il tono, mi capisce?... Volare basso, ecco cosa ci tocca... quindi niente politica, niente sport e lei sa che fatica avevamo fatto per portare le trasmissioni sportive ad un livello di eleganza anche linguistica... perché noi qui facciamo il linguaggio, questo gliel'ho già detto altre volte... noi siamo la coscienza linguistica dell'Italia, una piccola coscienza s'intende, una piccola parte dell'insieme, ma lo siamo e il pubblico femminile è prelinguistico, prelessicale, vuole mettere le mani sui sentimenti bruti, ecco perché parlo di catastrofe.»

La sua bella faccia di ragazzo per bene si protende sul tavolo esprimendo una vera intelligente sofferenza.

«Le donne vogliono le storie, ha capito, Canova, le storie d'amore naturalmente prima di tutto e poi di morte, di sofferenza, di terrore, ma hanno una fame cronica di storie.»

«Si potrebbero raccontare delle storie senza fare della marmellata» dico tanto per dire.

«Non si può. Per la semplice ragione che le ascoltatrici vogliono, amano, pretendono la marmellata.»

«Non ne sarei poi così sicura... quando una storia è ben raccontata, non è più marmellata» dico e mi stupisco del mio ardimento. Col vecchio direttore non ci si poteva permettere di contraddire; metteva il muso e poi si vendicava. Questo qui no, è giovane, è democratico, ti permette qualsiasi libertà. Solo che, poi, fa come vuole lui.

«L'ho mandata a chiamare perché conosco il suo impegno professionale, la sua, la sua...» Vedo che si affanna a trovare la parola giusta. Se mi adula, penso, chissà cosa vorrà in cambio, lavoro gratuito, perché di solito è questo a cui mira: tempo non pagato a fare ricerche, fuori orario di ufficio.

«Bisogna lavorare per le donne e lei sa come farlo... A

proposito, le ho mai detto che la sua trasmissione sul tempo libero era fatta molto bene? Abbiamo ricevuto centinaia di telefonate.»

«Grazie.»

Guardo le sue dita leggere, lunghe e diafane che giocano con la penna. Anche loro sembrano voler attirare il mio sguardo, blandirlo, "siamo farfalline, siamo docili, siamo aeree e intelligenti, lasciati affascinare da noi, lasciati condurre lungo la impervia strada dell'azzardo radiofonico...".

«Poco fa è stata qui una dirigente della Questura, sezione omicidi, non l'ha vista?»

«Chi, quella donna con la macchinetta sui denti?»

«Sì, proprio quella: il commissario Adele Sòfia. L'ho fatta venire io, per verificare certe statistiche. Lo sa che il sessantacinque per cento dei delitti sulle donne non vengono mai puniti? È una ascoltatrice che ci ha messo sulla traccia, e le altre hanno subito seguìto tempestandoci di telefonate. L'argomento scotta, appassiona il nostro pubblico. Così ho deciso di montare una trasmissione in quaranta puntate sui delitti contro le donne, sui delitti impuniti soprattutto. E lei, Canova, mi sembra la persona adatta, la migliore.»

Le mani farfalline si fermano d'improvviso, come prese in un silenzio rigido di attesa. Le lusinghe funzionano sempre, hanno un loro modo di bussare al cuore che lo portano a fare capolino.

Eppure, per una vecchia abitudine alla strategia, prendo tempo. «Mi ci lasci pensare» dico sapendo già che accetterò. Le mani del direttore rimangono ferme sulla scrivania. La mia risposta non è soddisfacente, lui ha fretta e non può aspettare che io ci "pensi sopra".

Gli occhi celesti mi fissano inquieti; "tutto qui?" dicono "mi deludi cara Canova, io non voglio solo il tuo assenso, questo fa parte del tuo lavoro, ma voglio la tua partecipazione emotiva, voglio il tuo entusiasmo, che si comunichi alle ascoltatrici, poiché il futuro radiofonico, nella miseria attuale, sembra appartenere loro di diritto...".

«Tornando da Marsiglia ho scoperto che...» dico e sto

per raccontargli del delitto della casa accanto, sto per dirgli della strana coincidenza di questa inchiesta che viene a sovrapporsi ad un fatto così prossimo, ma lui mi taglia la parola in bocca: «Immagino, Canova, immagino... so che lei è una brava professionista... allora siamo pronti a cominciare?».

Dovrei per lo meno chiedere che mi paghi le ricerche, penso, ma la preoccupazione di vedere sospeso il moto di quelle mani mi assale, mi fa stare scomoda sulla sedia. Lui sa che io so che lui sa che è una tattica anche un poco scema; a che serve rimandare un consenso che tanto verrà lo stesso e con tutta la gioia che ci si aspetta dalla situazione?

«Questa volta pagheremo anche gli straordinari, promesso» mi previene lui generoso, «lei avrà tutto il tempo che chiede e anche un buon budget. Allora, accettato?»

«Accettato.»

Spio con allarme le mani ancora ferme, come se fosse venuta meno la corrente. Ma bastano pochi secondi, il meccanismo si rimette in moto, le mani tornano a fiorire, a volare. Sono mani magnifiche, bisogna ammetterlo, mai un direttore di radio ha avuto mani simili, lunghe, pallide, senza un pelo, un porro, una imperfezione qualsiasi, le falangi sottili, i polpastrelli dolcemente convessi.

«Prenderà un Nagra, di quelli piccoli, portatili, lo conosce il modello nuovo? prenderà anche due minuscoli Sony del tipo Professional D, uguali a quelli che usa la Bbc; sono stati appena fatti venire dal Giappone perché non si trovano in commercio, con i due microfoni da innestare, e si metterà oggi stesso al lavoro, intesi?»

Mentre aspetto il Nagra capisco che si è già dimenticato di me. Si riposa dalle fatiche della seduzione rifugiandosi dietro un foglio stampato. Squilla il telefono, lui risponde, allegro, e io me la squaglio facendogli un saluto col capo.

Quattro

Era da molto che non giravo per le strade intorno casa mia. Di solito corro via, dopo avere dato uno sguardo ai lunghi rampicanti che fluttuano sulle facciate di piazza Ponziani, per andare alla radio. Oggi vado a piedi: mi faccio tutta via dei Genovesi; giro per via Anicia fino al vicolo dei Tabacchi. L'aria è leggermente tinta di viola dagli scappamenti delle macchine e degli autobus. Sotto le scarpe l'asfalto è morbido come una gomma.

In via San Crisogono mi fermo davanti alla vetrina del macellaio a contare le testine delle pecore morte, appese ai ganci. Lucide come di plastica, le povere orecchie senza pelle, i denti privati delle labbra, gli occhi spogliati delle palpebre, ciondolano contro il vetro sporco. Come ho fatto a passarci davanti tante volte senza farci caso?

Vedo il macellaio che dall'interno mi fa un segno d'invito. Entro con un senso di freddo. L'uomo se ne sta dietro il banco, in alto, ed è intento a tagliare, con l'accetta, l'osso e le cartilagini di un coniglio. Solleva la piccola faccia tonda e mi regala un sorriso di benvenuto.

«Tanto tempo che non la vedo, avevo paura che si era fatta vegetariana.»

«Mangio poco a casa» mi giustifico. Una donna piegata in due dall'artrosi, se ne sta appoggiata alla vetrinetta aspettando il suo pezzo di coniglio.

«Vuole una bella braciola di maiale? o una bistecca di manzo?»

«Prenderò del bue» dico poco convinta. E mi sembra di sentire un mormorio alle mie spalle. Le testine appese sono scosse da risatine sinistre, singulti e squittii. Le voci in questi giorni si sono moltiplicate pericolosamente, hanno toni minacciosi come se una eco dell'assassinio di Angela Bari riverberasse su tutto ciò che avvicino.

«Lei conosceva Angela Bari?» dico, come per caso.

Il macellaio si ferma con una zampa sanguinolenta in mano. Come sono sicure e allegre quelle mani che strappano, recidono, manipolano la carne morta! Mi guarda sorpreso ma poi risponde giovialmente:

«La conoscevo, come no, veniva spesso a comprare la carne per il suo cane».

«Quale cane? non mi sembra che avesse un cane.»

«Se non ce l'aveva che si comprava a fare due chili di macinato alla volta? e voleva che fosse di quello buono, di prima qualità.»

«Lei l'ha mai vista con un cane al guinzaglio?»

«No, questo è vero, ma pensavo che lo tenesse in casa. Voi avete un bel cortile, mi sembra, al 22 di via Santa Cecilia... quei tigli, quegli angoli coi gerani, poteva stare lì il cane.»

«Io abito di fronte a lei, ma non l'ho mai vista con un cane.»

L'uomo mi guarda scanzonato, come chiedendosi perché mi intigno su particolari di così poca importanza, ormai è morta, no? e anche in quel modo brutto che tutto il quartiere ne ha rabbrividito leggendolo sui giornali.

«Ecco la sua fettina, sono seimila.»

Mi consegna la carne impacchettata, sporcando di sangue la carta giallina. «Arrivederci» dico ed esco pensando all'invisibile cane di Angela Bari: non l'ho mai sentito abbaiare, né ho visto impronte di zampe sul pianerottolo; no, certo, Angela Bari non aveva un cane. Ma allora perché comprava chili di carne macinata?

Passo davanti al giornalaio. Mi fermo, torno indietro; visto che ci sono, perché non chiedere anche a lui?

«Veniva qui, a comprare i giornali, Angela Bari?»

«Chi, quella che è stata ammazzata in via Santa Cecilia al 22? sì, ogni tanto ci veniva, non tutti i giorni. Mi sa che i giornali non li leggeva proprio, comprava qualche rivista ogni tanto e basta. Era sempre gentile, sorridente... lei che dice, è stato l'ex marito ad ammazzarla?»

«... Si ricorda quando è venuta l'ultima volta?»

«E come faccio? qui passano in tanti... mi pare che è venuta la domenica mattina, poi non l'ho più vista.»

Proseguendo mi trovo davanti al mercato rionale. Una pensilina di cemento, un cortile coperto, dei banchi di frutta e verdura, una fontana che getta acqua in una vasca di cemento sporca e piena di torsoli.

Chiedo alla vecchia fruttivendola matronale se si ricorda di Angela Bari.

«Come no, quella bella ragazza che vestiva sempre di bianco... e quelle scarpette da ginnastica azzurre... come no, era così bella... ma perché l'hanno ammazzata? la gente bella muore presto, troppa invidia, non è così? vuole dei fagiolini teneri come il burro, bambina mia?»

«Veniva spesso qui al mercato?»

«Chi, la ragazza con le scarpe da ginnastica? no, ogni tanto, a capriccio. Una volta, me lo ricordo, si è comprata mezzo chilo di prezzemolo. Ho dovuto farmelo prestare dagli altri banchi perché non ne avevo tanto tutto insieme, ma che ci vuole fare, figlia mia, le ho detto, mica si vorrà avvelenare? no, perché sa, il prezzemolo si usa per abortire... quando ero ragazza mi ricordo che si usava, ora non più...»

Ride con la grande bocca dai denti spezzati e anneriti. È robusta ed energica nonostante i suoi settant'anni la signora Mariuccia e continua a tirare su cassette di frutta, a spolverare le mele col grembiule, a "capare" i fagiolini, come dice lei, con gesti rapidi delle dita, mentre aspetta i clienti. Ma i clienti si stanno diradando anno dopo anno, perché ormai le massaie preferiscono andare ai supermercati, dove si vendono le verdure sotto cellofan che costano un poco meno anche se sono tutte uguali e come gonfiate con la pompa da bicicletta.

Esco dal mercato con un sacchetto di fagiolini e delle pesche. Riprendo a camminare. Faccio un pezzo di via Anicia, imbocco via dei Salumi, faccio il giro di piazza Ponziani, e prendo via della Botticella raggiungendo il Tevere alberato. Ma perché mi aggiro per le strade invece di lavorare al nuovo progetto radiofonico? il pensiero di Angela Bari mi insegue: se veramente è sua la voce sulla segreteria significa che voleva dirmi qualcosa, continuo a ripetermi, ma cosa?

La immagino che esce di casa, con i pantaloni chiari, le scarpette turchine e cerco di capire dove vada. La vedo attraversare il cortile di via Santa Cecilia passando vicino alla fontanella coperta di muschio che gocciola sempre in sordina, la vedo sostare un momento sotto l'ombra di un tiglio, forse stordita dal forte profumo dei fiori e poi avviarsi decisa verso la strada.

Qualcosa nel suo passo leggero e noncurante mi inquieta: senza che io abbia voluto, Angela Bari è entrata nei miei pensieri e lì si è accampata in attesa, anche se non so proprio cosa possa aspettarsi da me.

Cinque

I titoli sono in neretto, sulle pagine di cronaca nera. Il primo giorno si parla dell'assassinio di via Santa Cecilia come di un delitto fra i tanti: una giovane donna, Angela Bari, assassinata a coltellate. L'ha uccisa l'amante? Questo "amante" si chiama Giulio Carlini e abita a Genova ma viene a trovarla una volta alla settimana.

Cerco di ricordare se l'ho mai incontrato sul pianerottolo o in ascensore ma ho la testa vuota. Se è vero che veniva ogni settimana, avrei pur dovuto incontrarlo, ma io l'ho vista sempre sola.

Il giorno dopo, già non si parla più dell'"amante" Giulio Carlini, che ha esibito, come dicono i cronisti, un "alibi di ferro", ma della sorella Ludovica Bari e dell'uomo di lei, Mario Torres, un violento, già una volta arrestato per schiamazzi e rissa. Perché i due non sono accorsi subito alla notizia della morte di Angela? perché Mario Torres ha venduto la sua automobile pochi giorni dopo l'assassinio della ragazza? Ma qualcuno osserva, logicamente, che i due non avevano ragioni per uccidere Angela, il Torres è commerciante di automobili e dispone di molti soldi, Ludovica è ricca di suo, i due stanno insieme felicemente da molti anni. Ma il loro alibi è credibile? insiste un giornalista del Corriere della Sera: dicono di essere stati insieme al cinema quella sera ma non hanno conservato i biglietti.

I giorni passano e i giornali cominciano a criticare la polizia per la mancata scoperta del responsabile: che fanno?

perché non indagano a fondo? come è possibile che qualcuno abbia ucciso una ragazza con tanta ferocia senza lasciare un segno?

La fotografia di Angela Bari, sconosciuta in vita, pubblicata giorno dopo giorno diventa popolare e nota. Fa tenerezza con quel sorriso fragile, mite, quel corpo di bambina cresciuta in fretta, quei pantaloni attillati, quella camicia soffice, quei capelli a caschetto, quelle scarpette da ginnastica celesti. La notorietà che aveva cercato in vita, con le sue comparsate nel cinema, e chissà quante umiliazioni e magoni, la otteneva adesso che non sapeva che farsene, da morta.

Ad una settimana dal suo assassinio i giornalisti ormai sono dentro con tutti e due i piedi nella vita di Angela e la calpestano senza riguardi: come viveva se non aveva un lavoro fisso? perché aveva orari così strani? è vero che ha fatto una parte in un film pornografico? nessuno in realtà sa dire quale ma lo stesso qualcuno dice di averla riconosciuta. Si è forse cambiata di nome? Si insinua che facesse la prostituta. Ma c'è una bella intervista con Stefana Mario che chiude il discorso: Angela viveva sola, non riceveva visite maschili salvo, ogni tanto, quella del signor Carlini, punto e basta.

Sul Messaggero trovo una lunga intervista con Giulio Carlini che nel giorno del delitto era a Genova, ci sono quattro testimoni pronti a giurarlo.

«Lei era il fidanzato di Angela Bari?»

«No, be', sì... ci vedevamo ogni tanto, ma non avevo un rapporto impegnativo con lei.»

«Quando l'ha vista l'ultima volta?»

«Qualche giorno prima della sua morte, a Firenze, dove abita la madre. L'ho raggiunta, abbiamo pranzato insieme, poi io me ne sono andato in albergo, lei ha dormito dalla madre. Il giorno dopo l'ho riaccompagnata alla stazione dove lei ha preso il treno per Roma e io quello per Genova.»

«Si ricorda che giorno era?»

«Domenica, mi pare, sì domenica.»

Ma se domenica mattina Angela è andata a comprare il

giornale all'edicola del quartiere, come faceva ad essere a Firenze con Carlini?

«Le risulta che Angela Bari avesse dei nemici?»

«No, che io sappia.»

«Non le ha mai detto che aveva paura di qualcuno, o che era stata minacciata?»

«No, era serena e tranquilla.»

«Ci potrebbe descrivere il carattere di Angela Bari?»

«Una persona fondamentalmente timida, con delle improvvise fuoriuscite di allegria che stupivano proprio perché uno non se le aspettava.»

Nella fotografia in bianco e nero si vede un uomo alto e magro con la faccia scavata: due rughe trasversali sulla fronte, gli occhi piccoli e luminosi, la bocca ben tagliata, qualcosa di torpido e inquieto attorno alle narici delicate.

Per qualche giorno le cronache sono invase dalle varie ipotesi sul delitto di via Santa Cecilia: è stato il suo amante, no, il suo ex marito, ma costui vive in America da anni, allora forse è stato un pazzo, un maniaco e così via.

Si ricostruiscono i fatti: la mattina del 25 giugno il portiere Giovanni Mario sale all'ultimo piano dello stabile di via Santa Cecilia, per ritirare i sacchi dell'immondizia come fa tutte le mattine. Trova la porta della casa di Angela Bari accostata; dentro, le luci sono accese. Suona, bussa, chiama, e non avendo risposta, entra. Nel soggiorno rinviene il corpo riverso della donna, senza vestiti, con i segni delle coltellate. Si stupisce che ci sia così poco sangue sul pavimento. La ragazza "sembrava addormentata" dice il portiere.

Chiama la polizia, la quale scopre, dopo le prime indagini, che Angela Bari è morta fra le dieci e la mezzanotte del 24 giugno, per emorragia interna in seguito alle ferite da coltello.

La sorella Ludovica Bari, per quanto avvertita quella mattina, si presenterà solo la sera. E quando arriva, accompagnata dal fidanzato Mario Torres, si rifiuta di entrare in casa e insiste perché tutto sia ripulito al più presto. Non versa una lagrima e sembra nervosa più che addolorata.

Una fotografia ritrae Ludovica Bari elegante nei suoi pantaloni bianchi, una camiciola di seta rosa e una giacchetta di pelle che le cade morbidamente sui fianchi.

A mano a mano che i giorni passano, e non ne sono passati molti, le notizie sui giornali diventano più fantasiose, più improbabili; visto che la polizia non riesce a scovare l'assassino, ogni cronista si sente in diritto di fare la sua ipotesi. Angela Bari si trasforma, nella fantasia popolare, in una misteriosa vittima di un misterioso assassino che l'ha uccisa perché era una spia, o una spacciatrice di droga, perché apparteneva ad una società segreta o perché, al contrario, era un agente segreto della polizia, eccetera.

La sua unica fotografia, fatta in terrazza, contro un vaso di gerani, la ritrae con la camicia aperta sul collo magro, gli occhiali da sole un poco scivolati sul naso, un sorriso gentile e infantile sulle labbra. È la sola foto in possesso dei giornali e viene pubblicata un giorno sì e uno no nelle cronache di tutta Italia. Finché un fotografo non scopre, nel suo archivio, dei ritratti di Angela Bari "in posa" per il cinema e li vende ai rotocalchi che li stampano a manciate.

Sono fotografie che vorrebbero essere "seducenti", in pose da vamp, semisvestita. Eppure non c'è in esse niente di scabroso, di volgare. Anzi, si scopre che, per quanto Angela fosse una delle "tante ragazze smaniose, in cerca di una scrittura" come scrive un cronista, mantiene in tutte le pose un'aria puerile e composta, dignitosa e impacciata, tanto da suscitare tenerezza e simpatia. E forse questa è proprio la ragione del suo "insuccesso come attrice sexy", insinua un maligno.

Sei

Mi sveglio con la sensazione di una presenza nella stanza. Le dita corrono all'interruttore: la lampada schiarisce le ombre. Non c'è nessuno. Eppure mi era sembrato di sentire dei passi sul pavimento di legno.

Mi sto facendo troppo coinvolgere da questo delitto, perché non metterci una pietra sopra? Il pensiero ha messo su delle nuvole che prima non conoscevo. La voce interrotta sul registratore è una di queste nuvole. In più ho accettato un lavoro che mi farà conoscere e accostare altri corpi trucidati, altre voci zittite brutalmente. Forse è stato sconsiderato da parte mia dire di sì ad un programma sui crimini contro le donne; avrei dovuto rifiutare con un bel no.

Spengo la luce, mi giro su un fianco, ma il sonno fatica a chiudermi gli occhi. Sento la voce di mio padre che, tornando la notte, si chinava sul mio letto dicendo: «Ancora lì con gli occhi spalancati, Michela?». Finché non lo sapevo a casa, al sicuro, non riuscivo ad addormentarmi. Lo immaginavo sempre in pericolo che gridava aiuto, e se dormivo come avrei potuto aiutarlo? Aspettavo lo scatto della serratura, i suoi passi lungo il corridoio. Sapevo che con lui sarebbe entrato un buon odore di vento e di ciliegie amare. Forse avrebbe avuto attorno al collo la sciarpa di seta bianca che a me piaceva tanto e avrebbe preparato un caffè in cucina ascoltando le ultime notizie.

Era un uomo così giovane anche da vecchio che, quando l'ho visto morto, non riuscivo assolutamente a crederci. E ancora non ci credo mica tanto. Eppure tante volte avevo desiderato ucciderlo. Per i suoi mille tradimenti, per la sua assoluta mancanza di riguardi nei confronti di mia madre, per il suo elegante e plateale egoismo.

Era tutto grigio. Lì dove l'azzurro si armonizzava col bel colore ambrato del collo, ora era grigio, di un grigio così insignificante e incolore che non potevo non sentirlo estraneo, nemico. Non avrei mai immaginato che da morto prendesse quel colore, come se l'avessero ricoperto di cemento. Un grigio omogeneo, appena interrotto da piccole bolle d'aria, il grigio appunto del cemento liquido, un grigio senza scampo né rimedio.

Forse col fiato sarei riuscita a risvegliarlo, col mio fiato di viva, mi sono detta, e così ho appoggiato la mia bocca sulla sua per rianimarlo. Volevo che prendesse dal mio corpo quello che i francesi chiamano *élan*. Mi è sempre piaciuta questa parola che lui usava spesso: «Gli manca l'*élan*» diceva e dentro di me pensavo ad un'ala di corvo in volo. Volevo che il mio *élan* volando, gli ridesse aria ai polmoni, facendogli tornare morbide e rosate le guance, mobile e ambrato il collo, lucidi e sorridenti gli occhi.

Invece lui, nel suo grigiore polveroso, si è preso il mio fiato caldo e l'ha trasformato in uno spiffero gelato. Ho avuto paura, ho temuto che quel grigiore mi contagiasse, sarei diventata grigia anch'io, senza colori. Mi era chiaro, ora, che il suo grigiore era più forte del mio tepore, del mio *élan*.

Ma ripensando alla presenza che mi ha svegliata so che non era lui: mio padre non verrebbe così di soppiatto, quasi uno sconosciuto a guardarmi dormire. Lui si annuncerebbe chiamandomi per nome, prenderebbe una sedia e si accomoderebbe rumorosamente, si chinerebbe su di me e comincerebbe con gli scherzi: «Allora, dimmi, chi ti ha conciata così, che vado a picchiarlo». «Sto solo invecchiando, papà.» «Non dire scemenze, eri così carina da bambina, chi ti ha fatto quelle rughe attorno agli occhi?» «Non ho più quindici anni, papà.» «Ma se sei una ragazzina! Vuoi che ti dia il bacio della buonanotte?» «No, papà, ricordati che sei morto e le tue mani non possono toccarmi.»

No, decisamente non era mio padre. E se fosse Angela Bari, con quel suo piede reticente, ad avanzare fino al limite di sicurezza che divide la morte dalla vita? ho il sospetto che fosse proprio lei, che se ne sta seduta come una regina nella mia immaginazione, in questi giorni afosi di luglio.

Cerco di fare combaciare l'immagine della fotografia riprodotta tante volte sui giornali con la figura di lei in movimento, nei brevi momenti in cui la incontravo sul pianerottolo. Mi sembra di conoscerla così bene, eppure non so niente di lei. E il fatto che sia stata così brutalmente straziata mi sembra improvvisamente una offesa fatta a me personalmente.

Domattina telefonerò a Ludovica Bari, andrò a trovarla, mi dico, e le chiederò della sorella; devo fare qualcosa, lo stare con le mani in mano mi getta in balia dei fantasmi. Con questo proposito casco dentro un sonno profondo e liquido.

Mi trovo immersa in un'acqua nera, leggera. Sollevo gli occhi e vedo delle luci lontane, sulla riva ad arco, bellissima e digradante. So che devo nuotare fino a raggiungere quella mezzaluna illuminata; mi muovo lentamente, respirando col naso perché la bocca è lambita da piccole onde delicate. L'acqua è tiepida e la sua nerezza non mi mette paura; nuoto con un senso di benessere che mi rassicura, anche se le luci non si avvicinano affatto mentre procedo, ma rimangono remote e irraggiungibili come tante stelle vibranti nell'acqua. Il nuotare fa parte di un gioco e io so che ad un certo punto qualcosa accadrà che mi rivelerà il mistero di quel gioco.

Sette

La mattina è fresca, all'alba ha piovuto, inaspettatamente. Mi infilo una giacchetta impermeabile e scendo in fretta dopo avere ingollato un cappuccino. Vorrei chiedere qualcosa a Stefana, ma la guardiola è vuota. Attraverso il cortile bagnato facendo un giro largo per passare sotto i tigli; mi piace sentire il profumo che ristagna attorno ai tronchi.

In strada mi aggiro cercando la Cinquecento color ciliegia, chiedendomi dove mai l'ho parcheggiata. Ma quella cos'è? una scritta enorme sul muro di fronte dice OCCUPATI DEI FATTI TUOI! Tracciata con lo spruzzatore, sulla parete chiara.

Mi fermo con un sussulto. È ridicolo pensare che sia rivolta a me; ci sono sempre delle scritte su quel muro, ma come impedirmi di provare una sensazione di allarme di fronte a quelle parole minacciose che ieri non c'erano?

La scritta rivela una mano dileggiante, sicura. Non è il solito sgorbio incerto e sgrammaticato: le lettere sono disegnate con precisione, per quanta precisione possa avere una bombola con lo spruzzatore incorporato. Ma forse no, mi sbaglio, forse non si tratta di una bomboletta ad inchiostro, ma di un vero pennello, intinto nella vernice.

Finalmente ritrovo la Cinquecento, chiusa fra una Mercedes e una Alfa Romeo: non c'è un centimetro per fare le manovre. Prendo a spostarmi lentamente, pigiando contro il paraurti delle due macchine.

«Cosa fa, mi vuole rovinare la Mercedes?» la voce al di là del vetro suona stizzosa, irata. Smetto per un momento di girare il volante e mi volto a guardare. Un uomo con la testa coperta da un cappelluccio a scacchi mi osserva incuriosito.

«Perché non sposta la sua Mercedes, non ha nessuno davanti; io, qui, sono stretta come una sardina in scatola.»

L'uomo butta uno sguardo insultante alla mia utilitaria. Ma anziché spostare la sua Mercedes che è l'ultima lungo il marciapiede, si pianta a gambe larghe accanto alla mia Cinquecento come a dire "vediamo se lo rifai"!

Riprendo a manovrare, sudando, cercando di non toccare il suo prezioso paraurti. «Imbranata come tutte le donne!» sento che dice a mezza voce. Se ne sta in piedi, a braccia conserte, fissandomi con aria punitiva.

Scendo e mi metto a litigare? servirebbe solo a farmi perdere tempo. Finalmente riesco a uscire da quel buco con le braccia che mi dolgono e la schiena fradicia. «Bella manovra, complimenti!» mi fa ironico l'uomo e lo vedo sorridere compiaciuto per la lezione che mi ha dato.

Arrivo alla radio con qualche minuto di ritardo. Tirinnanzi è la prima persona che vedo entrando: «Ah, sei qua, ti aspettavo... non c'è nessuno alla consolle, sto andando avanti a furia di musica, ma qui arrivano le telefonate, occupatene tu».

Mentre mi seggo alla consolle con la borsa ancora a tracolla, lo vedo chinarsi a scrivere il suo giornale radio sul tavolo male illuminato. Solo tre anni fa aveva ancora tutti i capelli. Ora una parte del cranio gli è diventata completamente liscia e tende a riflettere le luci al neon seminate sul soffitto. Ma che gli sarà successo? le gengive gli sanguinano e cammina come se avesse male ai piedi.

Rispondo alle telefonate degli ascoltatori, li metto in comunicazione fra di loro, alzo la musica, la abbasso. Intanto è arrivato anche il tecnico, Mario Calzone, tranquillo come una pasqua. Tiene in mano un gelato e mi guarda manovrare le manopole e gli interruttori scuotendo la testa.

«Non ci sai fare, Michela, hai messo l'alonatore, guarda!» dice e ride con la bocca macchiata di gelato verde.

«Invece di criticare, perché non prendi il tuo posto che io ho da fare.»

«Ormai finisco il gelato, no? tu vai avanti che tanto gli ascoltatori non si accorgono di niente.»

Aspetto che finisca il gelato, che si lavi le mani appiccicose e finalmente mi libera della consolle.

Tirinnanzi viene verso di me con in mano i fogli del giornale radio.

«È vero che devi fare un programma sui delitti contro le donne? se passi da me domani ti do un pacco di roba che ti può essere utile.»

«Grazie, me la metti da parte? oppure me la porti in ufficio, non è lo stesso?»

«Non è lo stesso. Volevo farti vedere la mia nuova casa. Ho comprato un Balletta del 1912, molto bello.»

«Un baletta, cos'è?»

«Un piccolo Balla, un quadro delizioso, lo vuoi vedere?»

«E dov'è la tua casa nuova?»

«In via Merulana, ci vieni?»

«Non credo, Tirinnanzi; ho troppo da fare.»

Lo vedo tornare al tavolino con aria imbronciata. Forse l'ultima ragazza l'ha piantato, deve essere di nuovo solo, quando fa quella faccia mi viene voglia di abbracciarlo: sembra un bambino offeso.

Sul mio tavolo trovo un mucchio di fogli che ieri non c'erano. Pare che tutti vogliano aiutarmi nelle mie ricerche sui delitti contro le donne: la giovane attrice Tamara Verde, che viene ogni tanto a leggere i testi, mi ha portato dei ritagli di giornale; la segretaria del direttore, Lorenza, mi ha fatto trovare sulla scrivania un libro in inglese sui crimini sessuali.

Sfoglio i ritagli. Leggo di una ragazza decapitata di cui non si è trovata la testa. E di due sorelle affogate nel lago di Nemi che hanno portato con sé il segreto del loro assalitore. Le hanno trovate abbracciate con due fori di pallottola nelle tempie.

C'è il caso della prostituta tagliata a pezzi. E il caso della ragazzina sparita all'uscita della scuola e poi trovata dissanguata in un fosso. Di nessuno di questi delitti sono stati scoperti i responsabili.

Prendo lo schedario, comincio a dividere i casi, a incollare dei cartellini. Alla prima etichetta mi trema la mano, alla decima vado ormai sicura e spedita. Eppure la ripugnanza mi si annida in gola: ma perché devo occuparmi di questi orrori? non c'è niente di seducente nel delitto, niente di appassionante nello strazio dei corpi, solo una profonda, lugubre pena.

Eppure, la sfinge mostra la sua faccia di pietra fra i corpi tormentati, e suscita il bisogno tutto umano e profondo di risolvere un enigma, chiama a raccolta i pensieri, le supposizioni. C'è una geometria psicologica che chiede spiegazioni e ci troviamo lì nel mezzo del labirinto con un capo del filo in mano, senza sapere dove andremo a cacciare il naso. A chi appartiene la mano potente che ha voluto il silenzio di un corpo? e perché se ne rimane lontana, fuori dal quadro, spenta anch'essa alla coscienza come il cadavere di un cuore dentro il petto vivo di una persona?

Ecco, le schede sono sistemate al loro posto e tutto mi dice che mi abituerò a questi orrori. Ma ci si può abituare al raccapriccio senza perdere qualcosa delle proprie capacità di sentire e patire? Il cattivo sapore che ho sulla lingua mi dice proprio di no. Ma la opacità patetica di queste fotografie che si accumulano davanti a me mi dice di sì. Ed è questa consuetudine che mi inquieta, questo passaggio dal no al sì, che avviene senza provocare quei disastri che immaginavo.

Alzo il ricevitore. Chiamo Adele Sòfia, la commissaria. Mi risponde una voce calma, gentile.

«Sono di radio Italia Viva, vorrei venire a trovarla.»

«Il direttore, Cusumano, mi ha parlato di lei. Il suo nome è Michela Canova, vero? Sì, venga pure. Ma oggi no, perché ho da fare, domani, va bene?»

Faccio il numero di Ludovica Bari. Mi risponde una voce tesa, allarmata. «Sono Michela Canova di radio Italia Viva, posso venire a trovarla?»

«Se è per parlare di mia sorella Angela, no.»

«Il fatto è che io abito in via Santa Cecilia, al 22; sua sorella Angela stava proprio di fronte a me, quindi la conoscevo...»

«Accidenti, ma lei è Michela la dirimpettaia! Angela mi ha parlato di lei. Venga pure, anche subito.»

Otto

Nelle fotografie sui giornali Ludovica Bari sembra più piccola e più scura. Vista di persona è una donna alta, dal collo lungo, le braccia sottili, i capelli chiari, il passo slanciato, il viso duro.

Mi precede verso il soggiorno camminando morbidamente sui tappeti cinesi stesi senza ordine sul pavimento di mattonelle bianche. Maniglie dorate, lampadari a goccia, divani ricoperti di una bella stoffa a fiori azzurri e viola su un fondo bianco latte.

«Vuole un analcolico?»

Allunga le braccia magre e nude verso un tavolinetto di vetro, stappa una bottiglia, versa del liquido rossastro in un bicchiere a calice e me lo offre sorridendo. Noto che ha tutti i denti falsi, sebbene certamente non abbia ancora raggiunto i quarant'anni. Sono denti perfetti, di porcellana splendente, ma, appunto, troppo perfetti.

«Posso farle una domanda?» mi dice mentre sorseggio l'analcolico.

Sembra che voglia subito invertire le parti; non sono io che intervisto lei ma lei me.

«Ha mai visto un uomo piccolino, sempre vestito di nero, con gli stivaletti dal tacco alto, entrare o uscire dalla casa di mia sorella Angela?»

«Non mi pare, aspetti che ci penso.» Ma la mia memoria è impietosamente sorda e muta, come succede quando la interrogo a bruciapelo.

«Cerchi di ricordare.»

«Veramente non mi sembra, ho il vuoto in testa. Sua sorella la vedevo sempre sola, ma è anche vero che io avevo orari diversi dai suoi. La vedevo molto poco, ecco tutto.»

«Era così imbranata, povera Angela.»

Dove l'ho sentita questa parola? ah, sì, mentre facevo la manovra, dal proprietario della Mercedes. Quindi anche Angela, come me, era "imbranata". Goffa? maldestra? lenta? impedita? o semplicemente distratta?

«L'avrà notato che era fragile, disordinata, incapace di organizzarsi. È sempre stata così anche da piccola, povera Angela, arrivava tardi a scuola, studiava ma non imparava, si faceva cacciare dalla classe per colpe non sue, veniva bocciata un anno sì e uno no, insomma un disastro.»

«E lei?»

«Io ero l'opposto. Non studiavo e prendevo buoni voti, mi volevano sempre eleggere capoclasse... avevo un certo ascendente sui compagni, venivo promossa ogni anno col massimo dei voti... Eppure Angela non me ne voleva per questo. Non ho mai conosciuto una persona meno competitiva di lei... era dolcissima, Angela, tanto dolce e remissiva quanto insicura... Aspetti, le faccio vedere una fotografia di quando era piccola.»

Sparisce nel corridoio. Per tornare subito dopo con un pacco di fotografie che sparpaglia sul divano accanto a me.

«Qui siamo a Fiesole. Ogni estate andavamo a trovare i nonni e rimanevamo lì un mese. Ora, nella villa, ci abita mia madre... Questa sono io. Ero un grissino, allora. Non che adesso sia molto più grassa ma allora facevo proprio pena. E questa è Angela, ha visto che capelli? è sempre stata più bella e più esposta... non so perché le dico queste cose, in fondo non la conosco affatto, ma ricordo che Angela mi ha parlato più volte di lei: l'ammirava: "fa un lavoro che piacerebbe fare a me" diceva, la ascoltava alla radio, sosteneva che la sua voce è un "paniere pieno di chiocciole", diceva proprio così... io... deve perdonarmi, non l'ho mai ascoltata alla radio...

forse per prevenzione, non lo so, non davo molta retta a quello che diceva Angela.»

Sono talmente stupita che il bicchiere mi scivola di mano andando a rovesciarsi su uno dei preziosi tappeti cinesi. Mi chino a raccattarlo chiedendo scusa. Lei sorride paziente, corre in cucina a prendere uno straccio bagnato. Non immaginavo affatto che la mia vicina mi avesse notata e che parlasse di me con la sorella. Non immaginavo che mi ascoltasse alla radio e che desiderasse fare il lavoro che faccio e soprattutto che considerasse la mia voce un "paniere pieno di chiocciole". Ma allora perché non mi ha mai rivolto la parola? E perché si chiudeva dentro rumorosamente piantandomi sul pianerottolo come fossi una nemica ogni volta che ci incontravamo?

«Qui siamo a Vulcano», dice Ludovica mettendomi in mano un'altra fotografia, dopo avere gettato lontano lo straccio sporco, «conosce Vulcano?»

«No.»

«Papà ci portava spesso laggiù, in vacanza; affittavamo una villa con tanti archi, sul mare, me la ricordo ancora. Qui la villa non si vede, in compenso si vede la lava scura, è tutto nero in quell'isola, e la cosa stupefacente è che da quella terra livida, vetrosa, nascano delle magnifiche piante verdi, di un verde tenerissimo.»

Con tutta la persona protesa in avanti, Ludovica Bari vuole ad ogni costo riuscire gradevole. I capelli morbidi le coprono una parte della faccia. Al contrario della sorella che li portava corti, lei li tiene lunghi e serpentini, che cadono lungo le guance e sul collo. Delle ciocche dalla punta all'insù lambiscono le braccia nude e i seni che sono particolarmente pesanti per un corpo leggero come il suo.

«Qui siamo in bicicletta a villa Borghese, mio padre era già morto, mia madre si era appena risposata. Non abbiamo l'aria felice nessuna delle due, eh? il fatto è che il patrigno non ci piaceva... sì, proprio come nelle favole più famose: è tradizione che le matrigne e i patrigni siano sgraditi... eppure il nostro patrigno era un uomo gentile e premuroso... che

si piccava di fare il severo con noi... per puro spirito pater-
no... Angela credo che ne avesse paura anche se era la predi-
letta. Ci riempiva di regali... doveva vedere per Natale, cosa
faceva: la mamma si alzava e ancora con gli occhi chiusi veniva portata per mano da Glauco in camera nostra dove si
spalancavano gli scuri e appariva un enorme albero di Natale coperto di pacchi e pacchetti. Li aveva incartati lui uno
per uno, e sapeva sempre quello che desideravamo.»

«È ancora vivo questo patrigno?»

«Certo. E sta benissimo. Ha lasciato mia madre per mettersi con una ragazza di trent'anni più giovane.»

«E questo quando è successo?»

«Qualche anno fa, non ricordo, preferisco non pensarci.
È da allora che la mamma ha cominciato a soffrire di eczemi
alle mani e di mal di testa devastanti. Quando le vengono
questi dolori si barrica in casa, con le persiane chiuse e non
può alzarsi dal letto; anche uno spiraglio di luce la fa urlare.
Angela andava a trovarla, le teneva le mani per ore; quelle
povere mani che si riempiono di bolle, di piaghe e che lei co-
pre con i guanti... Io vado meno volentieri da mia madre perché ci litigo. È ancora una donna così bella, dovrebbe tro-
varsi un marito invece di chiudersi in camera a soffrire... È
per non litigare che me ne sono andata di casa presto. Mi sono sposata a diciotto anni ed ero ingenua, mi creda, una
bambina...»

«Suo marito si chiama Mario Torres?»

«No, lui è venuto dopo. Mio marito l'ho lasciato perché
non lo amavo affatto, l'ho capito dopo un anno di matrimonio. Eravamo troppo diversi. Mario Torres è il mio "fidanzato", chiamiamolo così, non c'è in realtà un nome per indica-
re qualcuno che si ama e con cui si convive fuori da ogni progetto matrimoniale: convivente? troppo burocratico, amante? troppo peccaminoso, sembra una parola uscita dai ro-
manzi di Pitigrilli che leggeva mia madre; compagno? sa di
politica...»

«E perché non vuole fare progetti di matrimonio?»

Ormai tutto sembra possibile con Ludovica, anche una

domanda indiscreta come questa. È lei che mi ha tirata dentro la sua vita e mi pare che abbia ancora voglia di dire, di parlare, non sembra nemmeno disturbata dalla presenza del Nagra che tocco il meno possibile per farglielo dimenticare.

«Il matrimonio rovina tutto» risponde lei affabile; «l'ho già provato una volta e mi basta. Non credo che mi sposerò più. Un fidanzato ha qualcosa di attraente, io con lui ci faccio l'amore, ci viaggio, ci vado al cinema, ma poi ognuno a casa propria, non pensa anche lei che sia meglio così?»

«Non aveva detto che vivete insieme?»

«Quando capita, quando ne abbiamo voglia, ma ognuno conserva la propria casa. Lei ce l'ha un fidanzato, Michela?»

«Sì.»

«E come si chiama?»

«Marco.»

«E che fa?»

«In questo momento sta in Angola per il suo giornale. Lo vedo poco.»

«Meglio così.»

Le mani lunghe e diafane rovistano fra le fotografie. Alcune le mette da parte, altre me le getta in grembo. Sembra presa da una euforia nervosa che le arrossa gli zigomi.

«Per dirle il carattere di mia sorella: alla morte di nostro padre, abbiamo ereditato quattro appartamenti. Due a me e due a lei. Quando ha compiuto vent'anni ha regalato uno dei suoi, non so nemmeno a chi. In certi momenti ho pensato che fosse pazza. Diceva che la proprietà la ingombrava. Ecco, qui Angela è a Venezia, fra i piccioni, una foto più che classica, banale, eppure credo che sia stato il momento più felice della sua vita, si era appena sposata con un uomo che amava. Pensava di partire con lui per l'America, poi tutto è andato a rotoli e lui è partito da solo.»

«Ma perché?»

«E chi lo sa? forse era colpa sua, di Angela. Gli uomini si innamoravano di lei, come pere cotte, ma poi la lasciavano. Forse ne avevano paura, o forse avevano paura del suo segreto.»

«Quale segreto?»

«Non lo so. Chiunque poteva sentire che Angela aveva un segreto. Dava l'idea di una persona che tiene dei terribili segreti in corpo... forse era tutta scena, non lo so, ma questa era l'impressione che dava.»

La vedo raggomitolarsi sul divano come se avesse freddo. I capelli le cascano sulla faccia che si fa scura, contratta.

«Il guaio è che era rimasta incinta di quel marito. L'abbiamo convinta ad abortire quando lui è partito. Lei non voleva, ma si era ridotta a pesare quaranta chili e si era messa pure a bere, l'abbiamo forzata, ma era per il suo bene; il bambino sarebbe venuto fuori deforme, dicevano i medici.»

Adesso è di nuovo distesa, quasi serena. Che strana abilità ha questa donna, mi dico, di cambiare fisionomia: ora si fa piccola, buia, quasi brutta, ora si fa grande, leggera e bellissima.

«Una cosa ben fatta, s'intende, con l'anestesia.» Capisco che sta parlando dell'aborto della sorella. «Non ha sofferto affatto. Ma poi, anziché migliorare, è peggiorata, così l'abbiamo convinta ad andare da uno psicoanalista. Il quale, dopo un mese di cure, ha detto che doveva essere ricoverata tanto il suo stato era grave, e lei si è fatta un anno di clinica psichiatrica. Per pagarla si è venduta l'altra casa, ha capito adesso come era mia sorella? una ragazza meravigliosa, ma incapace, dissestata, quasi demente.»

«E chi può averla uccisa?» chiedo controllando il microfono che sta pericolosamente scivolando verso il pavimento.

«Se lo sapessi mi sentirei più tranquilla. Da ultimo era diventata misteriosa, mia sorella; sembrava che avesse paura di noi, non ci diceva chi frequentava, con chi usciva, come viveva. Era diventata gelosa della propria vita, teneva nascoste anche le stupidaggini più stupide...»

«Ma lavorava? come viveva?»

«Lavorava, sì, a spizzichi e bocconi. Le capitava una particina in un film, la faceva, poi smetteva per qualche mese, finché non aveva finito i soldi; dopo, ricominciava a cercare.»

«E soldi suoi non ne aveva?»

«Tutto quello che aveva ereditato l'ha sperperato, buttato al vento. Mia madre ogni tanto le dava qualcosa, ma niente di fisso. Per orgoglio lei non chiedeva. Certe volte si riduceva a vivere di patate. La supplicavo di venire da me, c'era sempre la tavola apparecchiata per lei, e anche dei soldi se voleva, ma non veniva mai... Credo che avesse antipatia per Mario anche se Mario era così affascinato da lei. Andava più volentieri dalla mamma a Fiesole. Le piaceva il giardino della villa dove aveva giocato da bambina. Era capace di rimanere ore e ore a guardare il cielo, sdraiata su un prato, sotto un tiglio. Diceva che l'odore dei tigli la faceva pensare al paradiso.»

Dunque anche Angela Bari amava i tigli. E chissà che non abbia scelto di venire a vivere in via Santa Cecilia per quei due enormi tigli che crescono nel cortile. Certe sere d'estate il profumo sale, leggero e intenso, fino alle terrazze dell'ultimo piano.

«Era una ragazza labile, gliel'ho detto, malata di testa. C'era un periodo che vomitava in continuazione, non si capiva cosa avesse. Ha fatto tutte le analisi ma non le hanno trovato niente, era la testa che non funzionava.»

Mi sembra animata da un'ansia dimostrativa fin troppo insistente. Che cosa vuole che sappia o che non sappia? Con una voce dalle intenzioni eroiche mi spinge a fare la conoscenza della sua famiglia. Ma mentre mi mostra il disordine e i guasti di un piccolo mondo andato a pezzi, mi suggerisce le interpretazioni e i giudizi da cavarne, ansiosa che io li faccia miei.

«Ora però è tardi, e devo uscire... vuole tenere una foto?»

«Grazie» dico e allungo una mano verso un ritratto delle due sorelle che camminano insieme per strada. Ludovica un poco più alta di Angela, il sole nei capelli, un sorriso orgoglioso sulle labbra sottili. Angela, più morbida e in carne, con qualcosa di arreso e di disperato nell'incedere. Guardo bene e mi sembra di scorgere, ai piedi della sorella minore, un paio di scarpe da tennis azzurre. Che siano quelle che ho visto dietro la porta, appaiate con commovente precisione nell'ingresso della casa vuota?

Nove

Salendo in ascensore vi trovo un uomo. Ma non erano chiuse le porte? come se fosse rimasto lì appiattito contro la parete ad aspettarmi. Potrei ancora uscire, ma nel tempo che perdo a decidere, le porte si chiudono e l'ascensore prende a salire. Lo guardo preoccupata: è un uomo piccolo, giovane, ma con la faccia sciupata. Porta un giaccone nero e un paio di stivaletti coi tacchi.

Mi vengono in mente le parole di Ludovica: "Ha mai visto un uomo piccolo, sempre vestito di nero, con gli stivaletti dal tacco alto, alla californiana, entrare e uscire dalla casa di mia sorella?". Che sia lui? ma dove va? l'appartamento di Angela Bari è chiuso, sprangato, la polizia ha messo i sigilli. L'inquietudine mi fa alzare di nuovo gli occhi sull'uomo; che stia venendo da me? e se fosse lui l'assassino di Angela? se perfino la sorella lo sospetta? Eppure sarebbe stupido per un assassino rivelarsi così apertamente. Sorrido mentalmente del mio frettoloso ragionare, sto cercando di rassicurarmi.

I pulsanti continuano ad illuminarsi a ogni piano ma l'ascensore non accenna a fermarsi. L'inquietudine riprende ad asciugarmi la saliva in bocca. Forse la cosa migliore è parlargli.

«Io vado all'ultimo piano, e lei?»

«Anch'io» dice asciutto. Noto che ha l'accento veneto. C'è in lui qualcosa dello studente fuori corso. Uno studente che si traveste da teppista o un teppista che si traveste da studente?

L'ascensore continua a salire. Mi tengo vicina all'allarme pensando di buttarmi sul pulsante alla sua prima mossa. Ma lui non si muove affatto. Mi guarda con aria sonnacchiosa, sorridendo a bocca chiusa. Capisce forse che ho paura e ride di me. Cerco di mostrarmi disinvolta anch'io; gli osservo le mani che ha piccole e nervose: potrebbero essere le mani dell'accoltellatore? sul mignolo spicca un anello d'argento con un occhio di tigre incastonato. L'anello e le mani fanno pensare ad un ragazzo di periferia cresciuto fra stenti e violenze; gli occhi intelligenti e la negligenza un po' snob del vestito fanno pensare ad un ragazzo ricco, viziato.

Finalmente l'ascensore si ferma con un piccolo scatto elastico. Le porte si aprono soffiando, e io esco, avviandomi tranquillamente verso casa, anche se il cuore è in tempesta. Vedo con la coda dell'occhio che lui non accenna ad uscire dall'ascensore. Rimane lì in piedi, davanti alle porte spalancate e mi guarda armeggiare con le chiavi. Apro o non apro? e se poi mi viene dietro e pretende di entrare? faccio in tempo a chiudere prima che mi raggiunga?

Ma lui non sembra badare affatto a me. Intanto si è acceso una sigaretta e ha gettato il fiammifero spento sul pianerottolo con aria di sfida.

Mentre giro la chiave e faccio per entrare rapidamente in casa, sento l'ascensore che si chiude con un soffio e lui viene inghiottito via insieme con i suoi stivaletti californiani, il suo giubbotto di pelle e il suo anello con l'occhio di tigre. Tiro un sospiro di sollievo.

Entro in casa, sprango la porta. Mi metto a preparare la cena. Stasera ho ospiti e non ho ancora cucinato niente; sono quasi le otto e mezza. Decido per gli spaghetti al burro e scorza di limone che sono così profumati e rapidi da farsi. Poi servirò del prosciutto col melone e dei formaggi che ho comprato stamattina in tutta fretta, andando alla radio.

Ma mentre riempio la pentola di acqua, mentre gratto la scorza di limone, mentre apro il pacchetto del burro, mi accorgo che la faccia sorniona dell'uomo in nero continua a tornarmi in mente: che cosa avrà voluto dimostrare con quella sua salita gratuita? sarà stata una minaccia? un avvertimento? o solo uno spiare divertito, perfino uno scherzo cretino?

Dovrò telefonare a Ludovica Bari; è lei che mi ha parlato di quest'uomo con gli stivaletti californiani. E se provassi a chiamarla? Con le mani unte di burro vado al telefono e faccio il numero. Mi risponde subito, ridendo.

«Ah, è lei, Canova, stavamo proprio parlando di lei.»

«Volevo dirle che stasera, in ascensore, ho visto quel tipo con gli stivaletti e il giubbotto nero...»

«Sta qui davanti a me» dice divertita.

«Lo conosce bene?»

«Non lo conoscevo affatto, me ne aveva parlato Angela, tutto qui. Ma adesso lo conosco; è venuto a trovarmi, è un tipo molto simpatico.»

«E perché è venuto qui se poi neanche è sceso dall'ascensore? glielo chieda, per favore, visto che è lì.»

Sento un parlottare fitto fitto e poi delle risatine. La voce fresca e squillante di Ludovica torna dentro la cornetta: «È un tipo buffo. Dice che voleva solo vederla, conoscerla, che l'aspettava in ascensore per questo».

«Ma perché voleva vedermi, che c'entro io? e poi perché non ha detto qualcosa visto che mi cercava?»

«Dice che non aveva niente da dire.»

«Ma perché voleva vedermi?»

Ancora un parlottare, un ridacchiare e poi la voce gentile di Ludovica: «Dice che vuole vedere in faccia le persone che Angela frequentava, me compresa».

«Gli chieda cosa pensa dell'assassinio di Angela.»

«Non lo sa» è la risposta laconica. «Arrivederci, Michela.»

Così chiude la conversazione. E io rimango lì come una patata, senza sapere che fare, con la sensazione di avere partecipato ad un gioco incomprensibile ed estraneo.

Ma ecco che suonano alla porta. Sono arrivati gli ospiti e io non ho ancora apparecchiato la tavola, né messo il vino in freddo, né tagliato il pane.

Dieci

Un portone pretenzioso, con dei fregi in terracotta. Sulla destra un quadrante di metallo su cui spiccano i bottoni dorati dei citofoni. Cerco Adele Sòfia. Trovo Sòfia Girardengo, due cognomi, che sia quello del marito? Suono. Mi risponde una voce flebile: «Quinto piano».

L'ascensore è di quelli all'antica, coi grandi pannelli di vetro e l'intelaiatura in legno che lascia il passeggero esposto come un piccione in gabbia. E scivola da un piano all'altro con un fruscio metallico, sotto l'alone di una lampada giallina.

Mi viene ad aprire una donna di mezza età, magra, bruna, con un bel sorriso accogliente. Non mi sembra la stessa donna che ho incontrato per un momento alla radio.

«Cerco Adele Sòfia» dico, «ho un appuntamento.»

«Sì, è di là, venga... io sono Marta Girardengo, lavoriamo insieme.»

Mi fa passare per un corridoio coperto da una moquette rosso lacca. Una porta si apre silenziosa. Adele Sòfia mi viene incontro con uno straccio da cucina in mano.

«Scusi, ma stavo ai fornelli... venga, si accomodi.»

Mi sistemo su una sedia di legno intarsiato, dai motivi tirolesi, cuoricini e stelle alpine. Tutto il soggiorno è in stile alpino con mobili di legno massiccio, delle corna di cervo appese alle pareti, c'è perfino una stufa bellissima di maiolica bianca e verde.

Mentre mi raggiunge nel soggiorno la vedo togliersi un

grembiule ampio di panno color crema. Mi indica un divanetto basso ricoperto di lana ruvida: «Non preferisce il divano?».

«No, sto bene qui.»

Si siede di fronte a me e mi rivolge un sorriso benevolo. Avrà quarant'anni, penso. È robusta, muscolosa, con qualcosa di morbido e materno nei movimenti, un'aria risoluta negli occhi grandi e luminosi.

«È venuta per i dati? me ne ha parlato il suo direttore. Non è facile avere delle statistiche precise... fra l'altro nelle statistiche, da noi, non si fanno distinzioni di sesso: sono considerati crimini e basta. Le darò delle documentazioni, ma più straniere che italiane. Sono gli americani, soprattutto, che hanno la mania di catalogare i reati secondo i sessi... Proprio in America hanno scoperto che una delle cause di morte violenta, più frequenti fra le donne, si trova in famiglia: mariti che uccidono le mogli, figli che uccidono le madri. Sul quaranta per cento dei delitti che avvengono in famiglia, il settantadue per cento delle vittime sono donne, lo leggevo proprio poco fa... e la sa la cosa più curiosa? sono più bianchi che neri. Così dicono. Ma lei sa che le statistiche sono così opinabili e spesso anche manovrabili.»

«Lei conosce il caso Angela Bari?»

«Ho letto qualcosa sui giornali. Se ne sta occupando un mio collega, il commissario Lipari. E il giudice istruttore si chiama Boni. Ma perché le interessa questo caso in particolare?»

«Angela Bari abitava di fronte a me, nel mio stesso palazzo, in via Santa Cecilia al 22.»

«E la conosceva?»

«No, era venuta ad abitare lì da poco, forse meno di un anno. L'ho vista solo rare volte, in ascensore.»

«Ha qualche sospetto?»

«No, niente.»

«Be', allora...» Vedo che fa per alzarsi. Che voglia mandarmi via?

«Le piacerebbe assaggiare dei canederli appena fatti accompagnati da un magnifico vino del Reno?»

«No, grazie, devo tornare alla radio.»

«I canederli sono una mia specialità, non ne vuole proprio assaggiare uno?»

In effetti è l'ora di pranzo e fino alle tre non è previsto che sia alla radio. Accetto l'invito. Ho anche fame, e lei sembra contenta.

Mi precede in una grande stanza che fa da cucina e da sala da pranzo insieme. Vedo che attorno alla tavola ci sono tre sedie: una per Adele Sòfia, una per Marta Girardengo e una per me. Quindi aveva già previsto che dicessi di sì.

Ci sediamo. Adele Sòfia serve i canederli che sono davvero molto saporiti. Intanto Marta Girardengo ha tirato fuori dal forno un pasticcio di spinaci che profuma di burro fuso e formaggio.

Mi sembra di conoscerle da anni: ridono, mangiano, si versano da bere; sono spontanee e accoglienti. Adele Sòfia assomiglia a qualcuno ma non ricordo chi. Poi, mentre spezzo a metà un canederlo, capisco chi mi fa venire in mente: Gertrude Stein nel ritratto di Picasso. La stessa matronale potenza, gli stessi occhi intensi nocciola, la stessa capigliatura abbondante raccolta sulla nuca in un nodo sbrigativo, la stessa bocca grande e ben disegnata. Sola differenza: la macchinetta per i denti che dà alla materna maestà della commissaria un che di infantile e imprevedibile.

«Quando l'assassino non si trova nei primi giorni è difficile che venga acciuffato in seguito» sta dicendo con la bocca piena.

«Quanti delitti impuniti ci sono nel nostro paese, per quello che risulta a lei?»

«Statistiche precise non ce ne sono, come le ho già detto, e se ce ne sono non verranno certo divulgate dalla polizia, è comprensibile, c'è già tanta sfiducia.»

«Ho sentito parlare del quaranta per cento.»

Adele Sòfia ride; devo pensare che sono di più? Mi posa nel piatto un'altra pallottola di pane impastata con lo speck, nonostante le faccia un segno di diniego. «Ancora spinaci?»

«È vero che i delitti contro le donne sono quelli che rimangono più impuniti?»

«È vero.»

«E perché? le dispiace se registro?» dico piazzando sulla tavola il piccolo Sony coi suoi potenti microfoni.

Non risponde né sì né no, ma la sua voce cambia leggermente di tono, da colloquiale che era, diventa esplicativa, didascalica.

«Perché molto spesso avvengono in famiglia» spiega pazientemente, «c lì si entra in un campo minato. È difficile capire qualcosa dei rapporti più intimi all'interno dei nuclei familiari, ci si perde, è un guaio, a volte non fanno che accusarsi a vicenda e le cose si imbrogliano dal punto di vista giuridico.»

Si alza, va a prendere un foglio e me lo mette accanto al piatto.

«Ecco, questi sono i delitti di quattro settimane. Solo di due sono stati presi i responsabili. Degli altri non si sa niente.»

Fa uno strano verso come il soffio di un palloncino bucato e lo accompagna con un gesto elegante della mano. Noto che porta un anello d'argento con un occhio di tigre sul mignolo. La guardo stupita. Dove ho visto un anello del tutto simile? Ma sì, al dito dell'uomo dagli stivaletti californiani, giorni fa in ascensore.

Adele Sòfia vede che fisso l'anello e se lo rigira attorno al dito con un gesto lento: «Questo anello me lo ha regalato un amico che adesso è morto» dice improvvisamente compunta e seria.

«Ne ho visto uno uguale al mignolo di un uomo, recentemente» dico e le racconto la storia dell'incontro in ascensore e delle parole di Ludovica; ma non mi sembra che dia molta importanza alla cosa. «Controlleremo», dice distrattamente.

Torno a guardare il foglio che mi ha messo davanti. È un elenco di nomi seguito da brevi note:

"Cinzia O., sette anni, trovata morta con la testa fracassata, in via Tiburtina. Tracce di violenza sessuale. Ignoti."

"Maria B., 45 anni, morta per strangolamento nella sua casa di Labaro. Ignoti."

"Renata M., 22 anni, trovata a villa Borghese, accoltellata. Ignoti."

"Giovannina L., 16 anni, scoperta dagli spazzini a Ostia, un colpo di pistola in testa. Ignoti."

Non riesco più a mangiare. Adele Sòfia mi guarda compassionevole.

«Non deve impressionarsi tanto, se no come farà a condurre la sua ricerca per la radio sui crimini contro le donne?»

Porto un cucchiaio di pasticcio di spinaci alla bocca ma le labbra rimangono chiuse, serrate.

«Non è tenendosi alla larga dai delitti che questi smettono di essere commessi» dice saggiamente. «È bene sapere che in una città come Roma quasi ogni giorno c'è un delitto. Se possiamo fare qualcosa, bene, altrimenti pazienza. Ma è bene saperlo che viviamo in una città brutale soprattutto verso chi non ha il conquibus...»

Quella parola mi sveglia dal torpore in cui ero caduta: "conquibus"? da quanto non la sentivo, la usava la mia professoressa di italiano al ginnasio e mi chiedevo se avrei mai trovato l'occasione e il coraggio di adoperarla anch'io. Ed ecco che oggi, questa commissaria che assomiglia a Gertrude Stein, a tavola, davanti ad un pasticcio di spinaci, mentre mi parla di delitti impuniti, tira fuori con naturalezza la parola "conquibus" come se facesse parte del linguaggio di tutti i giorni.

«Ma non succede mai che qualcuno, dopo anni, confessi il proprio delitto?»

«È rarissimo. Può succedere invece che un vicino di cella o un ex complice si decida a denunciare l'ex amico, questo semmai può succedere, ma è raro... Lei però mi sembra troppo impressionabile per occuparsi di queste cose, perché non lascia perdere?»

«Lo penso anch'io» dico, e sono sincera. I canederli mi sono rimasti a metà stomaco e non riesco a mandarli né su né giù.

La vedo ridere di me, ma senza cattiveria, come si ride di

una persona un poco goffa e maldestra che inciampa nei propri piedi.

«La aiuterò, se vuole» dice facendosi seria, «ma ci pensi bene, prima di intraprendere un lavoro così ingrato. Mi faccia sapere.»

E questa volta mi congeda davvero con un gesto frettoloso anche se gentile, senza neanche offrirmi un caffè. «Fra un quarto d'ora mi aspettano in ufficio, si è fatto tardi» dice «le sono piaciuti i canederli in brodo? sono un ricordo della mia lunga permanenza a Bolzano. Finisca il suo vino, vedrà che le farà bene.»

In piedi, mentre lei sparecchia rapida, mando giù il vino bianco, frizzante, e mi sembra finalmente di cominciare a digerire.

Undici

Stasera sono sola alla consolle: il tecnico ha la bronchite e il sostituto ha telefonato che non può venire perché la moglie ha le doglie. Il direttore ha fatto una gran scenata contro "questi pappamolla che non hanno voglia di fare niente", ma si è ben guardato dal dirlo a loro. Perché sa che i tecnici sono rari, costano cari e sono difficili da sostituire, mentre di giornalisti se ne trovano quanti se ne vogliono. E la sera la consolle è spesso sguarnita.

La trasmissione notturna si chiama "Dialoghi semiseri con gli ascoltatori". Così è segnata sul palinsesto settimanale. L'ascoltatore telefona e, con l'aiuto del professor Baldi che se ne sta comodamente seduto a casa propria, ascoltiamo, commentiamo, rispondiamo alle voci angosciate che chiamano radio Italia Viva. Solo qualcuno sa ridere, i più chiamano per disperazione e tendono a rovesciarci addosso i loro carichi di angoscia da solitudine. Di semiserio c'è ben poco.

«Mia moglie se n'è andata e io non riesco più a dormire» dice un ascoltatore dalla voce chioccia.

«Non ci ha detto come si chiama...»

«Giovanni, mi chiamo Giovanni... ho provato a bere della grappa, ho provato a fare il bagno caldo, ho provato a camminare su e giù per la stanza, ho provato a fare ginnastica, ma non c'è niente da fare, il sonno non viene...»

«E come mai se n'è andata sua moglie?»

«Non lo so, è questo il guaio, non lo so, una sera è uscita e non è più tornata. Poi mi ha mandato a dire da una sua cu-

51

gina che rivoleva i suoi pigiami. Non i quadri, i vestiti, badi bene, quel po' di gioielli che aveva, no, solo i pigiami, come a dire: io con te non ci dormo più.»

«Mio caro Giovanni...» sento la voce del professor Baldi che si inserisce... ma subito diventa rauca, sorda, che sta succedendo? provo a tirare su la leva del volume, ma sento uno scoppiettio. Ancora una volta maledico il materiale di radio Italia Viva che è stato comprato di seconda mano dalla Rai, e si sente.

«Se n'è andata senza dire né ai né bai... dovrà pur darmi una spiegazione no? gliel'ho mandato a dire da sua cugina e lo sa cosa mi ha fatto rispondere, lei? prima, mandami i miei pigiami e poi parliamo. Lei che dice, tornerà?»

«Ma lei si è chiesto il vero motivo della fuga di sua moglie?» Sono riuscita a schiarire la voce di Baldi ma non riesco a togliere il fondo metallico.

«Nessun motivo, professore, gliel'ho detto, mia moglie se n'è andata e ora vuole i suoi pigiami.»

Faccio per alzare il volume della voce di Baldi, abbassando quella dell'ascoltatore, ma sento che il professore si appresta a tossire. Alzo il sottofondo musicale per coprire le esplosioni nel microfono. Cerco di fare parlare ancora l'ascoltatore ma questo, come un mulo, si impunta sulla storia dei pigiami e non riesce a dire altro.

Il professor Baldi intanto, dopo due colpi di tosse squassanti, torna a parlare con voce piana dentro la cornetta: «Caro Giovanni, lei deve chiedersi in tutta coscienza se non c'è una parte di responsabilità da parte sua...».

Tolgo del tutto la musica, schiarisco per quanto possibile la voce del professore col rischio di deformare quella dell'ascoltatore, tengo due dita sul miscelatore cercando di non scompensare troppo il livello dei suoni.

«Io da voi volevo sapere, da lei, professor Baldi, che è un esperto della psiche e dalla signora Canova che è una giornalista sempre a contatto coi mali del mondo, se tutti i matrimoni sono destinati a logorarsi, a sfaldarsi, a rovinarsi... perché intorno a me vedo solo macerie di matrimoni... fino a ieri pensavo: però il mio resiste e invece mia moglie mi manda a dire da sua cugina che rivuole i pigiami e questo sa cosa vuol dire?...»

«L'ha già detto, signor Giovanni, l'ha già detto... ma ho sentito male o lei ha detto "il mio matrimonio"?»

«Sì, professor Baldi, ho detto il mio matrimonio, perché?»

«È lì l'errore, caro Giovanni, per questo sua moglie se n'è andata. Se lei avesse detto "il nostro matrimonio" le cose sarebbero diverse; ma "il mio matrimonio" vuol dire che nella sua testa pensava: mia moglie, la mia casa, la mia felicità, il mio futuro, il mio sonno, eccetera. E così è successo che il matrimonio di lui non ha coinciso col matrimonio di lei. Quella frase dimostra la sua profonda disattenzione per le ragioni di sua moglie, caro Giovanni... è sempre lì? non la sento più.» E rivolto a me: «Deve essere caduto il cretino, me ne passi un altro».

Spero che Giovanni non abbia sentito: l'audio non era del tutto staccato. Chiudo il collegamento con l'ascoltatore svanito nel nulla, riporto su la musica di fondo, e intanto chiedo al professor Baldi se vuole subito un'altra telefonata o preferisce prendersi un poco di riposo. Lo sento starnutire rumorosamente. E immediatamente una voce di bambino salta su gridando: «Salute!». Ma da dove è sbucata questa voce? non mi risulta che il professor Baldi abbia figli, deve essere un ascoltatore che si è inserito di straforo. Sento il professore che riprende a tossire. Abbasso del tutto l'audio mettendo la musica in primo piano.

Ora che ci penso, questa tosse secca e stizzosa lo accompagna sempre. Anche il tecnico deve fare miracoli per evitare che sia troppo riconoscibile nel microfono. Non ha l'aria di una persona felice il professor Baldi, nonostante sia così ben disposto a dare consigli contro l'infelicità. Di persona non l'ho mai visto; conosco solo la sua voce al telefono, schiacciata e nello stesso tempo amplificata dal mezzo meccanico. Chissà se è alto, basso, bruno o biondo. Non so niente di lui eppure mi sembra di conoscerlo bene perché la voce lo rivela, come fosse nudo al di là del filo: un uomo pacato, gentile, pigro, si direbbe, dall'intelligenza capziosa e lenta, una buona capacità di analisi e qualche tendenza, sempre per pigrizia, al cinismo. Ma ha un chiaro ascendente sugli ascoltatori, perché lo chiamano in molti. Il suo segreto è un misto di severità provocatoria e di svagatezza materna. La cosa che più mi piace di lui è una certa risatina imprevista che ogni tanto salta fuori senza che lo voglia, come un soprassalto di bambinesca allegria. Che fa a pugni con la sua abituale voce scorrevole e savia, abituata a dare consigli, a impartire lezioni, a consegnare ricette, a fare diagnosi a distanza.

«Mi chiamo Gabriella» dice una voce squillante al telefono.

«Quanti anni ha, cara Gabriella?»

Quel chiamare tutti caro e cara mi indispone; una volta gliel'ho anche detto, ma lui non ne ha tenuto conto.

«Il guaio, mio caro professore, è che sono gelosa, ma tanto gelosa, che mi rovino la vita.»

Deve essere giovane, ha una voce aspra e vigorosa.

«Si ricorda quel personaggio di Pirandello che firmava col gesso le suole delle scarpe di sua moglie perché non uscisse? ecco, io sono così, ossessionata dai dubbi, solo che non posso impedire a mio marito di uscire. Ma lo controllo, lo seguo anche per strada qualche volta, lo spio. Quando rientra a casa ficco una mano nelle sue tasche, frugo nel portafogli. Una volta ci ho trovato un preservativo, capisce, e con me non li usa...»

«La sua è una ossessione, cara Rosanna.»

«Gabriella, professore, Gabriella.»

«Ah, sì, Gabriella, mi scusi... la gelosia è una confessione di debolezza... lei ha paura di perdere il controllo sul suo uomo, perché quel controllo è la sola cosa che la fa sentire potente. Perdendo il controllo perde il suo potere. Ma puntare tutto sul controllo di una persona è come, per un popolo, puntare tutto sulla monocultura... è destinato alle catastrofi... sarà schiavo di un mercato, uno solo e alle prime difficoltà di vendita, carestia...»

Ma dove li va a trovare certi paragoni, mi chiedo e rido fra me dell'azzardo in cui si slancia. Chissà che faccia sta facendo la povera Gabriella.

«Invece di ficcare il naso nel portafogli di suo marito, si dedichi a qualcosa che le piace, pratichi una sua attività che non riguardi lui, lo lasci in pace e pensi ad altro.»

«Lo dice anche il mio confessore.»

Un momento di silenzio. Non è piaciuto al professor Baldi essere paragonato ad un sacerdote.

«E poi lo sa, la gelosia è anche un suggerimento all'amato, è come dirgli tradiscimi! Finirà per farlo anche se non ne ha voglia, per soddisfare la sua smania poliziesca... Questo non glielo dice il suo confessore, spero...»

«Ma, professor Baldi, come faccio a pensare ad altro, che ho solo quello nella mente?»

Sento il professore che sbadiglia senza precauzione. Abbasso l'audio, mi inserisco per dire che incalza il giornale radio. Il professore sembra sollevato, non sapeva più come continuare con la giovane gelosa, non ha nessuna curiosità per le storie che gli vengono a raccontare.

Metto sul piatto la voce di Billie Holiday. Contro gli ordini del direttore che vuole solo canzoni della Hit Parade della settimana; ma a quest'ora della notte spero che non mi ascolti.

«Si ricordi che qui la radio va avanti perché diamo sempre musica di grande successo e sempre nuova», me l'ha detto tante volte.

Il disco di Billie Holiday l'ho portato da casa mia: l'archivio della radio è pieno di robaccia e mancano i classici. A quest'ora il direttore sta a cena con una nuova fiamma. Anche se un paio di volte è successo di vederlo arrivare in trasmissione, alle due di notte, con la sua zazzera bionda, le bellissime mani farfalline pronte a sedurre, redarguire, aprendosi come ventagli.

Ascolto la voce morbida e grave di Billie Holiday che spazza via dalla mia mente gli orrori dei corpi straziati di cui mi sono occupata tutto il giorno. Eppure anche il suo è stato un corpo straziato.

Ma, intanto, l'occhio viene attratto dai riflessi delle luci al neon sul cranio nudo di Tirinnanzi. Mi fa un cenno per dire che è pronto per la lettura del giornale radio. Abbasso la musica con lentezza, senza spezzarla; mi spiace interrompere il dolce e doloroso monologare della voce femminile. Mentre il contasecondi entra nel terzo minuto, do il segnale a Tirinnanzi che parte con le notizie.

Ha una voce pastosa, suadente, piena di sfumature, anche se un poco manierata. Ad ascoltarlo sembrerebbe l'uomo più affascinante del mondo. E invece, a guardarlo, mette tristezza: la faccia bianca, le mani esangui, le caviglie senza calzini, gonfie, sembrano essere state bollite prima di entrare nelle scarpe.

Ascolto distrattamente il giornale radio finché non arriva alle notizie di cronaca: «Il caso Angela Bari. Gli investigatori hanno interrogato ieri a Genova il fidanzato della vittima, Giulio Carlini. Pare che l'alibi non sia solido come sembrava giorni fa. L'uomo ha mentito su vari fronti, aveva anche nascosto di avere una relazione con un'altra donna, di Genova».

Punto e basta. Ma che razza di notizia, confusa e monca. Dovrò andare a vedere cosa scrive l'Ansa. A quest'ora ci si permettono delle libertà che di giorno sarebbero censurate. La maggior parte degli ascoltatori, si presume, dorme e quelli che ascoltano sono poco attenti. Immagino Tirinnanzi che, seduto al suo tavolo, ha scritto la notizia pensando ad altro, morto di sonno e di noia.

Mi piacerebbe parlare con questo Carlini, chissà se riuscirò a trovarlo. Intanto inserisco la sigla finale del giornale radio. Tolgo il microfono a Tirinnanzi e metto dell'altra musica: Maria Monti, questa volta, un'altra che il direttore non approverebbe. Intanto faccio il numero del professor Baldi che mi risponde tossendo. È scocciato, ha sonno e certamente pensa che, per quello che guadagna, potrebbe anche rinunciare a questo lavoro. Ma non è il guadagno, in realtà, quello che conta: è la popolarità che gli dà la radio che lo lusinga. Anche se la nostra è una radio privata, i suoi cinquantamila ascoltatori per notte li racimola e, attraverso questi, il professore si fa conoscere, raccoglie clienti anche per il suo studio, si crea un prestigio professionale.

Squilla il telefono. Rispondo, inserisco la voce nel miscelatore, mi assicuro che il professor Baldi possa sentirla.

«Pronto, qui radio Italia Viva, chi parla?»

«Sono Sabrina. Vorrei parlare col professor Baldi.»

«Eccolo, il professor Baldi in persona, qual è il suo problema, Sabrina?»

Un colpo di tosse, la voce esce rauca, granulosa; come faccio a schiarirla senza farle perdere corpo? Se ai corsi di aggiornamento insegnassero più tecnica e meno teoria...

«Pronto, mi scusi, professore, volevo dire una cosa su Angela Bari, la ragazza uccisa di cui hanno parlato al giornale radio poco fa.»

«Dica, cara Sabrina...» si sente che è annoiato, non gliene importa niente del caso Bari; ha sonno e non lo nasconde. Le mie orecchie invece si fanno attente.

«Dica pure, Sabrina» ripete il professore bonario.

«Ecco, quella donna io l'ho conosciuta, un anno fa, in casa di un mio... amico... be', insomma ve lo dico francamente, io faccio la prostituta.»

Il professor Baldi non dà segni di sé, forse si è addormentato. Mi inserisco nella conversazione e cerco di farmi dire qualcosa di più.

«Che cosa ci voleva dire di Angela Bari? perché ci ha telefonato?» Non spaventarla, mi dico, non allarmarla, lasciala parlare, non fare domande inutili, cerca di tenerla sul filo e chiedile il numero di telefono.

«Secondo me si prostituiva anche lei.»

«Lo sa con certezza o lo immagina?»

«Lo immagino, ma non è difficile. Il mio ragazzo, insomma l'uomo mio le stava dietro e lui non sta dietro a nessuna se non c'è da guadagnarci qualcosa.»

«Anche lei gelosa!» la voce del professor Baldi irrompe dal fondo della consolle con qualche scoppiettio. La tiro su, l'aggiusto, la metto in equilibrio facendo il mio dovere anche se controvoglia. Ancora quella tosse, cavernosa, e poi uno schiocco come se giocasse con la lingua contro il palato.

«La gelosia, cara Sabrina, è un'appropriazione indebita

del destino altrui...» Ora mi rovina tutto, che c'entra la gelosia con questa storia di prostituzione? decido di mettere la musica fra lui e la ragazza. Poi riprendo il telefono e le chiedo, fuori audio, il numero di casa.

«Perché?» chiede stupita.

«Perché voglio parlarle, sono un'amica di Angela e vorrei chiederle qualcosa.»

«Okay» dice lei e sebbene un poco recalcitrante, me lo scandisce a voce bassa: «Cinque, cinque, otto, undici, sei, tre, quando mi chiama?».

«Domani, va bene?»

«Pronto, pronto» sento la voce del professore che si affaccia fra le onde della musica, insistente, seccata. «Abbassi la musica, Canova, non sento niente» protesta. E appena gli libero il microfono, continua imperterrito: «Cara Sabrina, se mi sta ancora ascoltando, devo dirle quello che ho già detto alla cara amica Mariella, no Gabriella, che la gelosia non riguarda il sentimento d'amore ma sancisce una proprietà messa in discussione».

Si capisce che il professor Baldi conosce i meccanismi della gelosia e ci ha riflettuto sopra. La sua voce, nella foga, si fa meno pigra e molle, con una punta di passione che non gli appartiene. Lo ascolto ammirata.

Arriva un'altra telefonata. Inserisco la voce nel miscelatore, do l'audio al professore. Improvvisamente mi sento così stanca che le dita mi si addormentano sui tasti. Guardo l'ora: quasi l'una. All'una e mezza finisce il turno di notte. Preparo la musica che continuerà senza di me, fino alle sei e mezza del mattino.

Mi infilo le scarpe che avevo tolto per il caldo e che giacciono rovesciate sotto la consolle. Caccio nella borsa a tracolla i dischi che ho portato da casa e sono pronta a spegnere la luce dopo avere dato la buonanotte agli ascoltatori e al professor Baldi. Tirinnanzi deve essere già andato a casa. Vedo il suo tavolo vuoto. E sopra, un biglietto scritto col pennarello rosso "ciao, Michela, a domani".

Dodici

«Avete visto passare un uomo piccolo, vestito di nero, con gli stivaletti californiani?»

Stefana alza su di me gli occhi che sembrano reggere a fatica due palpebre pesanti e fitte di ciglia scure. Il biancore delle cornee luccica in quell'ombra vibrante.

«Tu l'hai visto?» dice rivolta al marito. Lui ci pensa su e poi scuote la testa. Ma so che Giovanni è distratto, non si ricorda mai chi è passato e chi no. La madre di lui, venuta in visita dalle lontane Calabrie, mi guarda sospettosa. Ha la pelle tempestata di lentiggini, due occhi vicini, a fessura, e una bocca arcuata che ricorda quella di un pesce.

Stefana mi ha raccontato una volta che fa la macellaia. Quando viene a trovare il figlio a Roma si porta dietro dei grandi pacchi di carne e poi per qualche giorno si sentono lungo le scale dei forti odori di arrosto, di bolliti, di polpette al sugo.

È lei che, guardando oltre la mia testa, con occhio torvo, dice:

«Io lo vidi».

«Ma, mamma, tu non ci sei mai qui, che hai visto?»

Il figlio, che ha studiato, si vergogna un poco di questa madre campagnola che gira con i vestiti sporchi di sangue, abituata a buttarsi un quarto di bue su una spalla per correre ad appenderlo in negozio.

«Io lo vidi» insiste lei e io subito mi avvicino per saperne di più. Mi chino su di lei annusando l'odore di bocconcini alla pizzaiola che sale dal suo collo rugoso.

«L'ha visto questa volta che è venuta a trovare suo figlio o le volte scorse?»

«E chi lo sa. Io lo vidi, però.»

«Uno piccoletto, pallido che veste sempre di nero?»

«Non ricordo.»

«Ma se non ricordi, come fai a dire che l'hai visto, mamma.»

«Era alto o basso?»

«No, basso.»

«Mamma, tu confondi con qualcun altro... io un tipo così non l'ho mai visto.»

«Ma se lei, Giovanni, un mese fa mi ha chiesto tre volte se conoscevo la signora che saliva da me ed era mia madre?»

«Ne passano tante di persone, in questo palazzo, sono novanta appartamenti, e poi cambiano in continuazione, come potrei ricordare?»

«Sua madre, che viene qui raramente, mi sembra più osservatrice.»

«L'hai visto questo tipo, mamma, sì o no?»

«Io lo vidi.»

«Questa volta o l'altra?»

«L'altra.»

«E quando è stata l'altra?»

«E chi lo sa.»

«Me lo ricordo io» dice Stefana e sorride contenta di potermi essere utile; «l'altra volta, vediamo... era maggio, sì fine maggio. Ora siamo a luglio, quindi due mesi fa.»

«E che ha fatto questo tizio?»

«Ti disse qualcosa, mamma?» insiste Giovanni e poi spiegando, «qualche volta quando è qui mamma si mette in guardiola mentre io vado a fare commissioni e Stefana sta di sotto col bambino.»

«Non mi disse niente.»

«E che fece, mamma?»

«Andò all'ascensore.»

«E tu gli chiedesti dove andava?»

«Che ne so? e se poi era di casa?»

«Portava un anello d'argento con un occhio di tigre?» chiedo io.

«No, niente animali.»

Di più non riesco a farle ricordare. Stefana e Giovanni si fanno in quattro per cercare di cavarle altri particolari ma la donna si rifiuta di rispondere.

Stefana prende da uno stipo un dolce durissimo fatto coi fichi e le mandorle tritate, mescolate col miele: «L'ha portato mia suocera, lo prenda». Ne assaggio un pezzetto; è troppo dolce, ma lo mangio lo stesso per compiacerla. Intanto Giovanni mi ha versato del vino profumato di pino in un bicchiere di cristallo violetto.

«Era una ragazza tanto gentile.»

«Angela Bari?»

«Sì, Angela Bari. Lo sa che ogni volta che tornava da un viaggio portava un regalo per Berengario?» Chi è Berengario? penso e poi rammento che è il nome, davvero infelice, che hanno voluto dare al figlio in onore della tesi di laurea paterna.

Anche Stefana è stata all'università, a Reggio. È lì che si sono conosciuti e amati, e lì hanno avuto il figlio. Poi, la assoluta impossibilità di trovare un lavoro per lui e la gravidanza di lei li hanno spinti verso Roma, dove la sola occupazione che hanno trovato è stata questa portineria di via Santa Cecilia coi suoi novanta appartamenti da accudire, le sue tre scale da pulire, il suo cortile da tenere in ordine. Sono qui, come dicono sempre, in attesa di un "posto migliore".

«Che tipo di regali portava a Berengario?»

«Be', un gattino di peluche blu, un pinocchio di legno laccato, una scatola di matite colorate. Una volta dalla Svezia gli ha portato una trottolina che mentre gira suona; la vuole vedere? Berengario non ci gioca più, ma deve essere nel cassetto della roba di Natale.»

Torna un momento dopo, stringendo fra le dita una piccola trottola di metallo a losanghe rosse e gialle. La appoggia sulla tavola e le dà la carica. Nel volteggiare, il giocattolo diffonde una cascatella di note leggere, quasi una sonatina di Clementi.

«Se vuole se la può tenere» dice affabile, «Berengario ormai è passato al pallone.»

«Grazie» dico, «scendeva spesso, da voi, Angela Bari?»

«Come no, veniva a prendere il caffè. Diceva che Stefana fa il caffè più buono del mondo. Si sedeva lì dove ora sta mia madre, prendeva il suo caffè e canticchiava.»

«Canticchiava?»

«Sì, era una che le piaceva cantare.»

«Che tipo di canzoni?»

«*L'amore mio lontano*, per esempio, la conosce? oppure *Di sera, l'amore si fa nero nero nero*, se la ricorda?»

«Sempre canzoni d'amore?»

«Così mi pare.»

«E poi?»

«Poi si alzava, si dava una guardata allo specchio, quello là, e diceva: come sto, Stefana, con questa gonna? Io le dicevo: sta bene, signora Angela, è bellissima. In effetti era così bella che sembrava una diva del cinema. Ma lei, come se non lo sapesse, era piena di paure, di dubbi. Si sentiva brutta, che nessuno la voleva.»

«Lo diceva?»

«Sì, diceva: Stefana, che ci faccio con queste caviglie gonfie? ma non erano gonfie per niente. Oppure: Stefana come faccio con queste due rughe sulla fronte, mi invecchiano, vero? ma se non si vedono nemmeno, dicevo io... lei però si crucciava...»

Improvvisamente l'attenzione di tutta la famiglia è catturata, rapita, dallo schermo televisivo su cui una ragazza in mutande rosse e pompon verdi appesi al reggipetto sta scrivendo sopra una lavagna la frase di una canzone conosciuta. «Chi indovina questa frase vince, signori e signore, vince tre milioni, tre!» Nel dire "milioni" scuote le anche e i pompon sul reggipetto prendono a ciondolare allegramente.

Subito la famiglia si mette in subbuglio per trovare le parole mancanti. «Lo so che è una scemata» mi dice Stefana quasi scusandosi, «ma mi farebbero tanto comodo quei tre milioni!»

Tredici

Sono così stanca, quando torno dalla radio, che non ho neanche voglia di mangiare. Qualche giorno fa ho riempito il frigorifero e tutto è ancora lì impacchettato: il mazzetto di asparagi stretti con l'elastico blu, il vassoietto di polistirolo con quattro pomodori sotto cellofan, dal colore poco appetitoso, le uova dentro la confezione di plastica trasparente, il cartone del latte con l'angolo strappato. Anch'io mi sono fatta tentare dal grande supermercato che è aperto perfino la domenica.

Prendo in mano il cartone del latte; lo annuso: ha un odore amaro. Provo a versarlo in un bicchiere ma non viene giù, il latte si è trasformato in un blocco di caglio. Per fortuna non puzza. Lo rovescio a pezzi nel lavello.

Non mi va proprio di cucinare. Decido di farmi un tè, ma se poi non mi fa dormire? una tisana al tiglio sarebbe meglio; metto a bollire l'acqua. Mi sembra di sentire suonare il telefono; vado a vedere ma mi ero sbagliata: è la soneria dell'appartamento di fianco, ma chi chiama in casa di una morta?

Sono quattro giorni che Marco non telefona dall'Angola. Ha sempre chiamato tutti i giorni, in qualsiasi posto si trovasse. Neanche sulla segreteria telefonica trovo tracce di lui, c'è solo la voce di Adele Sòfia che mi dice di avere altro materiale per il mio programma e quella di mia madre che, come al solito, si preoccupa che mi stanchi troppo. Dopo la morte di mio padre per arresto cardiaco, mi tiene d'occhio:

la sua idea è che lui sia morto per troppo lavoro e che io stia seguendo le sue orme.

Ma perché Marco non telefona? Meccanicamente, come faccio alla radio, prendo un foglio e scrivo: Marco non telefona, possibili ragioni: 1) Si è inoltrato in una zona dove non si trovano telefoni. Ma c'è sempre un telefono pubblico o una posta da cui spedire magari un telegramma come ha fatto altre volte. 2) Ha avuto un incidente e si trova all'ospedale, ma in questo caso avrebbe fatto chiamare da qualcun altro. 3) Ha incontrato una donna e non vuole parlarmene. La consuetudine è tale che mi chiamerebbe in ogni caso. 4) Semplicemente non ha voglia di chiamare, ma allora perché l'ultima volta che si è fatto vivo si è mostrato così affettuoso, tenero e non faceva che dirmi "ti amo"? Un mistero da chiarire. Un altro?

Potrei fare il numero di quella Sabrina che ha telefonato alla radio per parlare di Angela Bari. Una prostituta non sta sveglia fino a tardi? sono appena le undici e mezza; magari è ancora al lavoro. E se invece dormisse? o non fosse sola? Magari è proprio con quell'uomo che lei ha accusato di "stare dietro" ad Angela Bari.

Mi accorgo che giro intorno al telefono cercando un pretesto per chiamare qualcuno e ascoltare una voce. Sono avida di voci, che siano leggere o pesanti, scure o chiare, le amo per la loro straordinaria capacità di farsi corpo. Mi innamoro di una voce, io, prima che di una persona; forse per questo lavoro alla radio; o è il mio lavoro alla radio che mi porta a dare corpo alle voci, ascoltandole con carnale attenzione?

Perché Marco non mi ha lasciato il suo numero in Angola? gliel'ho chiesto diverse volte, ma lui, con una scusa o con un'altra, ha fatto in modo di non darmelo. Ma perché? Sembra che in questo periodo il mondo si affacci alla mia intelligenza solo in forma di indovinelli, di rebus.

Il letto intanto mi sta dicendo qualcosa, ha una voce bassa e soffocata, mi pare che dica "dammi le tue ossa", ma non so. Anche il pentolino sul fuoco si è messo a parlare, anzi a canticchiare, proprio come Stefana dice che faceva Angela

Bari a casa sua. Alle due voci si aggiunge quella della trottola che faccio girare sul tavolo davanti a me: uno zufolio ritmato che sembra volerti ipnotizzare.

A quest'ora della notte gli oggetti diventano impudenti: chiacchierano, cantano, vociferano. Dove ho trovato questa parola "vociferano"? ah sì, in un racconto di Matilde Serao di cui ho preparato una versione radiofonica per i "Racconti della mezzanotte". Matilde Serao dice di una madre indigente che "vociferava" tutto il giorno, per dire che insegnava in una classe di bambine povere.

Pensavo che vociferare significasse spargere una voce, spettegolare, "si vocifera che"... ma la forma usata da Matilde Serao mi piace, la userò per la radio, mi dico e sorrido della mia pedanteria filologica. Alla radio, o si diventa strafottenti e brutali col linguaggio o si comincia a dividere la parola in quattro, pesandola, rigirandola di sopra e di sotto, sempre pronti a raccontarsi la storia delle sue origini e del suo uso.

Mentre rifletto sul "vociferare" un'ombra si accosta al letto. Non riesco ad aprire gli occhi; che sia ancora mio padre? Senza spartire le labbra dico: «Papà, che ci fai qui a quest'ora?». Ma lui non risponde, non sono più tanto sicura che sia lui; se per lo meno riuscissi ad aprire gli occhi.

Mi sveglio con la gola secca e il cuore che scalpita. Ci sono dei rumori che provengono dalla casa di Angela Bari. Mi alzo dal letto e mi accorgo, mentre appoggio i piedi sul tappetino, che mi sono addormentata tutta vestita.

Mi avvicino alla porta d'ingresso, metto l'occhio allo spioncino, ma il pianerottolo è vuoto e pulito, la porta della vicina è chiusa con le strisce di carta incollate lungo le fessure. Questo mi tranquillizza.

Torno in camera da letto. Ma il rumore è ancora lì: una serie di piccoli tonfi come di un uccello rimasto chiuso che sbatte contro i vetri e le pareti. Devo parlare con Stefana, mi dico, sarà un pipistrello o un rondone entrato dalla finestra chiusa male. Ma poi mi rendo conto che dico delle assurdità perché l'appartamento è sigillato e non ha aperture da nessuna parte.

Mi viene in mente che quando ero bambina una suora gentile del collegio mi aveva convinto che l'anima dei morti esce dal corpo come una colomba e se ne vola verso i cieli sbattendo le ali. E nel dormiveglia sento la voce di suor Esterina che dice: «È l'anima di Angela Bari che non ha pace, povera colombella, chissà quanto patisce non trovando una finestra aperta da cui volarsene dove Cristo l'aspetta... Vai a liberare quella povera colombella, se no sarai tu la colpevole verso Dio, vai, corri!».

Mi alzo a fatica, con gli occhi semichiusi. Esco in terrazza, scavalco, senza pensare a quello che faccio, il vetro che divide i nostri due appartamenti, forzo la finestra, entro nella camera buia. Ma non trovo nessuna colomba, solo un paio di scarpe da tennis azzurre con i lacci bianchi arrotolati ordinatamente sulla tomaia.

Ecco spiegato il mistero, mi dico; non era l'anima di Angela Bari che sbatteva contro le pareti, la povera colombella, ma erano le scarpe da tennis che battevano, come in un tip tap, lungo le pareti e la porta, cercando l'uscita.

Quando squilla il telefono ho un sussulto: sto ancora dormendo tutta vestita e la persiana che dà sulla terrazza è aperta e sbatte con un rumore ritmico.

«Sei tu, Michela? ma che fai, ti sto aspettando da mezz'ora! sono solo alla consolle, Mario non è venuto e il direttore ha un diavolo per capello.» La voce melodiosa di Tirinnanzi mi riporta alle fatiche e alle sorprese di un giorno tutto nuovo. Ma che ore sono? già le nove e io sono ancora qui a dormire, sognando di alzarmi.

«Vengo subito» dico ma Tirinnanzi è già andato via.

Mi alzo, mi infilo le scarpe, mi sciacquo la faccia ed esco.

Quattordici

«Ci vediamo alla stazione Tiburtina, alle dieci e mezza.»

«Di mattina?»

«No, di sera; allora va bene?»

«Bene.»

Questo è l'appuntamento che mi ha dato Sabrina per telefono. Ma perché alla stazione Tiburtina? mi sembra di capire che lavora da quelle parti.

«In che punto della stazione?» insisto io.

«Voi mi aspettate nella sala di seconda che io arrivo.»

Ed eccomi a guidare giù per viale Regina Margherita, piazza Galeno, via Morgagni, piazza Salerno, via Catania, piazzale delle Province. Allungo un poco la strada per passare accanto al Verano dov'è sepolto mio padre. È da molto che non vado a trovarlo e anche oggi non ho tempo; e poi, di notte, è chiuso.

L'ultima volta che sono stata a fargli una visita era ancora inverno e le giornate erano corte. Nella penombra delle cinque si vedevano i lumini rossi accesi davanti ad ogni loculo. «Un vero spettacolo a luci rosse» mi era venuto da pensare; l'oscenità di uno spiare, al di là di una parete sottile, un corpo che va in sfacelo, non è una perversione? solo per la lontana ipotesi che un giorno le trombe del giudizio suonino a raccolta e i morti si levino dalle tombe per camminare felici verso i giardini del paradiso.

Non è meglio farsi cremare come fanno gli indiani? una lettiga trasportata a braccia dai parenti, il morto stretto dentro le fasce candide, una pira di legni profumati, una rapida fiammata, il crepitio dei rami, il fumo che sale a volute schiumose verso il cielo, in un quarto d'ora è tutto finito. Due mani pietose raccolgono le ceneri e le spargono nel Gange.

Quando è morto mio padre ho proposto di farlo cremare ma ho avuto contro tutta la famiglia. «Vuoi metterlo dentro un forno, come gli ebrei a Dachau?» mi ha detto zia Gina scandalizzata. «La chiesa dice che il corpo deve rimanere intero per il giorno del giudizio» ha aggiunto convinta. E non è valso a nulla che io le abbia illustrato il processo di decomposizione del corpo una volta che il cuore si è fermato.

Intanto sono arrivata al piazzale della stazione. Cerco un posteggio per la mia Cinquecento color ciliegia e lo trovo subito, sotto il cavalcavia, per fortuna a quest'ora non c'è quasi nessuno in giro. Ma come farò a riconoscerla questa Sabrina? non ho la minima idea di come sia fatta, e non le ho neanche chiesto di che colore sarà vestita.

Mi avvio verso la sala d'attesa di seconda, come mi ha detto lei. Mi seggo. Ci sono tre viaggiatori che aspettano il treno notturno per Milano. Seduta in un angolo, una barbona gonfia e sfasciata dorme appoggiando la testa al muro, i piedi nudi e sporchi allungati sopra una scatola di cartone.

Quando entro, la barbona solleva faticosamente le palpebre e mi pianta addosso due occhi astuti e indagatori. Le braccia robuste e striate di nero escono dalle maniche di una giacca da circo, seminata di lustrini.

Poco dopo arriva un barbone più sporco di lei; porta in mano una bottiglia piena: «Trovata nel cassonetto, guarda!» dice dando un calcio alla scatola di cartone. Inalbera una espressione di tale trionfo e allegria che non riesco a trattenere un sorriso di simpatia. E lui subito mi offre da bere dalla bottiglia, dopo avere ingollato due sorsi e dopo averne pulito il collo con la manica. Dico di no, che non bevo, grazie, e lui, per dispetto, mi versa del vino sulle scarpe.

Ho l'impressione di essere spiata. Mi guardo intorno ma non vedo nessuno oltre i due barboni e i tre assonnati viaggiatori che aspettano il treno delle undici e mezza.

Di ferrovieri neanche l'ombra. Solo, dietro il vetro della biglietteria, un uomo in divisa, col ciuffo grigio, che conta dei soldi. Sono già le dieci e mezza passate ma Sabrina non si vede, che faccio? Mentre sto per alzarmi vedo entrare una donna piccola, robusta, con una gonna corta, verde prato, che si dirige verso di me. Deve essere lei. Infatti mi sorride e dice: «Michela Canova siete voi?».

Il barbone, barcollando, offre da bere anche alla nuova venuta, ma lei lo fulmina con uno sguardo severo, come se lo conoscesse e gli intimasse di non mostrare la solita confidenza.

«Venga», mi dice e si dirige decisa lungo il marciapiede. Cammina spedita, caracollando sui tacchi alti, rossi. Anche i capelli sono lucidi, rossicci e la gonna corta, a pieghe, le saltella attorno alle ginocchia ad ogni passo.

Superiamo la pensilina e ci inoltriamo lungo i binari, nel buio, scavalcando cataste di travi, pezzi di ferro sparsi sull'acciottolato, file di traversine di cemento.

Se qualcuno mi vedesse, mi darebbe della pazza, eppure non ho paura; la seguo come se stessi ancora nel mio sogno di stanotte, fra ombre mai viste e ricordi del collegio.

Improvvisamente la vedo fermarsi davanti ad un casotto color ocra. Sul piazzaletto di cemento, sotto un pergolato tenuto su da fili di ferro, ci sono alcune sedie di plastica e un tavolinetto illuminato da una fioca lampadina coperta di mosche e zanzare.

«Il mio bar personale» dice Sabrina e si siede sollevando la gonnellina verde sulle gambe abbronzate e muscolose. Vede che osservo perplessa la seggiola di plastica rossa coperta di macchie e si precipita a pulirla con un lembo della gonna. Quindi, da sotto un cespuglio, estrae una bottiglia di birra e due bicchieri. Li riempie tutti e due e me ne porge uno.

«Salute!» dice mandando giù a grandi sorsi la birra calda e schiumosa.

La serata è tiepida, dal pergolato scende un leggero odore di foglie di vite, lei sembra ben disposta, cosa voglio di più?

Intanto la guardo: è piccola e bruna, con i tratti minuti, regolari e sciupati. Ha qualcosa di manierato nel sorriso stanco, ma i modi sono schietti e generosi. Doveva essere bella, da ragazza, ora è come se fosse uscita da una lunga e devastante malattia: una faccia ingenua e mobile su un corpo agile, abituato a difendersi ed aggredire.

«Perché volete sapere di Angela?» mi chiede accavallando le gambe e facendo ciondolare il sandalo dal tacco alto, rosso.

«Perché era mia vicina di casa, la conoscevo.»

«Io alla polizia non ho detto niente e non ci dirò niente.»

«Non sono della polizia.»

«Lo so, basta guardarvi. Voi siete della radio» ride «vi conosco e conosco pure il vostro fidanzato», ha una risata di gola, gorgogliante e infantile.

«Il mio fidanzato?» dico sorpresa, ma mi sembra di capire che stia scherzando. «Avete detto che Angela interessava al vostro uomo» dico adeguandomi al suo "voi".

«È così propriamente.»

«E come si chiama quest'uomo?»

«A me i nomi non dovete chiederli» e fa un gesto da guappa, di una guapperia che risulta troppo recitata per mettere paura.

«Avete detto che si prostituiva.»

«È la verità; non per strada come me, lei andava negli alberghi di lusso con certi tipi che la pagavano molto assai.»

«Era il vostro uomo a procurarle i clienti?»

«Non lo so. Forse. Se sa che parlo con voi mi ammazza.»

«E allora perché avete accettato di vedermi?»

«Io quella Angela la odiavo, la volevo morta; ma poi, quando è morta veramente mi è spiaciuto. A conoscerla era una bambina, non si poteva volerle male. Per un po' ci siamo telefonate di nascosto da Nando...» Si ferma spaventata, portandosi una mano alla bocca: «Ecco, l'ho detto il suo nome, se lo dimentichi».

«E Nando la minacciava?»

«No, Nando le voleva bene, faceva quello che diceva lei:

l'albergo a cinque stelle? ma sì, te lo trovo io; i fiori in camera? ma sì, te li faccio avere io, tanti fiori ci dava, tanti tanti fiori... per lei spendeva anche quello che guadagnavo io per strada, ha capito?»

«Potrebbe averla uccisa lui?»

«Nando?» si mette a ridere con quel gorgoglio di gola, rauco, come una rana in una notte di luna, «Nando è un signore, non si sporca le mani.»

«Ma vive di voi che vi vendete.»

«Nossignora, quello vive di sogni, voi non lo conoscete, è un tipo strano... a lui i soldi non ci interessano, li guadagna e li butta...»

«Perché non me lo fate conoscere?»

«È troppo prudente, non si fa incastrare da una sciacquetta come voi.»

«Ma io non lo voglio incastrare, vorrei solo parlargli.»

«Non è il tipo che parla, lui; neanche con me parla. Solo con Angela parlava, con lei non smetteva mai.»

«E dove abita questo Nando, magari lo vado a trovare.»

«Non sono mica una spia io... E poi sta sempre in giro. Ha un'altra protetta dalle parti di Ponte Milvio, ma è una poveraccia come me.»

«Sabrina, vi dispiacerebbe se registro la vostra voce per la radio?» dico tirando fuori il mio minuscolo Sony e sistemando i microfoni.

«Vi piace il nome Sabrina? me l'ha messo lui, il mio vero nome è un altro, ma non ve lo dico. E poi si sentirà alla radio la mia voce?»

«Sto facendo un programma su Angela Bari e altre morte come lei. Mi potete dire qualcosa su Angela, visto che l'avete conosciuta?»

«Che volete sapere? che era una bambina ve l'ho già detto... una bambina con la testa dura... voglio qua e voglio là; agli uomini gli piaceva fargli girare la testa in tondo... più giravano e più era contenta... tutti ci cadevano, perché era carina. Non bella, lo dice pure Nando, "quella è una broccola, non sa neanche muoversi, però mi piace..." Con gli uomini ci sapeva fare, ma non ci sapeva guadagnare, in questo era proprio scema, gli affari non li conosceva.»

«Ma allora perché si vendeva?»

«Per soldi, perché ci si vende? tutti sono buoni a metterti le mani addosso, baciarti, ciancicarti e poi magari lasciarti incinta... bisogna darsi una mano, pretendere quello che ti spetta, fai un lavoro, no? e devono pagare.»

«E quell'uomo, Giulio Carlini, l'avete conosciuto?»

«Lui mi sa che i soldi li prendeva, non li dava; uno che gli piace vestire bene, sempre con quei completini azzurri, le scarpe inglesi da trecentomila lire il paio, ma dove ce li aveva mai i soldi per tutto quel ben di dio...»

«E Angela gli voleva bene? ne parlava mai?»

«Non ne parlava, non lo so, non con me.»

«E di che parlava con voi?»

«Di Nando.»

«Era innamorata di Nando?»

«Non lo so, ve l'ho detto che era strana, non si capiva un accidente di quello che pensava... però di Nando parlava spesso, aveva come una tenerezza per lui.»

«E che diceva di Nando?»

«Che era bello. Diceva proprio così.»

La guardo stupita. Lei coglie il mio stupore e ride. Se chiudo gli occhi mi sembra di essere nelle campagne della Ciociaria; solo lì ho sentito delle rane grosse come meloni che gorgogliavano così.

«Non ricordate che Angela vi abbia mai detto di avere paura di Nando?»

«Angela aveva paura di tutto e di tutti, scappava sempre, ma poi, quando era lì, si fidava di chiunque. Ma è vero che ha la madre ricca?»

«Sembra di sì.»

«Strano... credo che Nando si era proprio impazzito per lei; ma non per questo rinunciava a me e all'altra, Maria... anzi, mi sa che da ultimo ne ha intorcinata pure una terza, una certa Alessia, giovane giovane, che si buca... Lui ha bisogno di tanti soldi, perché li butta, li regala, uno più generoso di lui non lo conosco; magari si arrabbia perché non gli ho portato abbastanza una sera, e la sera dopo mi regala una collana.»

«Coi soldi guadagnati da voi.»

«Già, coi soldi miei; ma altri pappa non danno una lira, non spendono un soldo per le loro protette, lui sì; infatti è sempre senza niente, casa sua è una spelonca.»

«Allora glielo dite che gli voglio parlare?»

«Non lo so, è pazzariello pure lui, non so come gli gira... mi sa più no che sì... comunque se mi dice di sì vi telefono.»

Si alza, finisce di bere la sua birra e si avvia verso la pensilina illuminata, oltrepassando un treno abbandonato su un binario morto.

«Aspettate, Sabrina» dico raggiungendola lungo i binari, «Angela vi ha mai parlato di altri uomini?»

«No.»

Capisco che non ha più voglia di rispondere. Mi chiedo se devo offrirle dei soldi, ma non vorrei offenderla. Ed ecco che la vedo voltarsi e piantarmi gli occhi addosso con fare provocatorio.

«Io vi ho dato delle informazioni e ora voi mi pagate.»

«Sì, va bene, quanto?»

«Diciamo cinquecentomila.»

«Ma Sabrina, non sono mica una miliardaria. Io lavoro per una radio privata e guadagno due milioni al mese, tutto qui.»

«Va be', ho capito, allora non datemi niente; i tipi come voi li sputo.»

«Ho duecentomila lire con me, le volete?»

«E che me ne faccio? le guadagno in mezz'ora se voglio.» Lo dice con tracotanza, sapendo che io so che non è vero.

«Davvero guadagnate due milioni al mese? Come mia cugina Concetta che lavora da operaia alla Siemens» dice sconsolata. E con un gesto inaspettato si sbottona la camicetta tirando fuori dal reggipetto un seno bianco e gonfio.

«Avete mai visto un seno così fresco e bello? Ho quarant'anni ma il seno ce l'ho come quando ne avevo venti. Lo volete un prestito, Michela Canova? mi fate pena.»

«È bellissimo» dico guardando quel seno immacolato che, esposto così nella notte, bianco latte contro la mano abbronzata, sembra un pezzo di luna.

«Volete toccare?»

«Grazie, Sabrina, ma ora devo proprio andare.»

«Toccare come in un museo, dicevo... E se volete vi insegno qualche trucco per cavare i soldi dalle rape.»

«Vorreste insegnare il mestiere anche a me?»

«Perché, non l'ho insegnato ad Angela Bari, la vostra vicina di casa?»

«L'avete portata fuori la sera, per strada?»

«Macché, ve l'ho detto, non era il tipo da strada. Ma Nando mi ha detto: insegnale due o tre cose del mestiere come una madre affettuosa.»

«Ha detto proprio una madre?»

«Sì, una madre... E sapete che vi dico? lei aveva quasi dieci anni meno di me, però quando l'ho conosciuta ho capito subito che era proprio una figlia... Stava lì buona a imparare, e imboccava tutto, con quel vestitino bianco, le scarpe da ginnastica celesti, sembrava appena uscita dalla scuola delle suore.»

«Le metteva spesso le scarpe da ginnastica celesti?»

«Spesso, sì. E camminava spedita... Alta alta, non piccoletta come me. Io senza tacchi sto raso terra, lei volava.»

«Vi ha mai parlato di un tipo che porta gli stivaletti col tacco e un anello con l'occhio di tigre al mignolo?»

«Ma quello è Nando.»

La guardo sorpresa, incredula. Quindi lo studente travestito da malandrino era proprio lui; l'uomo sornione che mi ha seguita in ascensore fino all'ultimo piano senza dire una parola per poi scendere da solo, dopo avere fumato una sigaretta e gettato il fiammifero sul pianerottolo, non era altri che Nando.

Sabrina mi mette una mano sulla spalla e dice: «Ciao, bella». La guardo allontanarsi a passo rapido scavalcando con un saltello le traversine di cemento. I capelli scuri dai riflessi rossi diventano una nuvola violacea, quasi un'aureola sotto le luci al neon e i vapori della sera.

Quindici

Ho raccolto e messo da parte tutte le fotografie trovate sui giornali che mi ha dato Tirinnanzi. E sono tante: donne seviziate, sgozzate, tagliate a pezzi. Sembra strano che le conservasse, per farne che? Una cronaca di otto mesi fa è segnata in rosso tre volte con tanti punti esclamativi: una madre ammazza la figlia a sprangate e la seppellisce nel giardinetto di casa. Sotto la foto di una donna dalla faccia disfatta, Tirinnanzi ha scritto a penna "anche le donne uccidono".

So cosa vuole dirmi: che "l'essere umano, nella sua animalità, ha i cromosomi segnati dall'impronta del delitto" come mi ha spiegato giorni fa, "uccidere l'altro fa parte della sua natura ed è solo attraverso i tabù, le proibizioni religiose, i riti magici, la coscienza civile che l'uomo arriva a dominare un istinto del tutto naturale, donna o uomo che sia".

È proprio per rispondere agli argomenti come il suo che ho registrato la voce di Aurelia Ferri, la quale piuttosto che alla natura ama riferirsi alla storia: «L'assassinio fa parte del destino sociale dell'uomo e non della donna» ribatte lei, sorridente, «poiché nella educazione del maschio della specie è previsto l'addestramento all'omicidio: in qualsiasi parte del mondo, ogni ragazzo in età di ragione viene spedito in branco a prepararsi ad uccidere ed essere ucciso, non è così? In previsione di guerre vicine o lontane, su ordine dello stato s'intende, ma lo si prepara a sparare, pugnalare, lanciare bombe, sgozzare, mutilare... le donne, per fortuna, hanno storicamente altri doveri istituzionali che sono l'accudimento, la nutrizione, la cura dei malati... insomma lo stupro e l'assassinio sono intrinseci all'ideologia paterna che prevede l'assoggettamento e il controllo del corpo del nemico. Purtroppo fa parte della sua cultura il pensiero, nemmeno tanto nascosto, che le donne siano in qualche modo partecipi del pericoloso mondo della libertà nemica».

«Anche ieri in tribunale è stata condannata una madre che aveva stuprato tre figli, dai sei ai quindici anni» insiste Tirinnanzi che non ama i discorsi sulle diversità storiche fra i sessi.

«Ma appunto, è talmente straordinaria la notizia che è stata messa su tutti i giornali, succede talmente di rado che se ne è fatto un gran parlare...»

Anche Adele Sòfia mi ha mandato un pacco di carte con la macchina della Questura. La portiera, quando ha visto l'auto fermarsi davanti al cancello, si è spaventata: «Che abbiano trovato l'assassino nel palazzo, mi sono detta, che siano venuti ad arrestarlo?».

«Ma lei sospetta di qualcuno, Stefana?»

«Sono al buio, come tutti, però qualche volta ho pensato all'ingegnere del primo piano, Diafani... non lo dica a nessuno per carità, ma Giovanni dice di averlo sentito tornare verso le dieci, la sera del delitto e ha preso l'ascensore, cosa che non fa mai, per andare al primo piano, non è strano?»

«Perché non l'ha detto alla polizia?»

«Gliel'ho detto... quando mi hanno chiesto di tutti i movimenti degli inquilini quella notte; ma loro non l'hanno nemmeno interrogato...»

L'ingegner Diafani? cerco di ricordare la sua faccia, la sua camminata. In effetti ha qualcosa di cupo e di ottuso, qualità che si possono supporre tipiche di un omicida, ma bastano?

Chiedo a Stefana se l'ingegnere vive solo. «Con la madre» risponde lei. E ora ricordo che è proprio della signora Diafani quello sguardo che sento sulla schiena la mattina, quando attraverso il cortile per andare alla radio. Se ne sta immobile alla finestra a guardare chi entra e chi esce, con l'aria imbambolata.

È la prima volta che penso al mio palazzo come ad un alveare un poco temibile e sinistro; potrebbe contenere l'ape assassina e nessuno ne saprebbe niente. C'è un viavai di gente a tutte le ore del giorno e della notte: donne coi bambini in braccio, ragazzotti in blue jeans e occhiali scuri, uomini in tuta, signori vestiti di scuro, signore che portano su i sacchi della spesa: dove vanno, cosa fanno, cosa pensano, è tutto oscuro e inimmaginabile. Ma, mentre prima della morte di Angela riconoscevo qualche faccia familiare, salutavo e mi infilavo su per le scale accompagnata dal profumo dei tigli, ora mi capita di voltarmi a metà cortile e lanciare uno sguardo di sospetto verso quelle tante finestre illuminate o buie, con tende o senza tende.

«Diana B., 36 anni, percossa, legata, imbavagliata e pugnalata. Il padre l'ha trovata rientrando a casa la sera, in via Panisperna. La madre era morta quando era bambina. Ha due fratelli che vivono all'estero. Era separata dal marito da pochi mesi, abitava in un appartamento al terzo piano. Non ci sono tracce di furto o di scasso. Nel suo armadio i vestiti erano in ordine, comprese due pellicce avvolte nel cellofan. L'ex marito era quel giorno a Milano per affari. Non le si conoscono amanti. Nessuno ha visto entrare o uscire l'assassino.»

«Debora C., 19 anni, stuprata e strangolata nella sua casa di via Tagliamento. Figlia unica, Debora frequentava la scuola interpreti di via Cassia. Il padre e la madre erano fuori per lavoro. Indosso aveva una maglietta con un disegno di Topolino. La porta non è stata forzata. Nessuno ha notato l'assassino.»

«Lidia B., 25 anni, percossa a morte e poi abbandonata vicino ai campi da tennis dell'Olgiata. Figlia di genitori anziani, separati, viveva da sola a Trastevere. Era andata la sera del 15 febbraio a trovare il padre all'ospedale Fatebenefratelli. Da quel giorno si sono perse le tracce di lei. È stata trovata cinque giorni dopo dietro un cespuglio di rose. Nessuna testimonianza utile.»

«Giulietta F., 32 anni, stuprata, pugnalata, finita a colpi

di arma da fuoco. Il suo cadavere, avvolto in una coperta militare, è stato rinvenuto nel bagagliaio di una macchina rubata. Orfana di padre, Giulietta F. abitava colla madre e il fratello in un appartamento di via Zambarelli. Lavorava come impiegata presso la ditta di elettronica Orbis. Assassini sconosciuti.»

«Giovanna M., 39 anni, imbavagliata con la sua stessa biancheria, abbandonata dietro la centrale del latte con i segni di ferite lacero-contuse alla testa. Solo dopo lunghe indagini è stato possibile identificare il cadavere poiché la borsa con i documenti è sparita. L'ha riconosciuta il figlio di dodici anni che vive con la nonna. Giovanna M. faceva la prostituta dalle parti di Tor di Quinto. Non le si conoscono protettori. Nessun indizio.»

«Annamaria G., 45 anni, finita a pugnalate nella sua casa di via Gemini. Viveva sola e lavorava come infermiera all'ospedale di Santo Spirito. La porta non è stata forzata. In un cassetto è stata trovata la busta col suo ultimo stipendio: un milione e duecentomila lire. Assalitore sconosciuto.»

Sollevo gli occhi dai fogli, stordita. Le vedo camminare nel fondo dei miei pensieri, tutte insieme, leggere e sporche di sangue. Hanno i piedi nudi e non fanno rumore. È possibile che tutto finisca in questo modo macabro, con un rapporto della polizia infilato in un archivio e un cartellino, attaccato ad un dito del piede, su cui sono segnate le date di nascita e di morte?

La memoria della città non conserva traccia di questi delitti, neanche un ricordo, una parola, una lapide alla "vittima ignota", come esiste la tomba al milite ignoto. Sono lì che continuano a camminare in su e in giù, senza requie, chiedendo un po' di attenzione.

Molte di loro hanno aperto al loro assassino. Probabilmente con un sorriso di fiducia. Le porte, infatti, non sono state forzate. Magari, come faceva Angela Bari, le sprangavano con tanti giri di chiave ogni sera. Erano consenzienti, forse anche festose quando hanno aperto a chi le avrebbe massacrate.

Che fare di fronte a questa folla di donne che aspettano, camminano, fumano, ridono e chiedono rumorosamente giustizia? come ospitarle nel mio piccolo studio di radio Italia Viva? Di ciascuna vorrei fare un ritratto, ridarle la voce, chiamare un testimone affettuoso che ricordi i suoi gesti, i suoi desideri, i suoi progetti, ma da dove cominciare?

Sono sola col mio registratore e tante voci che incalzano, premono. Fanno un gran chiasso queste morte ammazzate e non so da chi cominciare. Cosa c'è nella morbidezza di un corpo femminile che provoca il furore di una mano maschile? Devo parlarne con Adele Sòfia, mi dico, forse mi spiegherà alcuni meccanismi dei delitti sessuali. È sul numero che si stabiliscono le regole, sulla ripetizione, e sulle abitudini.

Sedici

Uscendo dal cancello mi trovo davanti una scritta gigantesca sul muro della casa di fronte: ATTENTA A QUELLO CHE FAI! È quell'attenta, al femminile, che mi inquieta. La scritta precedente è stata cancellata da Giovanni Mario che pulisce, come una formica industriosa, la radura intorno alla tana.

Mi aggiro per via Santa Cecilia cercando la mia Cinquecento color ciliegia. Le macchine, da lontano, sembrano tutte uguali. Eppure di Cinquecento ne sono rimaste ben poche in circolazione, color ciliegia, poi... Non che abbia una passione per quel colore, ma l'ho trovata attraverso un annuncio su Porta Portese, il giornale delle compravendite per poveri. In quel periodo ero senza una lira, la Vespa mi era stata rubata e così l'ho presa; e non me ne sono pentita: mi porta dovunque, anche se con lentezza, e consuma poco.

Finalmente, all'angolo di via Anicia con vicolo dei Tabacchi, vedo di lontano l'inconfondibile tortellone color ciliegia matura. Se ne sta parcheggiata sotto le fronde di un tiglio che ha cosparso il cofano di piccoli fiori gialli e collosi. Sono andata a cercarmi il solo tiglio del quartiere, per mantenermi nel cerchio del suo profumo.

Mentre faccio manovra vedo, addosso ad un muretto di mattoni, una donna anziana tutta vestita di turchino che si china con un fagotto in mano. Subito, come richiamati da una tromba, saltano fuori da tutte le parti decine di gatti: ce ne sono di neonati che si reggono a stento sulle zampine, ce ne sono di grossi, tigrati o grigi, coi baffi lunghi, le zampe robuste e l'aria malandrina. Sono tutti magri, hanno il pelo sporco, la coda ispida. Si buttano sui cartocci che intanto la donna apre sul marciapiede e divorano il cibo lanciando gridi rauchi e feroci.

La donna si siede sul muretto e li osserva materna. Ogni tanto si china ad allontanare con una spinta dolce un prepotente che vuole portarsi via il cibo di uno più debole. Adesso i gatti stanno proprio davanti alle mie ruote e non posso muovermi, spengo il motore, esco dalla macchina e mi seggo sul muretto accanto alla gattara.

«Hanno fame», dice senza guardarmi.

«Viene qui tutti i giorni?»

«Tutti i giorni no, quando posso. Prima c'era una ragazza che per un periodo veniva, quando io non c'ero. I gatti l'aspettavano. Quando la vedevano arrivare col suo soprabitino bianco, le sue scarpe da ginnastica celesti, accorrevano da tutte le parti. Poi non si è più vista.»

«Come si chiamava la ragazza?»

«Non lo so, ogni tanto ci scambiavamo due parole: come sta il tigrato? ha la tosse, dicevo io, la grigia è andata sotto una macchina, la bianca ha fatto otto figli, il nero è morto, l'hanno avvelenato.»

«Sa dove abitava?»

«In via Santa Cecilia, mi pare, ma non so a che numero.»

«Si chiamava Angela Bari, glielo dico io. È morta.»

«Era tanto giovane... Un incidente?»

«L'hanno ammazzata.»

«Come succede ai gatti di strada: o vanno sotto una macchina o li ammazzano.»

La vedo alzarsi e raccogliere i suoi cartocci vuoti per poi avviarsi rapida verso il fondo della strada. In terra è rimasto un foglietto unto su cui si accaniscono alcuni gatti. Altri se ne stanno stesi sul muretto a digerire, all'ombra del tiglio. Uno si è arrampicato sul cofano della mia Cinquecento e sembra che suoni il violoncello: una zampa ritta per aria e la testa curva sul ventre.

Butto un occhio sull'orologio: sono in ritardo di dodici

minuti. Caccio con una spinta gentile il violoncellista, e riprendo a fare manovra cercando di non pestare qualche gattino poco esperto.

Alla radio trovo Tirinnanzi seccatissimo che traffica da solo alla consolle. Il tecnico non è ancora arrivato e la trasmissione mattutina del professor Baldi è già cominciata. Inutile spiegargli dei gatti e di Angela Bari che comprava chili di macinato per sfamare i randagi di vicolo dei Tabacchi: non gliene importa niente. «Pensavo che avessi sbattuto contro un albero» dice come se me lo augurasse.

Prendo il suo posto alla consolle. Ascolto in cuffia il professor Baldi che si prodiga in consigli di buon senso, la voce affettuosa appena incrinata dallo stupore mattutino. Intanto è arrivato anche Mario Calzone, che si siede alla consolle tenendo una sigaretta accesa fra le labbra, nonostante il cartello sul muro che dice in caratteri giganti PROIBITO FUMARE.

Ascoltando la voce altalenante del professor Baldi, scelgo i dischi per gli intervalli, metto da parte i nastri della pubblicità, controllo il minutaggio dei programmi della mattina. Ci sono ancora dieci minuti di Baldi, e poi si passa alla mezz'ora col cuoco famoso, stamattina tocca al francese Tibidault, è previsto che dia consigli sulla *nouvelle cuisine*. Poi toccherà al giornale radio, scritto e letto da Tirinnanzi e poi ad un esperto di ginnastiche dolci. La radio si affida agli esperti, pagati poco, e interpellati per telefono. Questa è la politica di Cusumano, «di grandi economie e di grande rendimento» come dice lui. A lavorare a tempo pieno siamo meno di dieci: tre tecnici, una segretaria, e due giornalisti. Tutto qui.

A mezzogiorno ci sarà la diretta con gli ascoltatori sui problemi legali. Dovrebbe venire in studio l'avvocato Merli, un uomo dolce, dai capelli tinti di nero che qualche volta virano decisamente al lilla.

È l'uomo più timido e goffo che abbia mai conosciuto. Non so come faccia in tribunale; in effetti non credo che abbia molto successo. Si occupa di cause di infimo ordine: piccoli imbrogli, liti fra vicini, cambiali non pagate. Lo chiama chi ha pochi soldi e spesso finisce per non pagare affatto. Ma lui non rinuncia per nessuna ragione alla sua scrupolosa gentilezza, e i clienti gli si affezionano anche se non gli fa vincere la causa, perché sanno di potere contare sulla sua discrezione e sulla sua simpatia umana.

Porta una fede al dito, quindi è sposato, ma nessuno ha mai visto sua moglie in radio. Qualche volta l'ho sentito alludere ad un figlio lontano, che forse è andato via con la madre.

L'avvocato Merli viene alla radio il lunedì e il venerdì per la consulenza legale. Non è un tipo allegro, impacciato e maldestro com'è, ma il modo in cui solleva gli occhi grigi, con sorpresa e sincero interesse, mi mette allegria. E se gli parlassi di Angela Bari?

Ma oggi ha fretta; vedo che guarda continuamente l'orologio. Si impappina diverse volte mentre parla, tanto che Mario Calzone accenna ad un sorriso di commiserazione. Molti lo considerano un "poveretto", anche se il suo lavoro lo fa bene, con pazienza e scrupolo. È amato dagli ascoltatori perché prende a cuore i loro casi e ci ragiona e ci riflette senza risparmiarsi, e questo, per il direttore, è sufficiente. Ma non credo che lo paghi molto.

«Michela, il direttore!»

Mi alzo e vado a bussare alla porta del capo che, come nella favola di Hansel e Gretel, sembra fatta di zucchero e cioccolata, tanto è lucida e colorata. Busso. Entro. Lo trovo seduto alla grande scrivania di vetro nero che giocherella con le belle mani farfalline attorno ad un posacarte a forma di donna nuda.

«A che punto siamo con la ricerca sui crimini insoluti?»

«Sto raccogliendo il materiale.»

«Lo sa che dobbiamo andare in onda fra tre settimane?»

«Lo so, ma se debbo continuare a lavorare agli altri programmi, non mi resta abbastanza tempo.»

«Un buon giornalista, cara Canova, fa questo e altro... Ricordo mio padre che scriveva i suoi pezzi in piedi, mangiando, interrotto continuamente dal telefono. Ed erano pezzi ottimi, glielo assicuro.»

«Alla radio non è come al giornale.»

«Un giornalista che si rispetti rende il massimo, senza risparmiarsi, sia al giornale che alla radio... Ha visto Adele Sòfia?»

«L'ho vista.»

«Le ha dato del materiale?»

«Un mucchio di carte.»

«Ha fatto qualche intervista?»

«Qualcuna... pensavo di mettere al centro dei casi insoluti quello di Angela Bari, uccisa a coltellate circa un mese fa e di cui non si è trovato l'assassino.»

«Chi sarebbe questa Bari?»

«Una ragazza che faceva l'attrice, no, la modella, be', forse anche la prostituta, non è chiaro comunque...»

«Va bene, va bene... ma non limitiamoci troppo, non facciamo casi personali, ci vuole coralità, numero. Voglio statistiche precise, dati incalzanti, per questo l'ho messa in contatto con la commissaria Sòfia. L'ascoltatore vuole capire il fenomeno, è chiaro, Canova? non facciamo tanti cincischiamenti, occorrono fatti e date, nomi e casi, va bene?»

«Sì, sì, ci sto lavorando.»

«Ci vogliono delle belle interviste a chi conosce il problema... uno psicologo, un sociologo, un medico, un prete... il professor Baldi tanto per cominciare, ce l'abbiamo in casa...»

«Il professor Baldi forse è meglio di no», dico e guardo allarmata le mani che si agitano inquiete davanti alla mia faccia, pallide e leggere, bellissime.

«Perché no? lo sa quanto lo paghiamo per le sue consulenze? con lui prendiamo due piccioni con una fava.»

«Il professor Baldi ha già le sue ore giornaliere, non possiamo metterlo dappertutto, diventa ridicolo.» So che la cosa che teme di più al mondo è proprio il ridicolo. Essere accusato di ladrocinio, di corruzione, di brogli, di autoritarismo non lo preoccupa, ma solo il sospetto di suscitare il ridicolo può metterlo fuori di sé. Infatti vedo che ci pensa. Capisco che la paura del ridicolo ha la meglio sul timore di spendere.

«Allora va bene, chiameremo altri esperti.»

«Gli esperti, in questo stadio del lavoro, non farebbero che impicciarci... E poi, forse, gli ascoltatori preferiscono sentire delle storie piuttosto che delle teorizzazioni...»

«Canova, lei ha la testa dura come la pietra, faccia un po' quello che vuole, ma l'avverto, se non funziona, le tolgo il programma.»

Chino il capo pensando di avere vinto, ma solo a metà. Ho poco tempo per approfondire e troppo materiale da sbrogliare. Dovrò arrangiarmi come al solito, cercando di cavare il meglio dal peggio.

Diciassette

Chiedo a Ludovica Bari il numero di Giulio Carlini a Genova. Lo chiamo. Mi risponde una voce sofisticata, soffice, un poco snob. Gli chiedo un appuntamento, mi risponde che ha molto da fare ma, se proprio insisto, lui sarà a Firenze martedì per affari; se voglio potrò incontrarlo alla stazione.

Un altro appuntamento alla stazione, che mania! Di Sabrina non ho più avuto notizie, aspetto che chiami lei. Intanto spio sempre nell'ascensore prima di salire sperando di incontrare Nando. Ormai non mi fa più paura. Ma anche lui non si è fatto più vedere.

A Firenze, anzi a Fiesole, abita la madre di Angela Bari, perché non prendere "due piccioni con una fava", come direbbe il direttore. Mi faccio dare il numero di telefono della donna, sempre da Ludovica Bari, che questa volta non sembra contenta, come se non avesse piacere che io parli con sua madre.

Me lo dà a malincuore, aggiungendo che sarebbe meglio che non andassi, che sua madre sta male, che vivendo sola è diventata forastica, lunatica e anche un po' mitomane, insomma "racconta un sacco di balle", dice proprio così, con voce disinvolta e un risolino imbarazzato.

Ed eccomi, con la valigetta di tela grezza, il Nagra a tracolla, le carte, i libri, una camicia di ricambio, in viaggio per Firenze. Il direttore mi ha dato un giorno per l'intervista fuori sede e sono contenta, per ventiquattro ore, di non dovermi occupare della consolle, del professor Baldi e del miscelatore voci.

Per strada ho l'impressione di essere seguita. Mi volto in continuazione mentre mi avvio verso il taxi. La più recente scritta sul muro di fronte diceva PEGGIO PER TE! Ma è stata cancellata da Giovanni Mario con della calce viva.

«Ho visto l'ingegner Diafani con un pennello in mano» mi ha sussurrato Stefana in un orecchio, ansando. Ma non avevo il tempo per parlarle; ho promesso che l'avrei fatto al mio ritorno.

In treno l'aria condizionata non funziona; fa caldo, non riesco a leggere, gli occhi mi si fermano intontiti sul paesaggio che scorre fuori dal finestrino. I campi di grano sono stati appena falciati e hanno un bel colore giallo stopposo che fa pensare ai quadri di Van Gogh; le vigne cominciano a infoltirsi di grappoli leggeri; le pesche e le pere si affacciano chiare fra le foglie scure. L'estate sta entrando nel suo mezzogiorno. Non posso fare a meno di ricordare certi viaggi fatti con mio padre quando avevo sei o sette anni. L'aria condizionata allora non c'era e i finestrini si aprivano dall'alto in basso aggrappandosi alle sbarre di ferro che trattenevano i vetri. Arrivavamo sempre in ritardo ai treni, non so perché. Facevamo gli ultimi cento metri di volata, col cuore in gola. Una volta sono anche caduta, ma non per questo mio padre ha rallentato la sua corsa, mi ha trascinata per un braccio facendomi scorticare le ginocchia.

Montavamo nel vagone che già si stava muovendo, col rischio di andare a finire sotto le ruote, mentre il capostazione fischiava rabbioso cercando di fermarci. Ma al mio agile papà piaceva proprio quell'azzardo, quella corsa, quell'aggrapparsi all'ultimo momento, con la destra, allo sportello del treno in moto, reggendo me con la sinistra.

Ma non era finita: il suo gusto del rischio lo portava a giocare con sua figlia, come il gatto col topo. «Papà, dove vai?» gli chiedevo quando il treno entrava in una stazione intermedia dove sapevo che ci saremmo fermati solo un minuto. «Vado a prendere qualcosa da bere.» «Non c'è tempo, papà, ti prego, non andare.» Ma lui alzava le spalle, come a dire: disprezzo queste tue paurucce da bambina. Scendeva di corsa, disinvolto, e lo vedevo addentrarsi nella stazione a grandi passi di danza. Mi aggrappavo al finestrino, terrorizzata, aspettando di vederlo apparire, ma il treno partiva senza di lui e le lagrime prendevano a scivolarmi sulle guance, senza che lo volessi, ero impietrita dall'orrore. E invece, dopo pochi minuti, me lo vedevo venire incontro dal corridoio, tutto allegro e festoso, con una bottiglietta di birra in mano. «Hai avuto paura? ma che stupida! devi avere più fiducia nel tuo papà... faccio sempre in tempo, lo sai, a costo di raggiungere il treno di corsa.» E rideva felice di avermi fatto paura e di avere risolto la paura con una bella sorpresa degna di un acrobata da circo, ma anche di un papà tutto giovane e scanzonato.

Possibile che il mio pensiero, come un gatto assassino, torni sempre a rimestare nella tana del topo?

Mi sforzo di aprire il romanzo che ho portato con me. È di Patricia Highsmith. Mi incuriosisce di lei la femminile misoginia. E la familiarità col delitto. Chi guida il demone nascosto, sembra chiedersi l'autrice ironica e feroce, l'indispensabile male che portiamo cucito nel cuore come una tasca segreta o la perdita delle immunità morali? Il delitto è una malattia? e come ci si ammala?

Diciotto

L'appuntamento è nella sala d'aspetto. Che trovo affollata e afosa. Come farò a riconoscerlo? Ma le mie preoccupazioni risultano infondate perché appena mi seggo su una panchina lo vedo di fronte a me – le gambe accavallate elegantemente, un bel completo azzurro mare, – che legge il giornale.

Quando gli vado vicina solleva la testa dal foglio e mi sorride fiducioso. Poi si alza, si china rigidamente come farebbe un militare e mi bacia la mano.

«Michela Canova, immagino... discendente dello scultore?»

«No.»

«Ricordo che da bambino mio nonno mi ha portato una volta a vedere Paolina Borghese ritratta dal Canova... mi sembrava fatta di zucchero, avrei voluto mangiarla. Ancora non sapevo che il neoclassicismo si avvale di questi effetti zuccherini per prendere le distanze dalla materia: creare lontananze estetiche siderali proprio nel momento in cui si dà l'impressione di riprodurre la realtà con fedeltà maniacale...»

«Dispiace anche a me di non avere niente a che fare con lo scultore. Dove ci sediamo?»

«Al bar, venga... le faccio strada... La stazione di Firenze mi piace perché è tutta su un piano, come una piazza lunga e larga che sfocia ai due estremi nel pieno della città. Niente scalini, sottopassaggi, cunicoli, tunnel... È una stazione un poco dechirichiana, non trova? Cosa posso offrirle, Michela?»

Entriamo nel bar spingendo una pesante porta a vetri, prendiamo posto ad un tavolino di ferro coperto da una tovaglietta rosa. Giulio Carlini, prima di sedersi, ha sbarazzato la sua sedia delle briciole, con un gesto elegante. Poi si è sporto verso di me come a dire: eccomi a sua disposizione.

«Posso registrare quello che diremo?»

«Faccia come crede. Ma cos'è questa radio Italia Viva, non l'ho mai sentita nominare.»

«Una radio privata. Vuole sapere quanti ascoltatori abbiamo? naturalmente dipende dalle trasmissioni; nei momenti di più basso indice di ascolto ne abbiamo, a quanto sembra, intorno ai diecimila; nei momenti di maggiore ascolto ne raggiungiamo duecentomila.»

«E lei fa un programma su Angela Bari, e perché?»

«Non solo su di lei, è un programma sui crimini insoluti, sui crimini contro le donne. È quello che mi ha chiesto di fare il mio direttore, quaranta puntate su delitti in cui le vittime siano donne e gli assassini non siano mai stati trovati.»

«Sono contento che parliate di Angela, lo merita, era una ragazza straordinaria per sensibilità e intelligenza... io l'adoravo anche se non potevo fidarmi completamente di lei... capisce, il suo era un carattere sbilanciato, fuori da ogni possibile progettualità per il futuro... Di indole generosa, e gentile, come le dicevo, e amabile, quanto amabile! ma nello stesso tempo era una persona difficile, molto difficile da cui avrei dovuto e voluto prendere le distanze, ma non ce la facevo... aveva il potere di strapparti a te stesso e di travolgerti in strategie impossibili ed arbitrarie...

«Voleva sposarmi... curioso, no, da parte di una donna che aveva avuto una esperienza matrimoniale così acerba e rovinosa... me lo ha chiesto più volte. Ma perché proprio io? le chiedevo... non rispondeva. Voleva sposarmi perché la rassicuravo, le davo... chi lo sa cosa le davo... anch'io amerei sposarmi, l'ho sempre desiderato ma non ho ancora trovato qualcuna in cui riconoscermi completamente, qualcuna che eleggerei a madre dei miei figli.»

Lo guardo parlare con un certo stupore per la generosità con cui si espone; si sta regalando e senza secondi fini, per lo meno così sembra. Lo incoraggio a continuare, ma non ce n'è bisogno, indovina le domande che vorrei fargli e seguita a parlare con tranquilla veemenza.

«Angela era sincera, completamente arresa e disponibile, ma era anche notturna, misteriosa e rivoltata. Lei si chiederà: ma qual è la verità? ebbene, Michela Canova, la verità io credo proprio che non esista... siamo fatti di tante cose diverse, tante verità sovrapposte... e Angela comprendeva in sé l'arroganza del sole e la timidezza della luna... la verità come la intendono i moralisti è riduttiva e noiosa, roba per fanatici e costruttori di imperi.»

Intanto è arrivato il cameriere che si è chinato, incuriosito dal mio Nagra, e ascolta sfacciatamente i nostri discorsi. Vedo Giulio Carlini che leva infastidito gli occhi luminosi sul ragazzo. «Mi porti un Bloody Mary» dice con aria di sfida. E coglie nel segno perché il ragazzo si ritrae impacciato non sapendo cosa sia un Bloody Mary. Carlini intanto si gode il suo imbarazzo, non dà spiegazioni, non insiste, si limita ad osservarlo come farebbe con un cagnolino che non ha capito l'ordine del padrone. «Lei cosa prende?» chiede poi rivolto a me.

«Un bicchiere di latte freddo» dico. E vedo che fa una smorfia di disgusto. Probabilmente lui non ha più bevuto latte da quando stava al seno di sua madre.

Il giovane cameriere va a chiedere chiarimenti alla cassiera. Carlini ride della manovra e vedo che ha i denti macchiati e rotti. Forse è più vecchio di quanto sembra; in certi momenti dimostra quasi cinquant'anni, in altri meno di trenta. I due aloni scuri sotto gli occhi fanno pensare a notti insonni, molto alcol, un segreto piacere dell'abbandono di sé.

«Posso chiederle come le è parsa Angela Bari l'ultima volta che l'ha vista?»

«Ci siamo incontrati proprio qui a Firenze, quattro giorni prima della sua morte. Sono venuto a prenderla alla stazione, l'ho accompagnata da sua madre a Fiesole, abbiamo fatto colazione tutti e tre insieme, poi l'ho lasciata lì, sono andato a parlare con dei clienti, alle otto sono tornato a prenderla. Abbiamo cenato al ristorante, alle undici l'ho riportata a casa da sua madre. Mi hanno chiesto di restare con loro a dormire ma ho preferito di no. Sono andato in albergo, e la mattina dopo l'ho riaccompagnata alla stazione.»

«E come l'ha trovata?»

«Bene, era allegra. Un poco sciupata: troppe notti insonni... dormiva poco: per addormentarsi prendeva dei sonniferi, per stare sveglia prendeva degli eccitanti. Quel giorno però era tranquilla, un poco stordita forse, non so se per i sonniferi o per l'alcol, era una persona in stato perenne di irrealtà... diciamo che la realtà le era sgradita, cercava di cancellarla non potendola dominare... ma come darle torto? neanche a me è gradita la realtà, solo che trovo continuamente dei trucchi per eluderla, forse meno disperati...»

«Mi scusi la domanda, lei amava Angela Bari?»

«Certo che l'amavo, ne ero coinvolto, molto, anche se io non sono il tipo che si lascia mai completamente andare. Angela dava molto di sé, era generosa e mutevole, ma non sembrava capace di fare progetti concreti per il futuro; viveva dentro una nebulosa scintillante... per me il matrimonio è prima di tutto progettualità: fare figli insieme, mettere su casa... ci pensa, fare un figlio con una bambina scapestrata come Angela?»

«Bambina scapestrata... può spiegarmi meglio?»

«Non saprei dirle di preciso... era capricciosa, prima di tutto; un giorno faceva la dieta, per esempio, e mangiava solo una mela, il giorno dopo si divorava un chilo di spaghetti. Prima voleva una cosa e poi la buttava via. A volte era insopportabile, si lagnava, aveva tutti i mali del mondo; altre volte era deliziosa, tranquilla, sorridente e serena, non si sapeva mai cosa aspettarsi da lei, si stava sul chi vive... diciamo pure, però, che quella continua provocazione era per me una sollecitazione al dolore benefico...»

«Mi può spiegare meglio questa idea di "dolore benefico"?»

«Non so se mi capirebbero gli ascoltatori... sono un uomo che si nutre di contraddizioni, di ambiguità... non mi fraintenda, non si tratta di ambiguità fattuali, non ho niente da nascondere... rifuggo dalla piattezza, capisce, e il dolore mi tiene compagnia: comunque dedico uno spazio della mia mente al dolore e lo considero uno spazio nobile... il fatto è che non sempre riesco a rendere la mia complessità mentale con una seducente complessità verbale. Il mio pensiero è superiore alle mie parole, che seguono, arrancano, col fiatone...»

Si ferma come aspettando che lo contraddica. Intanto arriva il giovane cameriere col succo di pomodoro e la vodka. Posa il bicchiere sul tavolino con un gesto impacciato. Accanto, lascia una ciotola piena di noccioline abbrustolite.

Carlini mi indica il registratore come a dire: facciamogli prendere fiato, sarà stanco come me. Fermo il nastro, lui mi sorride, grato, poi beve d'un sorso il Bloody Mary e ne ordina un altro.

In ogni movimento che fa, c'è una sotterranea voglia di seduzione. E io certamente mi sto lasciando sedurre.

Diciannove

«Posso chiederle, senza essere indiscreta, dove era la notte del delitto?»

«A Genova, al ristorante con degli amici. Tutti disposti a testimoniare, l'ho detto anche alla polizia.»

«Lei vive solo?»

«Sì, solo.»

«E Angela non è mai venuta da lei a Genova?»

«No, di solito ci incontravamo a mezza strada, appunto qui a Firenze, oppure a Bologna. A lei piaceva muoversi, mi seguiva volentieri.»

«In che consiste esattamente il suo lavoro?»

«Compro e vendo case per conto di una agenzia.»

«E le capita spesso di comprare e vendere case a Roma?

«Certo, l'agenzia per cui lavoro fa affari in tutte le città italiane. La sede è a Genova, ma compriamo e vendiamo a Bologna, a Napoli, a Firenze, a Bari, a Roma...»

«Conosceva la casa di via Santa Cecilia?»

«Certo, ci andavo quando ero a Roma.»

«Angela non le ha mai parlato di qualcuno del palazzo che la cercava? la inseguiva?»

«Angela era misteriosa, ma in un modo angelico, come dice il suo nome; aveva delle zone del cuore che erano completamente sconosciute. D'altronde non cercavo nemmeno di conoscerle, detesto i curiosi; avevo anche messo in conto che facesse una doppia vita, ma perché accanirsi a capire? le persone bisogna prenderle per quello che sono, nella loro grazia esistenziale; io stesso non sono immune da doppiezze... avrà saputo certamente che ho una donna che... che... con cui sono in rapporti di intimità da una decina di anni.»

Non so se lo faccia per mettere le mani avanti o per il bisogno sincero di confessare una verità in cui, peraltro, come lui dice, non crede.

«Non sono sposato, no, se è questo che pensa... era una compagna di università che mi è stata vicina durante la prima giovinezza. Poi lei si è sposata con un commerciante, ma non era felice e ci siamo ritrovati, io scapolo e lei sposata, ci siamo amati, poi lasciati e poi ritrovati un'altra volta... si chiama Angela anche lei... curioso, no?... quasi un destino il mio, di stare chiuso fra due donne dal nome sacro, nell'eco di una spinta sovrannaturale...»

Ride mostrando i denti anneriti, gli occhi sono di un azzurro limpido e sfavillante. Nell'insieme ha l'aria di un ragazzo che cresce di malavoglia, pronto a darsi e inventarsi. Capisco come Angela si sia innamorata di lui.

«Forse mi chiederà perché non abbia sposato la prima Angela, dopo che ha divorziato dal marito, perché anche questo è successo; ma come le ho detto non ho ancora trovato chi mi abbia fatto pensare a dei figli... Angela non mi ha mai chiesto di sposarla, ma ha usato una strategia diabolica: ha fatto in modo che non potessi stare senza di lei.»

Intanto il cameriere ha portato un altro Bloody Mary e Giulio Carlini lo ingolla in pochi sorsi. Io ho ancora il mio bicchiere di latte che aspetta. Sono troppo presa dalla fatica di seguire il discorso di Carlini e di mantenere i microfoni alla giusta distanza perché colgano i rumori di fondo senza permettere loro di sovrapporsi alla voce monologante.

«I due angeli fra i quali si consumava la mia vita...» continua Giulio Carlini facendo dondolare una gamba sull'altra, «da una parte chi sapeva curarmi, guarirmi, la mia sposa mattutina; dall'altra il dolore della continua provocazione, la cecità carnale, la mia sposa notturna... La bellezza di Angela, nella notte, lei non può neanche immaginarla... di giorno non le avresti dato un soldo, di notte risplendeva come certi fiori che respirano solo quando fa buio... La delicatezza di quelle braccia bianche, la morbidezza di quei seni, di quel collo lungo e sottile...»

Si prende la testa fra le mani. Che stia piangendo? ma non piange, è solo un gesto di desolazione, le lunghe mani abbronzate premono contro gli occhi stanchi, contro la fronte aggrottata. Poi si ritirano lentamente, dolcemente.

«Ha una idea su chi possa averla uccisa?»

«Non riesco a immaginarlo.»

«Nemmeno una ipotesi, si sarà pur chiesto chi è stato...»

«Non ho la più pallida idea... A me ha risolto un dilemma andandosene, lo dico con molta sincerità, ma mi creda, è un tale dolore sapere di non poterla più abbracciare... e poi un assassinio così crudele, così brutale, ma perché?»

«Risolto un dilemma vuol dire che, con la sua morte, Angela l'ha liberata da una contraddizione che lei non riusciva a sanare.»

«Se vuole insinuare che avevo interesse alla sua morte, sbaglia; anche se ho detto qualcosa di simile, ma non fa parte del mio carattere il risolvere le cose con la violenza, avrei preferito mille volte saperla viva anche se parte di un dilemma, pur di potere continuare ad abbracciarla.»

Ha gli occhi lucidi e l'accento della sincerità. Non mi ero accorta che aveva ordinato, con un gesto delle dita probabilmente, un altro Bloody Mary, e ora se lo sta bevendo a lunghe sorsate come fosse acqua.

«Purtroppo devo lasciarla, mi dispiace, ma ho un treno fra dieci minuti... Contento di averla conosciuta...»

Insiste per pagare le consumazioni, nonostante gli dica che è la radio ad offrire. Con un gesto sobrio e gentile estrae dal portafogli un biglietto da centomila e lo porge al cameriere. Mi bacia di nuovo la mano e raggiunge il cameriere alla cassa. Lo guardo allontanarsi nel suo completo celeste mare e mi chiedo, come fa lui, "ma qual è la verità?".

Venti

Telefono ad Augusta Elia, la madre di Angela Bari, per ricordarle l'appuntamento. Mi risponde che sta male, non se la sente. Insisto ricordandole che sono venuta apposta da Roma. Infine sembra commuoversi e accetta di vedermi, ma non prima di domani. Che fare? Non mi rimane che dormire a Firenze.

Telefono a Cusumano, gli chiedo di potere prolungare di un giorno il mio soggiorno a Firenze. Per una volta mi risponde con voce allegra, mi dice che va bene, «buon lavoro, Canova» e chiude. Non mi chiede neanche di "fare economie", tanto lo so da me.

Vado alla pensione Raffaello, vicino alla stazione. Mi danno una grande camera spoglia, al terzo piano, con le persiane che non chiudono bene, un letto alto e sgangherato, un lavandino appeso ad un muro giallino e niente altro.

Mi seggo sul letto ricoperto da un telo macchiato di ruggine e liso per i tanti lavaggi. La luce è fioca. Non so che fare. Accendo il Nagra e riascolto le parole di Giulio Carlini.

Me lo vedo davanti, nel suo completo celeste mare, le lunghe gambe accavallate. Ogni volta che allunga una gamba sull'altra, raddrizza la riga dei pantaloni. Davvero difficile immaginarlo col coltello in mano.

La voce di Giulio Carlini continua a scorrere, incantatrice. C'è tanta volontà di piacere nel suo discorso, me ne accorgo dalla lentezza con cui sciorina le frasi come fossero arazzi da mettere in vendita, mostrando la ricca consistenza del tessuto, la bellezza del disegno, lo splendore della trama. E come indugia sulle vocali finali e come soffia serpentino dentro il microfono quasi volesse trangugiarlo.

Vengo investita da altre voci, più vicine e vive. Fermo il registratore. Nella camera accanto stanno litigando rabbiosamente. Un uomo e una donna dalle molte abitudini in comune; lo si capisce dal tono sciatto e rancoroso delle voci: quella di lei insistente, petulante; quella di lui sprezzante, opaca, annoiata.

La mia vita ormai sembra fatta solo di voci estranee che cerco di decifrare, di analizzare. Anche qui, come alla radio, tento di indovinare chi sta al di là del filo, della parete, della città, per continuare il gioco degli enigmi.

Riaccendo il Nagra, alzando un poco il volume. La squallida stanza della pensione Raffaello viene invasa dalla voce suadente, fragile e nello stesso tempo volitiva di Giulio Carlini. Mi chiedo se la seduzione di questa voce nasca dal ritmo interiore delle frasi sapientemente inanellate e distese, oppure dallo spazio intelligente che interpola fra parola e parola.

Dentro la voce di Giulio Carlini si entra con piede leggero, incuriositi. Eppure c'è qualcosa che mi mette in allarme: che sia l'incrinatura appena percettibile dei toni alti che sfocia in un inaspettato stridore? o la leggera increspatura della grana vocale che sembra nascondere una insidia, un trabocchetto?

Se quest'uomo ha ammazzato Angela Bari deve avere avuto delle ragioni profonde e a lungo covate. Non sembra uno abitato dalla passione o spinto da rabbie improvvise o portato a gesti sconsiderati. Se l'ha fatto, ha preparato tutto con cura, scommettendo su un delitto perfetto.

Ma la stanza della pensione Raffaello è troppo triste per passarci una serata da sola. Spengo il Nagra, lo nascondo in fondo all'armadio ed esco portandomi dietro la grossa chiave di rame.

Fuori, l'aria è tiepida, gli uccelli volano bassi. Quanti uccelli in città a quest'ora; forse rondini, o no: pipistrelli o colombi e tortore. Firenze nel tramonto mi appare grave e pietrosa, bellissima.

Camminando mi trovo in mezzo ad un gruppo di turisti scandinavi che passeggiano mangiando della pizza. Portano calzoncini corti, sandali di cuoio, hanno il naso e le cosce arrossate; sulla faccia, l'aria sbalordita e sognante che prendono i turisti dopo una giornata di musei e monumenti.

Si fermano tutti insieme davanti ad un baracchino che vende piccoli David di marmo e portacenere con il ritratto di Dante. I due proprietari del baracchino stanno ridendo a crepapelle, forse di quel turista che ha perso una scarpa e ora si massaggia un piede seduto sul bordo di una fontana.

L'idea di cenare da sola mi rattrista, ma la fame mi spinge in una trattoria, la prima che incontro. Un cameriere con un fazzoletto giallo legato al collo mi fa accomodare ad un tavolino d'angolo. Tiro fuori la penna e il quaderno mentre aspetto un pomodoro al riso e dell'insalata.

Dunque: Angela Bari, scrivo in alto sul foglio, morta a Roma fra le dieci e la mezzanotte del 24 giugno, in via Santa Cecilia 22. Presumibilmente era sola a casa. Presumibilmente ha aperto la porta all'assassino. Probabilmente lo aspettava, era qualcuno di cui si fidava.

Ma perché si è tolta le scarpe per andare ad aprire al suo assassino? O se le è tolte dopo avere aperto?

Faccio un piccolo disegno del cortile di via Santa Cecilia con i due grandi tigli folti di foglie, la sua fontanella rocciosa coperta di capelvenere, le sue tante finestre che si affacciano verso l'interno. Chi conosceva Angela? c'era qualcuno che la spiava? qualcuno che ha visto e non parla?

Stefana e Giovanni Mario sono i soli che raccontano di lei, di come andasse a prendere il caffè giù da loro, di come si confidasse con Stefana, dicendo che si sentiva brutta. Penso ai regali che portava a Berengario, alla trottola dalle cascatelle di note argentine.

Volto pagina e prendo ad elencare i personaggi della storia: la sorella Ludovica dai bei capelli castani sciolti sulle spalle; di Angela dice che era "imbranata", della madre che "racconta un sacco di balle". La notte del delitto era al cinema con Mario Torres.

Augusta Elia. È stata sposata con Cesare Bari, da cui ha avuto Angela e Ludovica. Quando Angela aveva otto anni e Ludovica dodici, il marito è morto lasciando alcune proprietà. Augusta si risposa dopo solo sei mesi di lutto, con Glauco Elia, architetto, scultore. Il matrimonio dura quindici anni, dopo di che lui se ne va con un'altra lasciandola sola. Da allora la donna soffre di atroci dolori alla testa e di eczemi alle mani. La sera del delitto era a Fiesole, nella sua casa.

Giulio Carlini, di Genova. Lavora in una agenzia immobiliare. Viaggia spesso per affari. Quando è a Roma si fa ospitare da Angela. Sospetta che lei abbia "una doppia vita" di cui però si dichiara "non curioso". L'ama ma non vuole sposarla. Ha un'altra donna, chiamata Angela anche lei, conosciuta all'università, sposata e divorziata. La notte del delitto era a Genova, a cena con amici. La polizia ha controllato il suo alibi?

Sabrina, autodichiaratasi prostituta. Dice che Angela si vendeva ma solo negli alberghi di lusso e a uomini molto ricchi. Dice che il suo protettore, Nando, l'aveva presa di mira, ma esclude che l'abbia potuta uccidere. E lei? Avrebbe il movente della gelosia. Dov'era la notte del delitto? In strada, con un cliente? ma potrebbe provarlo?

Nando, protettore di Sabrina. Conosceva Angela. Secondo Sabrina faceva prostituire anche lei. Visto in ascensore qualche giorno dopo il delitto. Difficile capire cosa voglia. Dov'era la notte del delitto?

Mario Torres, descritto come una persona rissosa e violenta. Ma per questo capace di uccidere con un coltello la sorella della sua ragazza? e per quali ragioni?

Il patrigno Glauco Elia, di cui so ben poco. Ma sembra che da anni non vedesse più né la ex moglie né la figliastra. Si è risposato con una ragazza di trent'anni più giovane e vive nella zona di Velletri dove ormai si dedica solo alla scultura.

Quando sollevo gli occhi dai fogli mi accorgo che gli avventori sono andati tutti via. La sala è vuota e il mio pomodoro al riso giace in un lago di olio rosato. Decido di lasciarlo lì. Mi mangio in fretta l'insalata e chiedo il conto.

Ventuno

Il taxi sale, si arrampica; la salita si fa più ripida e chiusa fra alti muri di pietra grigia. Qua e là si affacciano rami di olivo e di pesco. Ci lasciamo la città rumorosa alle spalle, ci inerpichiamo fra ville antiche e nuove, tutte acquattate nel verde, circondate da fiori e bossi lucenti.

La macchina si ferma davanti ad un cancello di ferro nero. «Neanche fosse una prigione!» dice l'autista osservando le punte di ferro che sporgono minacciose, i doppi catenacci. Su una targa di ottone è scritto, in lettere barocche, il nome: Augusta Bari Elia. Suono. Uno scatto libera la parte bassa dell'imponente cancello che si apre davanti a me come spinto da una mano fantasma, lentamente, e con un cigolio stridulo.

Entro e mi trovo a camminare su un vialetto di ghiaia bianca che assomiglia a quella del cortile di via Santa Cecilia, ma questa sembra fatta di minuscoli ciottoli di fiume, puliti ad uno ad uno con lo straccio. Ai lati, grandi vasi di limoni, prati ben pettinati e aiole di violacciocche e petunie.

Quando alzo gli occhi la vedo: una bella donna snella ed elegante. Se ne sta in cima ad una larga scala che si apre a ventaglio; mi guarda venire avanti tenendosi una mano sulla fronte come per ripararsi dal sole. Ma il sole oggi non si è visto, il cielo è coperto e l'aria velata. Sono accompagnata da una nuvola di moscerini di cui non riesco a liberarmi.

La donna è interamente vestita di verde, perfino le scarpe e i guanti di un bel colore smeraldo, ma perché porterà i guanti? che stesse per uscire? poi rammento che Ludovica mi ha parlato dell'eczema alle mani.

«Entri subito se vuole evitare i moscerini» dice ridendo. Sembra allegra, ha una voce squillante, cordiale che mi conforta. Al telefono era stata così reticente e fredda. Da vicino posso notare come il verde metta in risalto la carnagione pallida e rifletta i grandi occhi color muschio: è molto più bella di come appaia nelle fotografie, somiglia in qualche modo ad Angela ma con qualcosa di più solido, di più risoluto.

Dentro, le sale sono tenute in penombra, con le tende tirate e le persiane accostate. Ci sono fiori dappertutto, e tappeti di un bel colore lilla, i quadri rappresentano languide marine e boschi abitati da uccelli colorati. Un cagnolino bianco viene ad annusarmi scodinzolando.

«Carlomagno, stai giù!» ordina lei e il cane si accuccia ubbidiente.

Ci sediamo in un angolo profumato da un bastoncino di incenso che manda verso il soffitto delle leggere spirali di fumo azzurrognolo.

«Posso offrirle un caffè?»

Seguo, affascinata, le lunghe mani guantate di verde che si muovono nervose. Da vicino, la magnifica faccia appare un poco irrigidita e cartacea, solo le labbra sono mobili e sensuali, dipinte di un rosso carico, sangue di bue.

«Quanto zucchero?»

«Le dispiace se accendo il registratore?»

«Faccia pure, sono preparata al peggio.»

«Peggio, perché?»

«Oh, non è la prima giornalista che ricevo da quando è morta Angela. Fanno domande inutili, si improvvisano detective e non cavano un ragno dal buco.»

«Io devo fare una trasmissione sui crimini contro le donne, sui crimini insoluti, per radio Italia Viva.»

«Lo so. Va bene, cominci pure.»

«Lei ha un'idea di chi avrebbe potuto uccidere sua figlia?»

«I morti, secondo me, bisogna lasciarli in pace. Che importanza ha sapere chi è stato quando ormai lei non può tornare in vita? Solo le persone come Maria, la vecchia balia di Angela, possono pensare che le anime dei morti ammazzati si aggirano per il mondo chiedendo vendetta... un cioccolatino alla menta? Non voglio sapere chi ha ucciso mia figlia, non servirebbe a niente. E poi le vendette mi fanno orrore.»

La guardo scartare un cioccolatino con le dita guantate di verde. Si porta alla bocca il dolce, appallottola la carta stagnola senza sporcarsi i guanti.

«La vedeva spesso sua figlia Angela?»

«No, per niente. Diceva di volermi bene, ma stava alla larga... ogni tanto, sì, capitava a Firenze, con quel Pallini, Gerlini...»

«Giulio Carlini?»

«Sì, proprio lui... Per me i figli non pensano che a liberarsi dei genitori, magari augurandosi di non perderli... "mio dio, mantienila in vita, mantienila in vita perché io non voglio perderla!", ma questa non è già una preghiera di morte?... Come si chiama la sua radio? Ah, sì, Italia Viva... Il suo direttore, Cusumano mi pare, mi ha telefonato per...»

Così sono stata preceduta da una telefonata di presentazione. O è stato semplicemente un controllo, per assicurarsi che non fossi rimasta a Firenze per i fatti miei.

«Mi ha garantito che potrò ascoltare le registrazioni prima della messa in onda... un uomo gentile che...»

Ha la tendenza a lasciare le frasi a metà nonostante lo sguardo acuto e determinato. Gli occhi vagano sulle cose senza vederle e poi ammutolisce.

«Ancora del caffè? io per me odio le...» La osservo mentre mi versa dell'altro caffè nella tazzina, curvando le dita guantate. Sono guanti di seta, leggeri e lisci e aderiscono perfettamente alle mani.

«Certe volte Angela era molto affettuosa, anche troppo, io non sopporto le smancerie, capisce e allora... ho raffreddato i suoi slanci, e di questo non mi ha mai perdonato, credo perché... come non mi ha perdonato di essermi risposata con Glauco, era troppo legata al padre. Ma quando un marito ti lascia sola, lei capisce che io... cosa dovevo fare? chiudermi in convento per il resto della vita? i figli sono... lei è sposata? ha figli?»

«No.»

«Ha un uomo che ama, comunque...»

«Sì, ma per il momento sta in Angola per lavoro.»

«Gli uomini, appena possono, scappano via... guardi cosa è capitato a me che... se n'è andato con una ragazza di trent'anni più giovane, con cui aveva...»

Il suo discorso si spezza continuamente come un filo tenuto troppo teso. Lo sguardo si è fatto più morbido dopo avere parlato di mariti; due donne che si confidano, è una cosa rassicurante.

«È bello l'uomo che ama?»

«Be', non come Giulio Carlini», dico e rido imbarazzata.

«E come mai non vi siete sposati?»

«Ha moglie.»

«Esiste il divorzio.»

«Ma lui non vuole.»

«Capisco. Un caso di cumulismo... ne conosco tanti... non vorrebbero mai lasciare una donna per un'altra, ma solo aggiungerla al mucchio... quanti anni ha il suo...»

«La prego, parliamo di Angela. Mi può dire com'era da ragazzina?»

«Da bambina era timida, quasi paralizzata dalla timidezza, non riusciva neanche a... crescendo è diventata più spigliata, ma ha sempre avuto delle timidezze che la torturavano... Non era una ragazza felice, anche se allegra, era, era...»

«È vero che è stata in una clinica per malattie mentali?»

«Chi gliel'ha detto?»

«Ludovica.»

«Che bella trovata! ma se è proprio Ludovica che... in clinica c'è stata Ludovica, non Angela.»

«Non è vero che, dopo la fuga del marito, ha dovuto abortire e poi ha sofferto di depressione?»

«È Ludovica che ha abortito, non Angela. E il marito, Angela l'ha lasciato perché si era messo con la sorella.»

«Non capisco più niente... ma Ludovica non era sposata a sua volta?»

«Ludovica non è mai stata sposata» dice decisa e con le dita guantate caccia indietro un ricciolo color rame che le è scivolato su una guancia.

«E Mario Torres?»

«Oh, quello! sono anni che si trascina quell'amore che secondo me... lei lo tormenta e lui è troppo buono.»

Una cameriera viene a chiamarla; la vogliono al telefono. Mi dice: «Può aspettare un minuto, per favore?» e se ne va dondolandosi sulle belle gambe lunghe. Mi chiedo se per telefonare si toglierà i guanti.

Ventidue

È passato più di un quarto d'ora quando la vedo rientrare. E io che avevo pensato di farmi il giro della casa, cercando la camera da letto di Angela! Invece sono rimasta inebetita sul divano color latte a fissare una fotografia di lei bambina posata sul pianoforte.

Quella bambina la conosco, mi dico, ma dove l'ho vista? E poi, frugando nella memoria, ritrovo un'altra fotografia del tutto simile, di una bambina con l'aria persa e il sorriso doloroso. La stessa fronte nuda e come indolenzita da un pensiero inesprimibile, gli stessi occhi che guardano il mondo con apprensione, la stessa bocca contratta che tende ad un sorriso pesto e propiziatorio, l'atteggiamento di chi chiede scusa di essere nata e spera, con la resa ai voleri altrui, di smontare il temibile congegno della seduzione e del possesso. Alla fine capisco: quella bambina sono io, in una fotografia fattami da mio padre quando avevo suppergiù la stessa età.

«Mi scusi se l'ho fatta aspettare ma...» comincia e lascia a metà la frase, come al solito.

Riaccendo il Nagra e sistemo il microfono sul piccolo trespolo pieghevole.

«Lei conosce un giovanotto piccolo e pallido che porta gli stivaletti col tacco, alla californiana e veste sempre di nero?»

«Ah, Nando!» dice subito e senza imbarazzo.

«Lo conosce?»

«È venuto qui a cercare Angela. Un tipo molto simpatico, abbiamo fatto amicizia.»

«È venuto qui da lei a cercare Angela, ma quando?»

«Pochi giorni prima che Angela... l'ho invitato a pranzo ed è rimasto. Una persona dolce, disponibile... mi ha raccontato un sacco di storie sui gabbiani, pare che lui da ragazzo...»

«Le ha detto cosa fa di mestiere?»

«Commercio all'ingrosso, credo che...»

«Il suo commercio sono le donne.»

«Ma no, ma no... me l'ha detto che girano brutte voci su di lui... mi ha raccontato dei suoi viaggi, dice che vuole comprarsi una casa in Spagna... ha un terreno a Capri, suo padre era un costruttore noto...»

«Non le ha detto che sua figlia Angela qualche volta si prostituiva?»

«Ma cosa dice? e poi perché avrebbe dovuto? non le davo cinque milioni al mese?»

«Ludovica dice che era senza soldi.»

«Ludovica, vede, dopo il ricovero in clinica, ha la testa confusa, non sa quello che dice... inventa, straparla, ma io...»

«Che Angela si prostituisse ogni tanto me l'ha detto una che lo fa di mestiere.»

«Balle! Voi giornalisti siete speciali per fare da cassa di risonanza alle più grandi panzane, pur di fare scandalo mettendo sullo stesso piano verità e menzogne.» Nella foga riesce persino a chiudere le frasi.

«Quindi lei esclude che Angela si prostituisse.»

«Lo escludo, e non per moralismo o amore materno, mi creda. Lo escludo perché: primo, aveva soldi e ci si prostituisce per soldi; secondo, perché era troppo sensibile e timida; terzo, perché me l'avrebbe detto. Quando veniva qui, si sdraiava sul letto accanto a me e mi raccontava tutto di sé, come una bambina e io... speravo solo che non si mettesse a piangere, quando piangeva mandava uno strano odore di... come di... baco da seta.»

«Baco da seta?»

«Quando ero bambina, mio padre teneva dei bachi da seta. Avevamo dei gelsi nel nostro giardino. Quando entravo nella stanza dei bachi sentivo quell'odore di saliva impastata, di legno tarlato, di uva passa, non so... c'erano, in alto, dei grappoli di uva appesi e mia figlia... piangendo, mandava quell'odore lì che mi metteva una leggera nausea...»

«È vero che Angela aveva paura del suo patrigno?»

«Anche questo gliel'ha detto Ludovica, suppongo... quante menzogne quella ragazza! io che... Angela e Glauco si amavano moltissimo, stavano sempre insieme, andavano a fare gite in motocicletta, su per le montagne, a nuotare, a sciare, erano due sportivi meravigliosi... Poi, quando ha compiuto i tredici anni, ha cominciato a stare per i fatti suoi... non lo cercava come prima, non andava più al mare con lui. Era diventata solitaria, leggeva molto e ascoltava musica, stava ore chiusa in camera sua... ma paura proprio no, sarebbe ridicolo.»

«Mi piacerebbe parlargli, potrei avere il suo numero di telefono?»

«Il telefono di Glauco? se ci tiene, certo, ma... lui non vorrà parlare, per la radio poi... è un tipo, un tipo che... la bellezza di Glauco, ecco, forse... era l'uomo più bello che abbia mai conosciuto... una bellezza sottile, nebulosa, non era un divo del cinema insomma ma faceva innamorare, ecco, forse... Con me è stato molto sincero, molto onesto: mi sono invaghito di una ragazza mi ha detto e io... sì, sono andata al suo matrimonio, mi sono messa un gran vestito dorato e tutti guardavano me anziché la sposa, non solo per il vestito, ma per la nostra situazione... si aspettavano che io... invece ero allegra e mangiavo tartine e bevevo champagne, ero contenta che si è trovato una ragazza così carina come Emilia... poi hanno fatto una figlia che lui ha voluto chiamare Augusta, come me, e davvero io...»

Le mani verdi si posano con delicatezza sulla ciotola dei cioccolatini. «Sicuro che non ne vuole uno?» mi dice e capisco che desidera la mia complicità per mangiarne uno lei. Accetto per farle piacere. La guardo scartare la stagnola con le abili dita verdi come potrebbe fare un geco o una lucertola sapiente.

«Quindi lei non ha nemmeno un sospetto su chi possa avere ucciso sua figlia?»

«Un pazzo... ce ne sono tanti in giro, per questo vivo barricata qui dentro... e poi, anche sapendolo, a che servirebbe? forse a farla... per quello che so dell'animo umano quell'uomo vive già all'inferno, perciò lasciamolo dov'è. In cuor suo non desidera altro che di essere scoperto, glielo dico io... perciò il miglior castigo è di lasciarlo nell'anonimato.»

«Come fa a essere sicura che sia un uomo?»

«Venti coltellate... se la immagina una donna con la manica arrotolata?... io no... un uomo anche forte, robusto... di anima vaga, tremula, se lo ricorda l'imperatore Adriano?»

Ed è con sorpresa che la vedo portarsi alla bocca un altro cioccolatino mentre, a occhi chiusi, cita Adriano con voce dolce e sapiente.

«Animula vagula, blandula... Adriano, no?... secondo me l'anima di un assassino è la cosa più fragile, più tenue, più labile che esista... una zanzarina di quelle che vivono sull'acqua stagnante e muoiono col primo freddo. Mi fa quasi tenerezza l'anima di un omicida, e a lei no?»

«Mi può raccontare un fatto di quando Angela era bambina?»

«Che fatto?»

«Uno qualsiasi, per capire meglio il carattere.»

«Be', vediamo... un giorno mia figlia ha scritto nel suo diario che io ero una regina...»

«Sua figlia teneva un diario?»

«Be', sì, da adolescente.»

«E dopo?»

«Dopo non so; ma forse sì, aveva la mania di appuntarsi tutto perché diceva che non aveva memoria e perdeva le cose... adesso che ci penso, dopo la sua morte mi hanno mandato da Roma un pacco di carte che io...»

«Mi lascerebbe dare un'occhiata a queste carte?»

«Lo farei volentieri, ma ho bruciato tutto... è che sa...»

Si interrompe pensando ad altro. Ora anche il suo sguardo corrucciato si è posato, come il mio prima, sulla fotografia di Angela bambina e sembra che la interroghi con impazienza.

Faccio per domandarle ancora qualcosa ma lei solleva una mano verde e mi dice che è stanca, non ha più voce e sente che sta arrivando uno dei suoi terribili mal di testa.

Ventitré

Alla moviola taglio e monto i nastri registrati, riascolto la voce di Augusta Bari Elia, le sue frasi smozzicate, gli schiocchi della lingua nel succhiare i cioccolatini. Curioso come fossi distratta dai lunghi guanti verdi e dall'abilità di quelle mani da lucertola. Riascoltata in studio la sua voce suona meno incrinata e incerta, quasi fluida nonostante le tante interruzioni, animata da una folle determinazione di fondo.

La voce di Ludovica, ascoltata accanto a quella della madre, appare goffa e mascherata: i toni sono acuti e rivelano improvvisi precipizi, voragini di inquietudine.

Di volata ascolto anche la voce della gattara, mentre parla di Angela, rubata col piccolo Sony tascabile: «I gatti l'aspettavano, deve vedere come l'aspettavano... quando sentivano i suoi passi sull'asfalto rizzavano le orecchie... poi non si è più vista...».

Mi mancano ancora molte voci; quella di Nando, quella di Mario Torres, quella di Glauco Elia, il patrigno.

Intanto compongo il numero di Adele Sòfia per sapere se ci sono novità. Ma proprio mentre chiedo di lei la vedo passare nel corridoio, diretta verso la stanza del direttore. La raggiungo, le dico che vorrei parlarle e lei mi fa un segno, facendo ruotare l'indice su se stesso come a dire "dopo" e si chiude la porta alle spalle. Non mi ha neanche sorriso, che sia arrabbiata con me?

Più tardi, mentre bevo un cappuccino al bar me la vedo improvvisamente accanto. Porta scarpe basse, silenziose, e un cappellaccio da bandito in testa. Ordina un cappuccino freddo e, mentre lo sorseggia, si accosta al mio orecchio con aria da cospiratrice.

«Il dottor Cusumano è preoccupato.»

«Di che?»

«Non vuole che la radio diventi una succursale della Questura.»

«Sto solo raccogliendo delle voci.»

«Io l'ho tranquillizzato, sono sicura che lei farà un ottimo lavoro.»

«Ci sono novità su Angela Bari?»

«È stata trovata una minuscola macchia di sangue sulla porta interna dell'ascensore.»

«L'ascensore di casa mia?»

«Sì, ma era talmente piccola che era passata inosservata.»

Penso alle tante volte che sono entrata nell'ascensore, che ho aperto e chiuso le porte senza vedere quella macchiolina di sangue.

«Potrei fare una intervista al giudice istruttore a proposito di questa macchia di sangue?»

«Se vuole, perché no, solo che non c'è, è a Milano per un altro caso. Se vuole, intanto, le do il numero del mio collega Lipari. Lo chiami a mio nome, è lui che si occupa del caso Bari... ha già parlato con Cusumano, quindi non si stupirà...»

«Anche lui?»

«La protegge, il suo direttore, non creda... se non fosse per lui non potrebbe muoversi tanto tranquillamente facendo interviste a destra e a manca.»

«Ma perché non mi avverte?»

«Gli piace stare nell'ombra, al nostro caro Cusumano. Direi che se ne compiace come di una intelligenza segreta. Lei, Canova, è quella che raccoglie e monta le voci, ma lui vuole rimanere il motore nascosto di tutta la faccenda.»

«Non dovrebbe però parlare con chi vado a intervistare prima che io mi sia presentata, mi guasta tutto.»

«Allora, ha scoperto chi è l'assassino di Angela Bari?»

dice sorridendo sorniona, dentro la tazza di porcellana bianca dai grossi bordi perlacei.

«Non so niente di niente. Più vado avanti e meno capisco. Buio completo.»

«Questa è la differenza; a noi interessa chi, a voi interessa perché.»

«Il chi a volte comprende anche il perché.»

«Ha capito chi era Angela Bari?»

«Una persona con tante facce.»

«Non cerchi di capire e spiegare troppo, le cose sono sempre più complicate di come si pensa... si affidi alla suggestione delle voci... ma quello non è Lipari? aspetti che glielo presento.»

«Sta andando da Cusumano. È lui che vuole fare della radio una succursale della Questura, non io.»

«No, credo che sia venuto a cercare me.»

Finalmente incontro Lipari, un giovanottone alto e grosso, dalle mani massicce, gli occhi spenti. I peli gli crescono folti dentro le orecchie, gli escono a ciuffi dal colletto della camicia, gli sguscian dalle maniche della giacca troppo corte.

Gli chiedo di sedersi con me in fondo al bar La balena, dove si trovano dei tavolini traballanti e delle seggiole di vimini. Lui dà uno sguardo all'orologio e scuote la testa come a dire che non può, ma Adele Sòfia lo incita con un sorriso a rimanere. E lui, visibilmente contrariato, accetta.

Ci sediamo in un angolo della saletta, accanto ad un ficus dalle foglie ingiallite. Tiro fuori il piccolo Sony che Lipari guarda con sospetto, ma faccio finta di niente e sistemo il microfono.

«Posso chiederle se avete trovato il coltello dell'omicidio Bari?»

«L'arma del delitto? no.»

«Avete scoperto, nell'appartamento, tracce di un sangue diverso da quello della uccisa?»

«No, disponiamo solo del materiale ematico della vittima.»

«E quella macchia trovata nell'ascensore?»

«Non l'abbiamo ancora analizzata.»

«A che ora è stata uccisa Angela Bari?»

«Fra le ventidue e le ventiquattro del 24 giugno.»

«Può dirmi come è stato trovato il corpo?»

«Nudo, rattrappito su se stesso, le ginocchia al mento.»

«E dove?»

«Per terra nell'ultima stanza, quella che dà sul terrazzino.»

«E i vestiti?»

«Piegati in ordine su una sedia. Un paio di pantaloni di tela color cachi, una camicia bianca, un paio di calzini di cotone, mutande e reggipetto di nailon rosa.»

«E le scarpe?»

«Le scarpe da tennis, azzurre, stavano da un'altra parte, nell'ingresso, appaiate come se le avesse sfilate prima dell'arrivo dell'assassino.»

«La porta è stata forzata? o solo aperta, come dicono i giornali?»

«Non ci sono segni di effrazione sulla porta. E la chiave era infilata nella toppa, dall'interno. Quindi la vittima ha aperto spontaneamente all'omicida, così si presume.»

«Avete qualche sospetto?»

«Per il momento no.»

Lo guardo mentre si accende una sigaretta. Avrà sì e no trent'anni, ma ne dimostra anche di meno. L'intelligenza meticolosa, controllata e severa sembra contraddetta da tutti quei peli scimmieschi che gli sfuggono dal colletto e dai polsini.

«Le dispiacerebbe, dottor Lipari, farmi visitare l'appartamento?»

«Se la mia superiore, la dottoressa Sòfia, è d'accordo, sì.»

Ventiquattro

L'afa stagna nel cortile. Anche all'ombra dei tigli si suda. Stefana e Giovanni stanno parlando col postino: lei è vestita tutta di rosso e sembra una studentessa appena rientrata dall'università, lui, in tuta, sta pulendo una pala mentre chiacchiera col giovane postino.

Lipari lascia la macchina bianca e blu della polizia davanti ad un portone. «Mi chiami se qualcuno deve uscire» dice a Giovanni. Io cerco di tenere il passo con questo giovanotto alto quasi due metri.

L'ascensore sale con la solita lentezza. Lipari sta ritto di fronte a me e guarda timidamente il soffitto. Sembra che stamattina abbia fatto un paziente lavoro da giardiniere per raccogliere, e spingere dentro il colletto, i ciuffi prepotenti che di solito sguisciano da tutte le parti.

L'ascensore si ferma all'ultimo piano con un soffio e due piccole scosse. Osservo la mia porta di casa come se la vedessi per la prima volta: scura, incorniciata di legno più chiaro, lo spioncino come un occhio tondo e dorato, due toppe di ottone, una per la chiave grande e una per quella piccola; come sembra fragile tutto quanto!

Di fronte, la porta di Angela Bari, identica alla mia, solo che le sue serrature sono tre. Ma non le sono servite ad evitare l'assassino, a cui lei stessa ha aperto fiduciosa. Quante volte ho aperto anch'io senza guardare, senza controllare, con l'impeto di un gesto di accoglienza felice!

Lipari tira fuori dalla tasca un mazzetto di chiavi, ne prova una, poi un'altra. Finalmente trova quella giusta. Ora si tratta di staccare i sigilli di carta. Sulle scale sento il passo leggero e il fiato ansante di Stefana.

«Sono venuta a vedere se avete bisogno di qualcosa» dice sinceramente premurosa.

«No, grazie» le risponde Lipari, scortese, e le sbatte la porta in faccia.

«È Stefana, la portiera, è venuta per fare una gentilezza», dico mentre lui accende la luce. C'è ancora odore di disinfettante nell'aria e anche di qualcosa che mi pare di riconoscere come frutta marcia; che sia rimasto qualcosa nel frigorifero?

«Non potremmo farla entrare, Stefana?»

Lipari mi guarda contrariato, raddrizzandosi sulla schiena: «Il giudice ha dato il permesso solo per lei e per me, e basta».

Una persona ligia al suo dovere, è questo che devo capire o si tratta di una sotterranea ostilità?

«Qui è stato trovato il corpo», dice procedendo verso la stanza di fondo, quella che, nell'appartamento di fronte, corrisponde al mio studio.

Per terra ci sono ancora i segni del corpo tracciati col gesso sulle mattonelle.

«Posso registrare quello che dice?»

Mi guarda stranito. Evidentemente non sa se sia permesso dal regolamento. Capisco che devo forzare un poco la mano.

«Adele Sòfia mi ha detto che si può.» E tiro fuori il Sony dalla tasca.

«Non ho niente da dire, comunque» mi fa, sconsolato.

«Può ripetere quello che mi ha detto prima?»

«Cosa?»

«Dove è stato trovato il corpo e come.»

«Il cadavere è stato rinvenuto, per l'appunto, come dicevo alla signorina, in questa zona dell'abitazione...» la voce si fa atona, il linguaggio gergale...

«Come crede che sia avvenuto il delitto?»

«La dinamica dell'aggressione ci è ignota... comunque si presume che la vittima sia stata aggredita di spalle.»

«Dove si trovava Angela Bari quando è stata colpita?»

«Presumibilmente nel settore angolare della finestra.»

Ma che sarà il settore angolare?

«Quindi Angela Bari guardava fuori dalla finestra mentre il suo assassino le stava alle spalle. Certo, non doveva avere nessun sospetto, altrimenti non gli avrebbe voltato la schiena.»

«Be', potrebbe anche essersi girata per paura, i possibili gesti sono molteplici... l'assassino comunque conosceva la vittima, questo sembra assodato.»

«Mi fa vedere dove stavano i vestiti?»

«Eccoli, sono ancora qui» mi dice indicando una sedia nascosta nell'ombra della porta aperta. È come se vedessi il corpo vivo di Angela. Quei pantaloni color cachi, quella camiciola bianca, piegati con cura... è come se avessi davanti le sue mani che premono la stoffa, la sollevano, la piegano, c'è qualcosa di così commovente in quei semplici capi di abbigliamento che rimango lì, senza parola, a fissarli. Lo stesso effetto, ricordo, lo ebbi andando a visitare il campo di concentramento di Auschwitz: i forni dalle bocche nere, i vecchi ferri arrugginiti, le baracche in cui gli uccelli avevano fatto i nidi non mi avevano fatto molta impressione, solo un senso di lontananza infinita. Quando ho visto un paio di pantaloni a righe appesi in una bacheca mi è cascato addosso tutto il campo, con i suoi orrori, le sue grida, le sue morti atroci e il respiro mi si è strozzato in gola.

«Presumibilmente è stata la vittima stessa a sistemarli» spiega Lipari, «sono le donne che piegano gli indumenti, è raro che lo faccia un uomo.»

«Quindi non le sembra probabile che sia stata prima colpita e poi svestita?»

«No, altrimenti avremmo trovato i segni delle lacerazioni sui vestiti. Mentre, come vede, sono integri, puliti come li ha deposti lei.»

«Ma non è strano: una che si toglie i vestiti e poi si mette a guardare dalla finestra mentre il suo assassino, a cui lei stessa ha aperto, rimane alle sue spalle?»

«Sono particolari da chiarire.»

«C'è qualcuno che può essere sospettato, secondo lei, fra quelli che conosciamo?»

«Non siamo in possesso di prove, e anche gli indizi sono scarsi. Perfino il giudice Boni è perplesso: il fidanzato, Giulio Carlini, ha un alibi solido, lo abbiamo controllato; l'ex marito della vittima era in America, controllato anche lui; la sorella Ludovica era al cinema col fidanzato; così dicono. Manca solo la testimonianza della cassiera.»

«E Nando?»

«Non conosciamo codesto individuo.»

«Era un amico di Angela.»

«Lei come lo sa?»

«Me l'ha detto Sabrina.»

«E chi è Sabrina?»

«Una prostituta amica di Nando. Vede, se ci fossimo sentiti prima io le avrei detto di Nando e di Sabrina e lei avrebbe potuto informarsi.»

«La nostra è una istruttoria, non un romanzo radiofonico.»

«Secondo Sabrina, Angela Bari si prostituiva, sotto la protezione di Nando.»

«A noi non risulta che Angela Bari si prostituisse.»

«A Sabrina sì.»

«Ora lei viene con me e mettiamo a verbale la testimonianza. Ha qualcosa di registrato?»

«Questo interesserà molto gli ascoltatori» dico e lui mi guarda storto non sapendo se prenderla a ridere o mostrare la faccia severa. Poi decide per un sorriso stiracchiato che gli torce la bocca da una parte.

Venticinque

Il lavello ha una voce cristallina e petulante: quando apro il rubinetto dopo un giorno di assenza emette un leggero singulto festoso; soffre di "secchezza delle fauci", come direbbe il commissario Lipari.

Mentre lavo le calze e il reggiseno in una vaschetta di plastica, penso alla biancheria di nailon rosa di Angela Bari: il reggipetto appeso al pomello della sedia, le mutande, leggere e trasparenti, piegate e posate sopra la camicia; è possibile che una ragazza innamorata pieghi le mutande prima di fare l'amore? chissà se Angela lavava la sua biancheria nel lavello, col sapone di Marsiglia come faccio io.

I giornali alle mie spalle stanno facendo un gran chiasso. Mi asciugo le mani, ne apro uno, da quando mi occupo dei delitti impuniti faccio molta più attenzione alla cronaca nera.

«Assassinata nel parco davanti al figlio di quattro anni», leggo sul giornale di oggi. È successo a Londra, nel parco di Wimbledon. Una giovane madre che portava a spasso il figlio bambino è stata accoltellata da uno sconosciuto. «Il piccolo Alex, unico testimone, ha perso la parola. Le premure degli assistenti sociali sono state inutili, il bambino è prigioniero del silenzio.

«L'assassino è scappato e non si ha la minima idea di chi possa essere. Come si fa a ritrovare qualcuno che ha agito per caso, senza conoscere la persona che uccideva, solo perché colei che voleva stuprare ha reagito con energia?

«La donna è stata violentata davanti al figlio sul cui corpo sono state trovare contusioni di vario genere, come se fosse stato percosso mentre tentava di difendere la madre. L'uomo ha accoltellato la donna alla gola ed è scappato.

«Un'ora dopo un passante ha notato il bambino accovacciato per terra con le braccia intorno al corpo morto della madre. L'ispettore di Scotland Yard, Michael Wickendon ha detto: "Non ho mai visto un crimine più efferato: questa giovane donna stava camminando con suo figlio in uno dci più belli e pacifici parchi di Londra...". E ancora: "In questi ultimi anni la criminalità a Londra è cresciuta dell'undici per cento. Nel periodo che va dal marzo 1991 all'aprile 1992 ci sono stati 184 omicidi, 1180 stupri e 3000 tentativi di violenza sessuale. La maggior parte di questi delitti sono rimasti impuniti".»

Strappo la pagina del giornale e la infilo nella cartella verde assieme alle altre cronache giornalistiche da portare alla radio. Mentre sistemo la cartella sento suonare alla porta, vado ad aprire, ma prima di mettere mano al chiavistello porto l'occhio allo spioncino. Vedo una capigliatura dai riflessi violetti che va avanti e indietro nervosamente. È Sabrina. Apro la porta e lei entra, impaziente, chiudendosi l'uscio alle spalle con un colpo secco come se avesse paura di essere inseguita.

«Che succede, Sabrina?»

«Sono andati ad interrogarlo.»

«Chi?»

«Nando.»

«E allora?»

«Lui dice che sono stata io a denunciarlo.»

«Se non l'ha uccisa lui Angela Bari che paura ha? Non vive nemmeno a casa vostra e perciò non possono accusarlo di favoreggiamento.»

«Mi ammazza, quello mi ammazza... Da che non lavoro più tanto... che sono dimagrita di dieci chili e non mi cercano più... sapete, mi guardano e tirano via, che dite, faccio proprio schifo?»

Dicendolo sorride di sé, con una grazia leggera che contraddice la pesantezza del trucco, la vistosità pacchiana degli abiti.

«Avete paura di Nando? ma Nando come si chiama di cognome?»

«Ogni scusa è buona per scaricarmi. E se lui mi scarica, i suoi amici mi fanno la pelle, so troppe cose dei loro traffici.»

Ora si accende una sigaretta con le mani tremanti, piccole e abbronzate. L'accendino d'oro le scivola dalle dita e va a finire per terra e lei lo raccoglie mettendo in mostra le gambe magre e muscolose.

Getta il fumo dalla bocca e dal naso con rabbia, come se sfidasse il cielo. La paura l'ha fatta diventare ancora più selvatica, i tendini del collo tirati, i capelli lucidi e striati di rosso che si arricciano come serpentelli.

«Si chiama Nando Pepi, ma cosa cambia? ormai mi sono inguaiata con le mie mani, quello mi uccide.»

Si accorge che la cenere sta per cadere a terra, si guarda intorno cercando un portacenere che non trova e decide di farla cadere nella mano sinistra piegata a coppa.

«Così vi bruciate la mano» dico io cercando un recipiente di maiolica che stava lì per questo ma che ora non riesco a rintracciare.

«Non importa, sono abituata; nelle macchine non sempre ci sono i portacenere» dice. «Ce ne sono di clienti che si arrabbiano se gli butti la cenere per terra. Una volta, un vedovo, dopo che mi ha raccontato che era appena tornato dal funerale della moglie, vede che mi casca un po' di cenere sul tappetino e mi butta fuori a spinte, insultandomi. "Solo per rispetto a tua moglie morta" gli ho detto, "non ti denuncio."»

Ride mostrando i denti piccoli e bianchi. «Da bambina prendevo in mano i carboni accesi. Io le dita le sento poco, ho i calli anche se non lavoro con la vanga e la pala... è che a furia di prendere in mano l'anima dei clienti...»

«L'anima?»

«E come dovessi chiamarla? ci tengono tanto che proprio ci fanno follie per lei come si tiene all'anima sua che se non la guardi te la perdi... a me piacciono quelli con l'anima delicata, gentile, nervosetta che si gonfia appena la tocchi; altri ce l'hanno che sembra un rospo, te lo mettono in mano e aspettano che dici: bello, complimenti! ma non va mica tanto al chilo dico io... le anime anzianotte, pulite, discrete sono quelle che mi piacciono di più, a loro non gli viene in mente di fare le cose per forza.»

La guardo divertita. Mentre racconta questa storia delle anime virili ha preso un'aria assorta, gioiosa che sembra non appartenerle. Si rallegra a farmi rallegrare e sento nella sua voce una finezza teatrale che non sospettavo.

Ora si accende un'altra sigaretta. La cicca l'ha scaraventata con un tiro acrobatico fuori dalla finestra aperta.

Sembra che si sia scordata la ragione della sua visita. Fa un piccolo inchino: «Così saluto l'anima gentile», dice ridendo golosamente. Poi, come si era ravvivata, si spegne. Schiaccia la sigaretta ancora quasi intera contro la suola delle scarpe e se la mette in tasca. Si infila una mano fra i capelli ramati e mi dice che deve andare via.

«Non avete più paura di Nando?»

«Con Nando me la vedo io, stategli alla larga, non voglio pasticci con la polizia.»

«Io non l'ho cercato, è lui che si è fatto vivo qui. Da allora non l'ho più visto.»

«Se lo vedete, non ditegli che sono stata da voi.»

«Voi dite che Nando sarebbe capace di ammazzarvi, ne avete paura; allora pensate che Angela Bari potrebbe averla ammazzata lui?»

«Nando? Sì, a me potrebbe ammazzarmi benissimo. Ma Angela no, aveva troppo rispetto per lei, le voleva bene, non ci vedeva per lei... no, non credo proprio.»

Ventisei

Ritrovo il salotto tirolese, i cuori che occhieggiano dalle spalliere delle sedie, la stufa di maiolica verde e bianca. Adele Sòfia mi sta seduta davanti, con le gambe allungate sul pavimento; ha l'aria stanca. Porta dei gambaletti di seta che le stringono la carne sotto il ginocchio. Mi guarda da sotto in su, come fa sempre, spalancando i grandi occhi morbidi, nocciola. È una donna che non sembra conoscere l'ipocrisia: ha una tendenza a dire chiaro quello che pensa, non è mai ostile per partito preso, neanche verso i malviventi che è chiamata a perseguire. Eppure conserva in quel suo sguardo sornione, in quel sorriso sarcastico una reticenza di fondo, chissà, una abitudine a prendere le distanze dall'orrore con una ben consolidata tattica di pensiero.

La macchinetta le luccica sui denti dandole un'aria imbronciata e leggermente crudele; mi sta spiegando come la macchia di sangue, trovata sulla porta del mio ascensore, sia stata analizzata da macchine sofisticate che sanno rintracciare la geometria originaria del plasma umano.

«Ognuno dispone di un disegno proprio che si organizza sulla carta secondo dei moduli riconoscibili.» Con pazienza materna mi sta chiarendo il funzionamento delle analisi del Dna. «Nella macchiolina di sangue che abbiamo trovato sul suo ascensore c'è qualcosa di curioso, sembra che il disegno del Dna di Angela Bari si sia mescolato con un altro Dna a lei estraneo. Credo che per la prima volta siamo di fronte ad una traccia precisa dell'assassino.»

«Insomma, basta fare qualche esame del sangue e si saprà chi è l'assassino?»

«Lei sa, Canova, che mi sta costringendo ad occuparmi di un caso che in realtà non è stato affidato a me. Fra il suo direttore, il dottor Cusumano e lei...»

«Ha di nuovo parlato con lui?»

Ancora una volta il direttore mi previene, mi controlla, mi guida da lontano. Finge di lasciarmi libera e poi segue ogni mia mossa. E so già che farà una censura drastica su tutte le mie registrazioni. Vedo le mani farfalline che frullano davanti al mio naso, che si drizzano pallide a schermare, redarguire, coprire con movimenti di danza la scottante materia, tenendomi nel cerchio magico delle sue volontà.

«È un uomo intelligente, il suo direttore» dice Adele Sòfia facendo filtrare le parole attraverso quella noiosa macchinetta; «mi fa un sacco di domande e non sono delle più banali. Ora sembra che non gli interessi altro che la questione dei crimini contro le donne. Segno che ha preso a cuore il programma, dovrebbe esserne contenta.»

«Contentissima.»

«Chiamandomi in continuazione, però, ha risvegliato le diffidenze dei miei superiori. Cominciano a pensare che possa diventare una "trasmissione immagine", come dicono loro. Pensano che Lipari non sia all'altezza del compito. Perciò hanno chiesto a me di coadiuvarlo nelle indagini. Mi hanno tirata per i capelli, in realtà stavo seguendo un altro caso più proficuo per me... ma che devo fare... lo prenderò come un enigma da risolvere... si ricorda Edipo? "Óstis pod' umôn Láiou tón Labdákou / kátoiden andrós ek tínos dióleto / toûton keleúo pánta semaínein emoí": "chiunque di voi sappia chi uccise Laio, figlio di Labdaco, riveli a me tutta la verità".»

«Che c'entra Edipo?»

«Edipo cercava la soluzione delle miserie nei fatti esterni, mentre il male era dentro la sua città, dentro il suo stesso corpo, la sua stessa storia.»

«Non capisco.»

«È un monito a non disperdere la nostra attenzione nel captare segnali che vengono dagli accampamenti nemici. A volte le soluzioni sono vicinissime e non le sappiamo cogliere.»

«Ha qualche idea?»

«Sa cosa diceva Goethe: la cosa più difficile del mondo è vedere con i propri occhi quello che sta sotto il proprio naso.»

«Sarebbe come dire che la soluzione del caso Bari sta lì e noi non la vediamo.»

«È probabile che sia così.»

«E cosa dice il giudice Boni?»

«Mi sembra poco interessato al caso. Forse è meglio così, per noi, ci lascia più liberi. Proprio il fatto che la stampa se ne interessi tanto lo tiene in sospetto. È un uomo schivo e molto capace, ma diffida delle luci della ribalta.»

«Lipari non mi sembra molto attento: non sapeva dell'esistenza di Sabrina, che pure ha telefonato in diretta alla radio per dare notizie di Angela Bari. Dice che io faccio del romanzo radiofonico.»

«Mi sono informata: Sabrina, ovvero Carmelina Di Giovanni, è una mitomane. Non è la prima volta che ci manda su tracce errate, ha il dono dell'invenzione, lo dice anche il suo uomo.»

«Nando Pepi?»

«Sì, è una persona che sa il fatto suo. E per essere un magnaccia, come si dice a Roma, è molto speciale: non ha nessuna delle caratteristiche tradizionali: non accumula soldi, non maltratta le sue protette, è capace anche di innamorarsi, un tipo curioso davvero... ha fatto gli studi superiori, non è un ignorante, è dotato insomma di una certa grazia maschile...»

«Ne è stata affascinata anche lei.»

«Lui nega assolutamente che Angela Bari si prostituisse, l'ha conosciuta in casa di amici, l'ha accompagnata due volte al ristorante, tutto qui.»

«E se mentisse?»

«La Di Giovanni si è rimangiata tutto quello che aveva

detto, ha ammesso di avere mentito, dice che si è inventata ogni cosa, per rendersi interessante alla radio.»

«Perché non crede che Sabrina possa avere detto la verità?»

«Non ci sono riscontri.»

Ecco il gergo che fa capolino nelle sue risposte, segno che si sta stancando di tenermi testa.

«Riscontri vuol dire prove?»

Adele Sòfia mi guarda con insofferenza. Sono sicura che sta pensando che sono noiosa. Ma poi il suo buon umore naturale ha il sopravvento e mi sorride facendo scintillare la macchinetta. In certi momenti il labbro superiore si impiglia nelle stanghette argentate e forma due piccoli rigonfiamenti laterali, come se avesse tre labbra anziché due.

«Le sembra strano che porti una macchinetta sui denti, alla mia età», dice come leggendo nei miei pensieri. Ma non ha l'aria offesa, solo divertita e si sente in dovere di rispondere con la precisione che le è propria.

«Non sono solo i bambini a portare il raddrizzadenti, anche gli adulti, a volte, quando i denti tendono ad allargarsi troppo lo devono mettere. Comunque, ne avrò solo per pochi mesi.»

«Non mi dà nessun fastidio la macchinetta, solo pensavo che le dà un'aria bambinesca.»

«Ormai non me ne accorgo più. Da principio mi era insopportabile, mi sembrava di avere una bocca armata, da squalo.»

Strano che si pensi così; io non l'ho mai vista come un pesce, semmai come un orso. Glielo dico. Lei ride.

«Secondo me Sabrina dice la verità», insisto.

«Abbiamo preso informazioni negli alberghi più importanti di Roma, ma nessuno l'ha mai vista Angela Bari.»

«Anche se l'avessero vista, forse non lo direbbero.»

«Anche questo è vero. Ma comunque, senza prove, rimangono solo parole. D'altronde Angela Bari, di famiglia ricca, con cinque milioni al mese di entrata, perché avrebbe dovuto prostituirsi?»

«Ludovica dice che Angela non aveva soldi.»

«La signora Augusta Elia mi ha mostrato la matrice di alcuni assegni.»

«Li ha visti tutti? di tutti gli anni?»

«No, solo alcuni.»

«È quello che dice Ludovica, solo ogni tanto la madre dava soldi alla figlia, non tutti i mesi.»

«In quella famiglia non si sa mai chi dice la verità. Ho già riconvocato la signora Augusta in Questura. Arriverà dopodomani.»

«Ha mai parlato col patrigno?»

«Sì, è venuto spontaneamente a testimoniare portando le carte dell'ospedale. La sera in cui è stata uccisa Angela, lui era lì, nella sala parto ad assistere alla nascita della figlia. Ci sono le testimonianze delle infermiere. D'altronde non si vedevano più da anni.»

«Chi l'ha detto?»

«La madre. E anche la figlia, Ludovica.»

«A me ha detto altre cose.»

«Interrogherò di nuovo le due donne, cara Michela.»

Capisco che è un congedo. La guardo mettersi in piedi con maestà. Tutto in lei comunica tranquillità, pazienza, robustezza mentale. Non sembra che i delitti le mettano addosso la voglia di scappare come a me, si muove con perfetto equilibrio in mezzo ai morti sbudellati, agli sgozzati, senza tante sofisticherie e ripulse, con quella fredda passione per i "teoremi da dimostrare" che la anima.

Mi accompagna alla porta raccontandomi di un piatto che cucinerà la prossima volta se avremo un poco di tempo per "chiacchierare in pace fuori dalle preoccupazioni del lavoro". «Si tratta di un pasticcio di maccheroni con olive, capperi, pesche gialle e rondelle di calamari, l'aspetto... ah, ecco Marta.»

Sulla porta di casa c'è Marta Girardengo con la borsa della spesa.

«Già di ritorno?»

«Per fortuna c'era poca gente, non ho dovuto fare la fila.»

«Hai trovato le pesche gialle e i calamari?»

«Sì.»

«E anche le olive?»

«Quelle pugliesi, nere.»

«Allora, visto che abbiamo tutto, perché non viene a cena da noi stasera?»

«Stasera non posso, ho un appuntamento.»

«Bene, allora domani sera.»

«Va bene, grazie.»

«E forse avrò anche parlato con Ludovica Bari. E col giudice Boni. Dovremo fare qualche esame del sangue, per trovare le coincidenze, appena il giudice ci darà il permesso. E chissà che il caso non si risolva prima di quello che lei pensa. Visto che Angela Bari ha aperto al suo assassino, vuol dire che la rosa dei sospetti non può essere molto ampia.»

Ventisette

In realtà non ho nessun appuntamento questa sera, ma voglio stare in casa ad aspettare la telefonata di Marco. Non so perché penso che debba chiamare proprio questa sera: un presentimento forse, o solo un desiderio.

Mi stendo sul divano con un libro in mano. Quando sono sola non cucino, mi prendo un bicchiere di latte con del pane, sbuccio una mela o mando giù due albicocche.

Ma stasera non riesco a seguire le parole sulla pagina, il mio pensiero va ad Angela Bari. Solo perché in questo momento fa parte dell'"enigma da risolvere", come direbbe Adele Sòfia, o perché questo enigma mi tocca più di quanto prevedessi?

Ho messo sul grammofono un disco di Pergolesi e penso che stasera anche la musica che amo mi disturba, proponendomi geometrie diverse, aeree e magnifiche, ma troppo lontane.

Nel silenzio della notte sento lo squillo del campanello. Mi alzo e, soprappensiero, vado al telefono, ma non si tratta di una voce che chiama bensì di un corpo che si presenta alla porta. Mi avvio in punta di piedi verso l'ingresso sentendo il cuore sotto la camicia che fa le capriole: chi può essere a quest'ora? e come ha fatto ad aprire il cancello senza suonare il citofono? decido di fare finta di non esserci, ma come farlo credere se la casa è illuminata e invasa dalle note dello *Stabat Mater*?

Metto l'occhio allo spioncino muovendomi a piedi scalzi, vedo la bella testa bruna di Stefana e tiro un sospiro di sollievo. Apro e la faccio entrare.

«Mi scusi se vengo a quest'ora, ma proprio volevo parlare con lei e tutto il giorno sono in moto, su e giù per le scale dando il cambio a mio marito nella guardiola, occupandomi di Berengario e non ho un minuto per me. Adesso la portineria è chiusa, Berengario dorme, mio marito sta davanti alla televisione, mia suocera lavora a maglia, e così mi sono detta: vado all'ultimo piano che devo parlare con la signorina Canova.»

«Si segga, Stefana, stavo leggendo e...»

Stefana si siede in pizzo al divano e mi guarda con gli occhi larghi e liquidi in cui il bianco sembra mangiarsi tutto il nero.

«Che è successo, Stefana?»

«Lei si ricorda quando mia suocera le disse che aveva visto il piccoletto, quello lì degli stivaletti californiani? Io, in effetti, non l'avevo mai visto, ma ieri, mentre pulivo le scale to', me lo sono visto improvvisamente accanto come un fantasma, non so come abbia fatto, con quei tacchetti, a non fare nessun rumore... si muove come un gatto... mi ha fatto prendere un colpo... stava salendo a piedi. Dico: scusi, dove va? e lui mi fa un sorrisino e continua a salire. Sa che non ho avuto il coraggio di insistere? Non so perché, ma mi ha fatto paura... ecco, volevo dirglielo, tutto qui.»

«Grazie, Stefana, ma perché quell'uomo continua a venire qui, secondo lei?»

«Non lo capisco nemmeno io... ma mi fa paura. I giornali dicono che era amico di Angela Bari, ma io qui non l'avevo mai visto.»

La guardo mentre si porta le due grandi mani capaci, che ho ammirato tante volte, alla fronte: è un gesto inconsapevole e insistito come se volesse cacciare un pensiero segreto.

«Volevo dirle di tenere ben chiuse le finestre che danno sul terrazzino, non mi fido di quello lì.»

«La porta che dà sul terrazzo condominiale è ben chiusa?»

«Sì, l'ho controllata poco fa. La chiave la tengo io, eccola, e non ci sono copie in giro. Ma volevo chiederle, Michela, se hanno fatto l'analisi di quel sangue trovato in ascensore.»

«Sì, sembra di sì e hanno scoperto che è un misto del sangue di Angela Bari e del suo assassino. Adesso perciò faranno le analisi del sangue a tutti.»

«Tutti chi?»

«La famiglia, il fidanzato, il patrigno, la sorella eccetera. Se lo ricorda Giulio Carlini? veniva spesso da Angela?»

«Chi, quell'uomo alto, bello, sempre vestito di blu? sì, me lo ricordo, veniva con una valigetta piccola piccola, attraversava il cortile riflettendo, come se facesse dei conti, non si guardava intorno, non vedeva i fiori che innaffio ogni giorno, né i tigli, né la fontana, niente. Con me era sempre gentile, ma assente. Restava un giorno, una notte e poi se ne andava.»

«E il patrigno, Glauco Elia, l'ha mai visto?»

«Com'è fatto?»

Le mostro una fotografia che ho trovato su un giornale. Intanto metto in moto il Sony senza chiederle il permesso, non voglio che diventi reticente e timorosa come succede a tutti. Così mi trasformo in ladra di voci.

Stefana osserva a lungo la fotografia e sembra incerta. Si porta un dito sul mento e preme fino a farlo diventare pallido.

«Non mi pare proprio di averlo visto.»

«Lui dice di non essere mai venuto qui, ma Ludovica dice di sì.»

«Però forse una volta l'ho visto.»

«Quando?»

«Potrebbe essere tre mesi fa, forse quattro, non ricordo.»

«E se chiedessimo a sua suocera? mi pare che sia una grande osservatrice, guarda in faccia tutti e annota, sembra proprio un poliziotto.»

«Andiamo.»

«Non dormirà?»

«Non ancora. Non va a letto se prima non finisce il suo programma. E intanto lavora a maglia, non sta mai ferma.»

Ventotto

La signora Maria Maimone è lì, seduta su una poltrona-letto a fiori rosa, con le pantofole ai piedi, che lavora a maglia. Gli occhi vanno su e giù dallo schermo alla lana.

«Mamma, c'è la signorina Canova dell'ultimo piano che ti voleva chiedere una cosa.»

Giovanni Mario si alza per salutarmi, intanto abbassa il volume della televisione perché possiamo parlare in pace. Maria Maimone solleva su di me uno sguardo spento. Eppure, l'altra volta mi era sembrata così vivace, ma forse è il sonno.

«Dica!» comincia brusca e poco incoraggiante.

«Se lo ricorda, lei, un signore magro, un poco pelato, un bell'uomo sulla cinquantina che era il patrigno della signora Angela Bari?»

«Ricordo tutto io» dice e capisco che le piace fare mostra della sua memoria.

«Mi ha detto sua nuora Stefana che lei ricorda quasi sempre chi passa per il cortile. Se lo ricorda questo signore?»

Le mostro la fotografia del giornale che lei afferra con mani rapide.

«Uno alto, un po' pelato che sembra San Giuseppe... sì, me lo ricordo.»

«Quando l'ha visto passare?»

«Non lo so.»

«Peccato, avevo contato sulla sua memoria.»

Mi guarda un momento indecisa se abboccare al mio complimento o tenersi sulle sue, poi decide di concedersi questo piccolo gesto di vanità. Ma facendomi capire che non è una allocca, che è consapevole che la sto adulando, e che lo fa solo perché ha deciso in coscienza di stare al gioco e non per dabbenaggine.

«Mia suocera ricorda tutto, ma proprio tutto», sta dicendo Stefana per invogliarla e la donna la guarda da sotto in su con un misto di compiacimento e di disgusto.

«Allora?»

«Allora...» e sembra una attrice che assapori l'attenzione del suo pubblico e dosi con maestria i tempi... «lo vidi... lo vidi... diciamo fra il 28 e il 30 maggio.»

Spero che non noti il piccolo Sony che tengo in una mano, quasi nascosto dalla manica, ma da una sua occhiata capisco che l'ha visto benissimo e che proprio per quella presenza di un orecchio più vasto si sforzerà di ricordare con precisione.

«Lo vidi il 29 maggio sera, adesso ricordo. Stavo chiudendo il portone, lui arrivò, mi disse buona sera. Aveva un pacchetto in mano.»

«È sicura che andasse all'ultimo piano, da Angela Bari?»

«Non gli chiesi dove andava, contai i piani che faceva l'ascensore. Arrivò all'ultimo e poi scese vuoto.»

«Peccato che mamma non c'era quando la signora Bari è morta perché avrebbe segnato tutto nella memoria.»

«Quando è ripartita per la Calabria, signora Maimone?»

«Il 30 maggio.»

«E quando è tornata?»

«Mamma va su e giù. Non è che le piaccia tanto stare qui, preferisce San Basilio dove ha la casa e il lavoro in macelleria. Ma ora si ammala il bambino, ora ci sono gli operai da badare, io la chiamo e lei viene» spiega Giovanni con gentilezza compunta, «da quando le è morto il marito» continua, «il secondo marito, naturalmente, l'altro era mio padre ed è morto che avevo un anno, la mamma è sola e credo che...»

«Ma che stai a raccontare, che vuoi che interessi?» interviene lei brusca, «e ora vado a dormire che è tardi.»

Si capisce che non aggiungerà più una parola. Lancia un

ultimo sguardo al piccolo registratore, storce la bocca in un sorriso enigmatico e si accinge a trasformare la poltrona in letto per la notte.

Saluto Stefana e Giovanni e me ne torno a casa. Appena chiusa la porta, sento dei passi per le scale. Metto la sbarra alla porta, spengo la luce. I passi si fanno più vicini, stanno raggiungendo l'ultimo piano. Me ne sto silenziosa, immobile, con la schiena incollata alla parete.

Sento i passi fermarsi di fronte alla porta. Non oso neanche voltarmi per guardare dallo spioncino tanto è il timore di far sapere che sono lì.

Un momento dopo ecco i passi che si allontanano, ma di poco, adesso la persona è di fronte alla porta di Angela Bari. Finalmente mi stacco dalla parete e, cercando di non fare nemmeno il più leggero rumore, metto l'occhio allo spioncino.

Sul pianerottolo, di spalle, scorgo un uomo che traffica con la porta sigillata. Trattengo il fiato. Vedo che si volta in continuazione, come se stesse in ascolto. Anche se la luce sul pianerottolo è fievole riconosco, di sguincio, Nando Pepi. D'altronde gli stivaletti col tacco alla californiana non possono che essere i suoi. Ad un gesto che fa con la mano riconosco, dal brillio, anche l'anello con l'occhio di tigre.

Ora la porta di fronte è aperta e lui ha in mano le chiavi. Si guarda ancora intorno con cautela, e poi entra chiudendosela alle spalle con delicatezza.

Dovrei telefonare in Questura, ma non oso muovermi, rimango in silenzio, addossata alla porta, aspettando che esca. Finché non lo vedo andare via, non posso certo andare a letto.

Ma il tempo passa e lui non viene fuori. E se nel frattempo scavalcasse il vetro che divide i nostri due terrazzini e piombasse da me? La finestra è chiusa, mi dico, la finestra è certamente chiusa, non può entrare come un fantasma, eppure un dubbio rimane. Con grande precauzione vado verso la camera da letto. La finestra, per fortuna, è chiusa. Mi sposto nello studio: anche lì, secondo le raccomandazioni di Stefana, è tutto sbarrato. In cucina invece la finestra è aperta e anche questa dà sul terrazzino. Provo a muovere il vetro senza farlo cigolare. Sto sudando e le mani mi tremano. Mentre chiudo l'imposta ho l'impressione di vedere un'ombra sul terrazzino.

Ora, comunque, ho chiuso tutto e se lui prova a sfondare una finestra, io me ne vado dalla porta, mi dico per rassicurarmi. Ma proprio in quel momento sento dei rumori sul pianerottolo. Mi precipito, sempre in punta di piedi e senza scarpe, a guardare.

Difatti, eccolo lì che richiude con cautela la porta di casa Bari. Tra le mani tiene qualcosa, una scatola? Solleva la faccia pallida, contratta, verso di me e ho l'impressione precisa che mi abbia vista, anche se so che non può scorgermi al di là del minuscolo vetro convesso.

Il viso smorto si increspa in un leggero sorriso forzato e triste, come di saluto. Mi costringo a rimanere dove sono, speriamo che prenda l'ascensore, speriamo che prenda l'ascensore, mi dico, così posso controllarlo. Se scende a piedi, non sarò mai sicura che sia veramente andato fino in fondo alle scale, potrebbe fare pochi gradini e tornare su, mi toccherebbe stare di vedetta per tutta la notte.

Ma lui non prende l'ascensore, sulle scale può nascondersi meglio. Infatti eccolo accingersi a scendere lentamente i gradini. Per fortuna i tacchetti fanno un rumore sordo ma preciso, toc toc e io lo accompagno con l'orecchio fino ai piani bassi.

Mi sembrava, dopo avere parlato con Sabrina e avere saputo il suo nome, che non mi facesse più paura, e invece mi terrorizza, perché non so cosa vuole, cosa abbia in mente e perché stia sempre nelle vicinanze.

Faccio il numero di Adele Sòfia. Me ne infischio che siano le due: dovrà pur interessarsi a qualcuno che viene, di notte, ad aprire con le chiavi la porta dell'appartamento di Angela Bari.

«Mi scusi se la sveglio ma volevo dirle che poco fa ho visto sul pianerottolo quel tipo, Nando Pepi. Ha aperto la porta di casa Bari con le chiavi, è entrato e riuscito dopo un quarto d'ora con un pacchetto in mano.»

Sento dei gorgoglii incomprensibili. E poi un "ah sì?".

«Mi dispiace averla chiamata a quest'ora, ma...»

«Pepi Nando, proprio lui?»

«Sì, sono sicura.»

«È sicura che abbia aperto con le chiavi?»

«Sì, l'ho visto.»

«Mando subito qualcuno a vedere... anche se non so chi potrò trovare a quest'ora... buonanotte, Michela, ci sentiamo domattina.»

Vado a letto e spengo la luce, domattina alle otto e mezza devo essere alla radio, ma non riesco a prendere sonno, le orecchie sono tese a cogliere ogni piccolo rumore per le scale.

Solo quando arriva la prima luce mi addormento, stanchissima, con l'immagine di quel sorriso malinconico davanti agli occhi.

Ventinove

Uscendo trovo due poliziotti sul pianerottolo che stanno constatando la rottura dei sigilli. Un fabbro aspetta dietro di loro per sostituire la serratura.

Scendo di corsa, per non arrivare in ritardo; prendo o non prendo la Cinquecento? con l'autobus chissà quando arrivo, a piedi lo stesso, ogni volta mi propongo di camminare e poi la fretta mi fa decidere per la macchina.

Passo per piazza dei Ponziani, prendo via Titta Scarpetta, scorgo di lontano la gattara intenta a nutrire le sue bestie. Mi accosto al marciapiede per darle il buongiorno. Lei alza la testa sorpresa, poi mi riconosce e mi saluta con la mano sporca di riso al sugo.

Arrivo che Tirinnanzi sta bestemmiando perché, per la centesima volta quest'anno, sta solo alla consolle. «E Mario?» «Non so proprio dove si sia cacciato... dovrei essere al tavolino a scrivere il giornale radio e invece eccomi qui a combattere col professor Baldi.»

«Ancora non sono le otto e mezza» dico.

«Ma lo saranno fra sette minuti», ribatte lui seccato.

Prendo il suo posto alla consolle aspettando il tecnico. Leggo l'argomento del giorno: "Tentazioni al delitto". Un'idea dell'ultima ora di Cusumano che sta girando come un avvoltoio intorno al mio programma. Poteva avvisarmi che ha cambiato argomento, chissà se ha avvertito il professor Baldi, sarà bene mandargli un fax.

Arriva Mario Calzone in camiciola color fragola e scarpe

da ginnastica bianche. È di ottimo umore nonostante gli occhi gonfi. Finalmente posso andare a prendere un caffè alla macchinetta del corridoio. Mentre aspetto che il liquido scuro precipiti, a rivoletti fumanti, nel bicchiere di plastica, sento il direttore che parla a voce alta con qualcuno per telefono.

«Non mi rompete i coglioni!» sta urlando e non posso fare a meno di stupirmi; è raro che alzi la voce ed è rarissimo che usi espressioni così brutali.

«Lo so che il posto di direttore lo devo a te ma non per questo devo stare ai tuoi ordini... come no, come no... tu ora pretendi... ma che c'entra? chi ti ha chiamato? il questore? e che voleva? no, te lo dico subito, io al servizio sui delitti impuniti non ci rinuncio, è chiaro? me ne infischio se ne va dell'immagine...»

Quindi stanno parlando del mio programma. Chissà perché si scalda tanto; è probabile che gli stiano facendo la censura come lui la fa a me.

Una volta Tirinnanzi mi ha spiegato molto crudamente come funziona la nostra radio: «Tu, ingenua, credi che sia libera solo perché è privata, ma i soldi da dove credi che vengano?». Risento la sua voce soffiata nell'orecchio, «c'è chi finanzia il tutto in cambio di pubblicità elettorale e scambi di favori. Il nostro direttore fa da garante, un piede nella politica e uno nel giornalismo. Se non tenesse quel piede bene appoggiato credi che avrebbe fatto la carriera che ha fatto, così giovane com'è? un uomo ambizioso, sì, ma l'hai mai visto leggere un libro? è una guardia carceraria, ecco cos'è... sta lì a controllare che non usciamo dal seminato, che non pestiamo i piedi a qualche protetto...».

Il tecnico mi sta facendo dei segni al di là del vetro perché prenda posto al tavolino. Mi seggo davanti ai microfoni, metto in testa la cuffia, infilo lo spinotto, controllo l'audio, il minutometro.

«È in linea», mi avverte Mario masticando. Aumento di poco il volume della voce. Il professor Baldi sembra di buon umore questa mattina; mi rivolge un saluto baldanzoso: «Buongiorno a Michela Canova, la colonna dello studio A di radio Italia Viva! Allora, cara Michela, qual è il tema della conversazione di stamattina con gli ascoltatori?» chiede distratto. Non ha neanche guardato il fax che gli ho mandato poco fa.

«Tentazioni al delitto.»

«Non male. Chi l'ha trovato? Ettore Cusumano, scommetto, il nostro impareggiabile direttore. Ma bravo!» Lo dice sapendo che il direttore spesso ascolta l'inizio delle trasmissioni, soprattutto la mattina.

«Prima telefonata, la prendo?» mi fa il tecnico nella cuffia. Accenno di sì con la testa. E lui la passa in onda.

«Pronto, posso parlare?» È una voce giovane, ma non si capisce se appartenga ad una ragazza o ad un ragazzo, è in metamorfosi.

«Chi sei?» chiede il professor Baldi con voce paterna. Neanche lui deve avere capito, ma non vuole sbilanciarsi.

«Mi chiamo Gabriele» dice la voce, «ho diciassette anni.»

«Lo sai qual è il tema di oggi?»

«Sì, ho telefonato per questo.»

«Non mi dirai che a diciassette anni hai delle tentazioni al delitto?»

«Odio mio padre, vorrei ucciderlo.»

«È naturale, caro Gabriele, alla tua età si vuole prendere le distanze da chi ci assomiglia di più, da chi ha un potere su di noi... anch'io alla tua età, sul piano metaforico s'intende, desideravo uccidere mio padre.»

«Sa cosa fa mio padre quando giochiamo a carte tutti e tre, mia madre, lui ed io? Bara.»

«Tutti i genitori barano un poco, per compiacere i figli.»

«No, lui bara per vincere.»

«E giocate spesso a carte in famiglia?»

«E sa che fa a tavola? tiene due bottiglie di vino, una di buona qualità per sé e una di qualità scadente per noi. Dice che a lui il vino cattivo fa male. E a noi no? Se non fosse che mia madre è come una bambina, incapace di vivere sola, l'avrei già ammazzato.»

«Immagino che lei con questa madre bambina vada perfettamente d'accordo.»

«Oh sì, quando mio padre non c'è, lei si mette il rossetto e andiamo insieme al cinema.»

«Caro Gabriele, ha mai letto l'*Edipo re* di Sofocle?»

«L'ho letto, l'ho letto, non sono un ignorante, conosco la tragedia greca...»

«Lei vorrebbe uccidere suo padre e coricarsi con sua madre, è un classico di tutti i tempi. Ci rifletta un poco sopra e capirà che è tutto molto prevedibile.»

Il professore ha fretta e istintivamente sta raffreddando la testimonianza del ragazzo. O forse l'argomento lo imbarazza.

«Gabriele probabilmente non ha finito» intervengo cercando di ridargli la parola. E in effetti Gabriele ha voglia di continuare.

«La notte sa cosa fa mio padre? va al cesso, non alza mai l'asse e regolarmente ci lascia sopra delle gocce di orina. Io arrivo assonnato la mattina, mi seggo e trovo bagnato. Dico: alza l'asse, no, che ti costa, tutti gli uomini del mondo alzano l'asse per fare pipì. E lui sa cosa mi risponde? io ho la mira buona. Ma quale mira, papà, che trovo sempre bagnato! Ecco, per questo potrei ucciderlo.»

«Gabriele caro, ha mai pensato di prendersi una stanza fuori casa, dove vivere un poco solo... questa convivenza mi sembra infelice... tocca a lei andarsene, lo sa, e invece da noi i figli restano in casa, disperati, pieni di odio, malati di rancore, ma restano, restano fino allo sfinimento, fino alla catastrofe...» Sta parlando con foga, dimentico ormai del ragazzo, preso da preoccupazioni sue private. Mi chiedo se abbia un figlio grande, non ne ha mai parlato.

«E con quali soldi, professore?», si sente la voce lontana del ragazzo che protesta. «Mio padre è in pensione, mia madre dipende da lui e io dipendo da tutti e due.»

«Tu devi cercare di capire tuo padre, caro Gabriele, non solo giudicarlo, devi capire la sua stanchezza, la sua vecchiaia, la sua povertà. Tu sei giovane, lui è vecchio, lasciagli vivere in pace questi ultimi anni, non te ne pentirai... sii indulgente come lo sono le persone forti, non ti immiserire in un accanimento che fa male a te e a lui...»

A questo punto gli tocca la predica, lo sa anche il ragazzo che ascolta paziente e rassegnato. Da alcuni piccoli scoppiettii nel microfono capisco che il professor Baldi sta in mezzo ad una delle sue acrobazie: mentre parla si sta preparando il caffè.

Posso immaginarlo, in vestaglia, con le pantofole ai piedi, che accende il fornello, vi appoggia sopra la caffettiera napoletana, e quindi riprende in mano la cornetta che intanto ha tenuto incastrata fra l'orecchio e la spalla con un gesto da violinista.

È bravo, però, perché l'ascoltatore non si accorge di niente. Solo io che ho l'orecchio allenato mi rendo conto che la voce cambia di spessore, che va leggermente fuori asse col microfono, per poi tornare a troneggiare.

Infatti, poco dopo, mentre parla con una donna che racconta della tentazione di uccidere il figlio eroinomane, sento la caffettiera che sbuffa e sputa.

Subito lui si allontana per non fare arrivare lo strepito alle orecchie degli ascoltatori. Il discorso riprende pacato, fluido. L'ascoltatrice viene "incantata" come dal sibilo di un boa: più ipnosi che ragionamento è la sua tattica, fino a "toccare il cuore dell'ascoltatore con la punta della lingua" come mi ha detto argutamente una volta per telefono.

Per aiutarlo, entro anch'io nel discorso con la madre esasperata, gli lascio il tempo di mandare giù il biscotto. Faccio parlare la donna che, quasi piangendo, rivela come suo figlio si sia trasformato in ladro, di come le porti via ogni oggetto prezioso per andare a venderlo, di come, quando lei protesta, lui la minacci col coltello del pane.

Finita la trasmissione me ne vado al bar sotto la radio a prendere un tramezzino spinta da una improvvisa fame. Mentre ingollo un cappuccino vedo entrare il direttore, che subito si precipita alla cassa per pagarmi la consumazione. Cerco di fermarlo, non mi piace avere debiti con lui, ma non mi lascia il tempo di tirare fuori il portafogli.

Queste generosità improvvise debbono compensare i mesi di ritardo dello stipendio. È vero che non è lui a pagare, ma non l'ho mai visto prendere le nostre parti con l'amministrazione.

«Allora, il lavoro sui delitti contro le donne, i delitti impuniti, come va?»

«Vuole vedere il materiale?» chiedo armandomi di tutta la mia buona volontà.

«No, mi fido, Canova, so che lei lavora bene, con scrupolo.» Intanto ha ordinato una pasta, l'agguanta dalle mani del cameriere con impazienza e la strizza fra i denti facendosi schizzare la crema sulla camicia pulita. Ha un gesto di dispetto, chiede del talco, e intanto si pulisce con un tovagliolo di carta. Sembra si sia scordato completamente di me, è inutile aspettarlo; lo saluto e me ne torno alla radio.

Il computer mi aspetta con i titoli delle puntate e le scalette delle trasmissioni da compilare, ma la mente è vuota, inerte. Davanti a me qualcosa si muove oscillando nell'aria: impossibile che sia lo stesso ragno che gentilmente ho posato fuori della finestra due giorni fa.

Quando arrivo la mattina presto trovo dei fili tesi fra la lampada a stelo e il bicchiere con le penne conficcate dentro. La tela ciondola ad ogni soffio della porta che si apre. Con un dito prendo un capo del filo, col ragno appeso, e lo appoggio delicatamente fuori della finestra.

Due giorni fa ho fatto l'operazione ed ora eccolo di nuovo lì, a meno che non sia un altro ragno del tutto uguale al primo, un figlio? Afferro la matita con i fili avvoltolati intorno e guardo da vicino il ragnetto: ha un corpo minuto e chiaro, con delle zampine sottili e retrattili che, quando sono ripiegate, formano una pallina grande quanto una caccola. Apro la finestra e lo faccio scivolare lungo la parete, verso le piante del terrazzo di sotto. Richiudo la finestra. Torno al computer.

«Una donna strangolata e abbandonata nella discarica.» Qualcuno le ha tagliato una mano prima di lasciarla lì morta e completamente svestita. Una vendetta? Le indagini si fermano, dopo molti sospetti, nel nulla.

Una bambina di otto anni è sparita da casa. La famiglia la cerca disperatamente. Il più attivo nella ricerca, il più disperato nel lamentare la sua scomparsa è il padre. La bambina viene trovata, strangolata e sepolta sotto il pavimento di casa. La madre accusa il marito di averla stuprata e uccisa, lui accusa la moglie di averla ammazzata per gelosia. Non si trovano le prove né della responsabilità dell'uno né di quella dell'altro. Il caso viene archiviato nonostante si scopra che la bambina è stata in effetti stuprata.

Sposto gli occhi dal computer al bicchiere di legno e trasecolo: un ragnetto dal corpo minuto e chiaro sta tessendo imperturbabile una tela che unisce l'angolo del computer alla punta di un pennarello che sporge dal bicchiere.

Mi alzo per andare a prendere un bicchiere d'acqua in bagno. Passando davanti allo specchio scorgo una faccia pallida e coperta di lagrime. Mi porto una mano alle guance; sto piangendo e non me n'ero accorta. È l'immagine di quella bambina straziata che non riesco ad allontanare. Le lagrime salgono dal profondo di un cuore che credevo di avere reso impermeabile col distacco e il ragionamento.

Trenta

Il pasticcio di maccheroni con le pesche e le rondelle di calamari accampa diritti sui miei pensieri che sono vaganti, dispersi. C'è nella cucina di Adele Sòfia una sapienza puntigliosa e sensuale che non può non conquistare gli ospiti invitati alla sua tavola.

Mangio pigramente assaporando quel misto di asprigno e di dolce, di tenero e di ruvido. «I canederli e il pasticcio di maccheroni sono due mondi diversi e separati, uno nordico, boscoso, l'altro meridionale, desertico; così è la mia vita», dice masticando lentamente e guardandomi fisso, «sono metà bolzanina e metà siracusana, un poco mediterranea e un poco alpina.»

Sollevo gli occhi dal piatto per portarli sulle mani di Adele Sòfia che, laboriose come al solito, si spostano rapide e sicure fra un piatto di portata e la tovaglia candida, fra il pane abbrustolito e la brocca di cristallo piena di vino rosso. Con quelle dita che conoscono la plasticità dei cibi, stringe le manette ai polsi degli assassini, penso. Che sia proprio della scienza materna questo mescolare il morbido al ruvido, il nutriente al castigante.

Marta Girardengo intanto sta raccontando un sogno che ha fatto la notte scorsa: una donna dalla testa di leone che ride e piange contemporaneamente.

«Aveva i baffi lunghi e un'aria triste?»

«Baffi, no, ma un viso strano, gattesco.»

«Forse hai pensato, senza saperlo, a Sikmeth, la dea egiziana della peste e delle guarigioni.»

«Peste e guarigioni?»

«Sikmeth è doppia, si nutre di cadaveri, è feroce, crudele, ma nello stesso tempo con un tocco delle sue dita alate può guarire da qualsiasi malattia» spiega Adele Sòfia continuando a mangiare pacifica, «nella notte sa infliggerti dolori mai provati e al mattino diventa colei che tutti vorrebbero incontrare.»

«E come ho fatto a sognare una dea di cui non ho mai sentito parlare?» dice Marta Girardengo un poco offesa che l'altra si sia appropriata del suo sogno.

Tanto Adele Sòfia è estroversa, diretta, e di mente fredda, quanto Marta Girardengo è concentrata, ombrosa, pudica. Tanto l'una è matronale, goffa, materna, tanto l'altra è agile, felina, filiale. Adele porta i capelli stretti dietro la nuca, l'altra lunghi e inanellati sulle spalle. Eppure, nonostante le differenze, si sente che il loro è un sodalizio profondo, una amicizia complessa e di lunga data.

Alla frutta decido di raccontare quello che è successo la notte scorsa, ma Adele mi previene cominciando a chiedermi di Pepi.

«L'errore è stato di chi ha avuto in affidamento la casa: non ha cambiato la serratura» dice, «i sigilli sono dei pezzi di carta incollati alla porta, è facile romperli, la chiave andava cambiata, ma nessuno ci ha pensato. D'altronde era difficile prevedere che qualcuno avrebbe avuto l'ardire di tornare di notte in una casa sigillata. Ma il fatto che avesse le chiavi depone contro di lui, sarà una prova schiacciante... Lei comunque verrà a testimoniare che ha visto il Pepi entrare nella casa di Angela Bari con le chiavi.»

Si accorge che la cosa non mi piace e previene la mia protesta:

«Non si tratta di fare la spia, Michela, ma di dire la verità».

«Eppure non vorrei nuocergli, e se poi non è lui l'assassino?»

«Questo lo diranno le prove del Dna, intanto rimane il fatto che ha infranto i sigilli, che è entrato con le chiavi, il che indica una intimità mai sospettata prima. Questi non sono solo indizi, cara Michela, cominciano a essere prove e anche pesanti...»

«Lo avete interrogato?»

«Una volta sì. Ora è introvabile, il che aggrava ancora di più la sua situazione.»

«Come, introvabile, se ieri notte si trovava sul mio pianerottolo.»

«A casa sua non c'è, in casa di Carmelina Di Giovanni nemmeno.»

«Volevo anche dirle che la signora Maimone, la suocera della mia portiera, dice di avere visto il patrigno di Angela Bari andare da lei una ventina di giorni prima del delitto. E lui ha detto di non vederla da anni.»

«Ci abbiamo parlato anche noi con la Maimone, ma non è una testimone attendibile.»

«E perché?»

«Al suo paese sa come la chiamano? la santa. Anni fa ha fatto un certo scalpore perché ha sostenuto di avere visto la Madonna. Qualcuno le ha dato retta. Ma poi si è scoperto che aveva messo su un commercio di santini...»

«Ma se fa la macellaia!»

«Da quando ha perso il secondo marito. Prima no. Lei, Canova, deve guardarsi dai personaggi più o meno pittoreschi, ci mettono fuori strada.»

Intanto mi scodella un grosso cucchiaio di gelato alla fragola nel piatto, ci pianta sopra un biscotto lungo e appuntito come fosse una bandiera.

Forse ha ragione lei: se Maria Maimone è una visionaria, la sua testimonianza non è credibile, quale giudice la prenderebbe sul serio?

Di lì passiamo nel salotto tirolese. Sopra una mensola troneggia un immenso mazzo di rose gialle, un poco sfatte, che esalano un profumo denso, opaco e dolce.

«Ma allora?» chiedo scoraggiata.

«Le ho già detto che il signor Elia non c'entra, anche il giudice Boni se ne è convinto, dopo averlo interrogato. Abbiamo le carte dell'ospedale e la testimonianza di due infermiere sulla sua presenza al parto della giovane moglie la sera del 24 giugno. Insomma, per ora di fatti concreti ne abbiamo pochi. Le cose più comprometteti riguardano Nando Pepi. È in possesso delle chiavi di casa Bari, è tornato di notte a prendere qualcosa, forse il coltello, si è reso introvabile. Ce n'è abbastanza per incriminarlo... E credo che il giudice Boni lo stia facendo, ci manca solo l'esame del sangue che confermi la cosa... la sua colpevolezza mi sembra palese.»

«Anche troppo palese... come potrebbe un assassino tornare con tanta impudenza nella casa dove ha ucciso?»

«La leggenda vuole proprio questo: che l'assassino torni sempre sul luogo del delitto» dice scherzosamente facendo brillare la macchinetta fra le labbra. «È preso da una fascinazione morbosa per i luoghi che hanno visto la sua ira imperversare... Ogni delitto è anche una perdita di sé, così dicono... e l'assassino torna nel posto dove ha gettato una parte di sé, per ritrovarla, o forse anche solo per contemplare l'entità della sua perdita, cosa che gli suscita una certa vertigine esaltante.»

«Le dispiace se ho messo in moto il registratore?»

«Faccia pure. Ma lei non si separa mai dal suo diabolico aggeggio?»

«Se lei conoscesse le qualità di questa macchina la amerebbe come la amo io.»

«Io non amo le macchine; mi fanno venire il mal di testa. Anche l'automobile, la uso pochissimo. Vado a piedi o in bicicletta. Sa che quando mi hanno vista arrivare in Questura sulla mia bicicletta sgangherata per poco non mi arrestavano?»

«Pretendeva di entrare nel cortile dove tutti i pezzi grossi tengono le loro automobili di lusso, con la sua vecchia bicicletta e di lasciarla lì col suo panierino attaccato dietro...»

È Marta Girardengo che parla. Noto che ha una voce di gola, molto controllata, una voce che ha cancellato i suoi echi interni, tenuta ben stretta anche quando non ce ne sarebbe bisogno. Ora ride e la sua risata, anziché sciogliere la voce, la rende più secca e ingolata come se ridere le costasse uno strappo profondo.

«Il mio Nagra assomiglia a un merlo che ho conosciuto una volta» dico, «aveva una memoria prodigiosa e ripeteva tutto quello che sentiva con voce squillante e assolutamente mimetica. Non capiva, ma ci metteva lo stesso qualcosa di suo.»

«E come un merlo lei se lo porta in giro appollaiato su una spalla...»

«Torniamo all'assassino. Commissario, mi dice ancora qualcosa su di lui?»

«Che posso dire? certamente si tratta di un uomo robusto e quindi presumibilmente giovane, dell'età appunto del Pepi. Dall'esame delle ferite risulta che hanno tutte una stessa angolazione, indizio di una mano dal polso resistente, saldo. I colpi sono stati dati con determinazione, senza ripensamenti, si direbbe un uomo padrone di sé, non c'è niente di casuale, di pasticciato nel suo agire, ma si intuisce un disegno preordinato e una emozione guidata, a lungo covata.»

«Quindi potrebbe essere che Angela non abbia aperto al suo assassino, ma sia stato lui ad aprire con le chiavi che lei gli ha dato o che lui si è procurato. Però le chiavi, se ricordo bene, sono state trovate attaccate all'interno della toppa, e come avrebbe fatto Nando a infilarci le sue?»

«Poteva avere le chiavi ed essersi fatto aprire lo stesso da lei. Se lo stava aspettando, niente di più probabile.»

«Rimane il mistero dei vestiti piegati con cura. Non c'è qualcosa di posato e di abitudinario in quel ripiegare i vestiti sulla sedia, come se si trattasse di vecchie abitudini fra due persone che si conoscono da anni?»

«È vero, c'è della tristezza in quel piegare i vestiti con tanta cura, come per un addio.»

«Oppure come se volesse rimandare, nel rituale dell'amore, il momento dell'abbraccio.»

«Chi ci dice che i due non fossero amanti da anni?»

«Sabrina sostiene che si conoscevano da pochi mesi.»

«Le ho già detto che la Di Giovanni non è una teste credibile: ha detto e ritrattato, si è contraddetta mille volte, non è assolutamente affidabile.»

«All'inizio, infatti, non le avevate creduto. Solo dopo la rottura dei sigilli e la visita notturna riconoscete che forse diceva la verità.»

«Le verità parziali non sono valide in termini di legge.»

«E le scarpe? perché Angela avrebbe lasciato le scarpe all'ingresso?»

«D'estate, si può capire... se le sarà tolte entrando in casa.»

«Ecco una cosa da chiarire con Ludovica: sua sorella aveva l'abitudine di andare in giro per casa senza scarpe?»

«Già fatto. Pare di sì, ma forse anche di no. È difficile tirare fuori qualcosa di sensato da quella donna, secondo me è disturbata mentalmente.»

Quindi davvero si stanno impegnando per risolvere il caso Angela Bari. Adele Sòfia nota la mia sorpresa e sorride compiaciuta: la macchinetta sui denti ha la qualità stregata di non sparire mai del tutto anche quando la bocca resta chiusa, come il gatto di *Alice nel Paese delle meraviglie* che rimane sospeso fra i rami: un sorriso fosforescente sempre ammiccante e misterioso.

«E che le ha detto Ludovica Bari?»

«L'interrogatorio non l'ho condotto io ma il giudice Boni. Ho avuto la registrazione. Dice che erano due sorelle molto diverse, che lei era fattiva, ordinata, dedita allo studio, mentre la sorella era fragile, disordinata, incapace di portare avanti gli studi e in seguito, un lavoro. Prima modella, poi attrice, ma senza grande professionalità... Da quanto dice Ludovica, faceva dei film brutti di cui non era soddisfatta. Soldi ne aveva pochi, dice sempre lei, contraddicendo le parole della madre che invece asserisce di averle mandato un assegno di cinque milioni ogni mese. La casa di via Santa Cecilia gliela pagava la madre, dopo che lei aveva perso i due appartamenti avuti in eredità dal padre. L'automobile gliela aveva regalata il patrigno anni fa, di seconda mano, ma non risulta che lei la usasse, la teneva in un garage. Il fidanzato, Giulio Carlini, pare che avesse intenzione di sposarla, appena si fosse liberato di un'altra donna, una certa Angela Neri a cui era legato da anni... Quel Carlini, però, non mi sembra del tutto sincero, si è contraddetto diverse volte. Abbiamo controllato l'alibi attraverso la Questura di Genova, ma dei quattro amici indicati, uno solo ha confermato, gli altri pare che siano in viaggio, come mai, dico io, in viaggio tutti e tre, è mai possibile?»

«L'esame del sangue glielo avete fatto?»

«Ancora no, stiamo aspettando il permesso del giudice... se soltanto potessimo prelevare un poco di sangue al Pepi... Stiamo facendo pedinare la Di Giovanni per vedere se ci porta da lui, ma sembra che i due si siano coalizzati. Non sarà facile, sono abituati a nascondersi. Negli schedari il Pepi risulta già arrestato per furto e per favoreggiamento. È stato anche in galera, ha scontato piccole pene ma abbiamo le sue impronte, i suoi dati.»

«Nella casa di Angela avete trovato impronte sue?»

«No. È un tipo astuto, sa quello che fa e non lascia mai tracce.»

«Un tipo astuto farebbe l'imprudenza di andare di notte nella casa della donna che ha ucciso col rischio di essere visto?»

«Anche gli assassini hanno le loro contraddizioni» dice sbuffando. Poi si alza per andare a prendere da un cassetto delle carte che mi sciorina sulla tavola, spostando i piatti sporchi e il pane sbriciolato.

«Eccolo... Pepi Ferdinando, nato a Rovigo il 13 dicembre 1960 da madre veneta, prostituta, e padre ignoto. Ha trascorso l'infanzia in una campagna vicino Rovigo presso i nonni. Poi, dopo un furto in un mercato è andato a finire in un istituto di correzione per minori. Lì ha studiato con profitto, fino a sostenere gli esami di maturità. Nell'82 lo troviamo di nuovo a Rovigo, sposato con una certa Nina Corda. La donna muore di parto dopo un anno di matrimonio. Lui comincia a bere, qualche mese dopo è segnalato a Roma, fermato per ubriachezza molesta. Rilasciato, nell'84 viene denunciato per favoreggiamento. Poi basta, non ha avuto più a che fare con la legge. Domicilio legale: via delle Camelie 41, Roma. Risulta che paga regolarmente l'affitto e le spese di condominio. Il portiere di via delle Camelie non lo vede più da una settimana. Abbiamo fatto una perquisizione, ma senza trovare niente di interessante salvo una busta con delle fotografie di Angela Bari, ma sono foto di repertorio, di quelle che lei aveva fatto per distribuire agli agenti, in pose convenzionali. Una casa vuota, senza mobili. In cucina nessun segno di cibo. Forse ha un'altra abitazione.»

«E la casa di Sabrina?»

«Abbiamo perquisito anche quella, ma niente di importante. Salvo delle bollette del telefono molto salate, come di una persona che parla spesso con un paese oltremare. Abbiamo chiesto i dati specifici e abbiamo scoperto che è in comunicazione con qualcuno che sta in Angola. Stiamo cercando di sapere a chi corrispondono i numeri chiamati.»

«In Angola?»

«Conosce qualcuno in Angola?»

«Be', Marco sta lavorando laggiù.»

«Marco chi?»

«Marco Calò, il mio... il mio...» mi vengono in mente le parole di Ludovica "convivente è troppo burocratico, compagno troppo politico, amante sa di Pitigrilli", «il giornalista con cui, con cui...»

«Il suo uomo» dice brutalmente lei.

«Sì.»

«Mi dia il numero così lo chiamiamo.»

«Di solito mi chiama lui, non mi ha dato il numero.»

«Male. È sempre un brutto segno quando un uomo dice: ti chiamo io e si rifiuta di lasciare il numero.»

«Il fatto è che si sposta in continuazione. È più comodo per lui chiamare.» Sto cercando di giustificarlo come se già sapessi che la persona a cui Sabrina telefona è proprio lui.

«Be', lo sapremo dall'azienda dei telefoni... Ma a questo punto è probabile che non ci sia bisogno di ulteriori ricerche... Il Pepi è fortemente indiziato e io sarei propensa a credere che sia lui il colpevole.»

«Ma perché avrebbe dovuto uccidere Angela?»

«Probabilmente perché non stava ai patti, il che sarebbe in armonia col carattere di lei. I prosseneti devono incutere paura altrimenti le loro protette disubbidiscono e ciò vuol dire incassare di meno.»

«Ma allora lei crede a Sabrina, crede che Angela si prostituiva e che lui prendeva i soldi.»

«Non lo so. È una ipotesi.»

«Eppure, a vederlo quella notte sul pianerottolo, non ho avuto l'impressione di un assassino che torni sul "luogo del delitto", come dice lei, ma di una piccola volpe che sfida la notte per dimostrare che la sua coda è più lunga e folta delle altre.»

«Se è andato a prendere l'arma del delitto, come penso, ha fatto quello che doveva fare. Avremmo finito col trovarla.»

Il Nagra fa degli strani versi da topo, come per dirmi che il nastro sta per finire e la conversazione non mostra vie di uscita.

«Domattina devo alzarmi presto, io vado.»

«Se ci sono novità mi chiami pure, anche in mezzo alla notte, non gliene vorrò.»

Intanto riavvolgo il nastro, chiudo nel fodero i microfoni. Marta Girardengo mi accompagna alla porta mentre Adele Sòfia lava rumorosamente i piatti in cucina.

Trentuno

Entrando in casa trovo una busta sotto la porta: "A Michela Canova, personale". La apro, ne estraggo un foglio bianco piegato in quattro. Al centro, poche parole scritte a macchina "Attenzione a Nando che vi cerca. Pericolo! Sabrina".

Che vorrà dire questa frase sibillina? cosa vuole da me questo Nando? perché mi cerca e perché il pericolo? telefono ad Adele Sòfia? no, prima sarà meglio sentire da Sabrina cosa volesse dirmi. Faccio il numero; mi risponde una voce ispessita dal sonno.

«Ma chi è?»

«Sono io, Michela Canova.»

«A quest'ora?»

«Sono le undici, non è mica tanto tardi.»

«Ah sì, scusate, ma sono due notti che non dormo e...»

«Mi dispiace, ma ho trovato questa lettera firmata da voi, che significa che Nando mi cerca? e perché pericolo?»

«Non ne so niente.»

«Come, non ne so niente, la lettera è firmata Sabrina, non l'avete lasciata voi?»

«Ah! la lettera. Me l'ha data Nando per voi.»

«E Nando si firma Sabrina?»

«Non lo so, me l'ha data chiusa, la lettera. Mi ha detto: portagliela e io ve l'ho portata. Ma io casco dal sonno, che ore sono?»

«Nella lettera c'è scritto: Attenzione, Nando vi cerca, pericolo! Firmato Sabrina. È una minaccia o che?»

«Ma quello è matto, io proprio non lo capisco, vuole vedervi ma non so perché, vuole parlarvi, ma non so che dire, non lo capisco, io...»

C'è una impudenza nella sua voce che mi esaspera: una volontà di fare teatro a tutti i costi. E io, volente o no, faccio parte del suo spettacolo.

«Ma Nando dov'è?»

«E che ne so?» la sento ridacchiare come se lo spettacolo si allargasse a qualcun altro che io non vedo. E se lui fosse lì con lei?

«Passatemi Nando, Sabrina, gli voglio parlare.»

«Qui non c'è nessuno» dice e butta giù la cornetta.

Non mi rimane che andare a dormire. Dopo avere controllato che tutte le finestre siano ben chiuse, soprattutto la porta che dà sul terrazzino diviso dal fragile tramezzo di vetro.

Mi metto a letto tranquilla, con la certezza che Nando si trovi da Sabrina e non potrà tormentarmi. Ho un libro di Conrad fra le mani, ma non faccio in tempo a leggere due righe che sento squillare il telefono. Rispondere o no? e se fosse Marco dall'Angola? vado a rispondere. È lui.

«Che voglia che avevo di parlarti, Michela.»

«Ma come, dopo avermi lasciata una settimana senza notizie...»

«Telefonare da qui è un affaraccio, sto tutto il giorno fuori... ho dovuto cambiare albergo perché costava troppo e qui non c'è il telefono in camera.»

La voce suona lontana e titubante, ma non voglio perdere tempo a rimproverarlo, lo lascio parlare.

«Ti ho pensato tanto, Michela, ho una tale voglia di vederti che pianterei tutto in asso per venire da te.»

«Davvero, Marco?»

«Mi ami sempre, Michela?»

«Anch'io ho voglia di vederti, quando torni?»

«Non lo so, forse la prossima settimana.» E poi, come per cambiare discorso: «Avevo tanta paura che mi avessi dimenticato».

Una voce quasi supplice, dolcissima. Capisco: sta rovesciando le parti, è lui che ha paura di avermi dimenticata e capovolge la preoccupazione proiettando su di me la sua emozione.

«Ti sei innamorato, Marco?» gli chiedo cercando di usare un tono leggero, scherzoso.

«Perché vuoi rovinare tutto? Se ti sto dicendo che ti amo.»

«Scusami, ma sono stanca, sto facendo un programma sui delitti contro le donne e sono incappata in un delitto che è stato compiuto proprio qui accanto a me, nell'appartamento di fronte.»

«Non abbiamo tempo per parlare del tuo lavoro.» Sento che svicola, come se temesse qualsiasi argomento che non sia la nostalgia d'amore.

«Te la ricordi Angela Bari, quella che aveva preso la casa qui accanto? l'hai vista qualche volta in ascensore, mi hai detto che ti sembrava molto bella, ti ricordi? È stata uccisa con venti coltellate.»

«Mi sembra di avere letto qualcosa su un vecchio giornale italiano di qui. Be', l'hanno trovato l'assassino?»

«No, è per questo che...» Mi viene improvvisamente in mente che lui era a Roma quando è successo il delitto. Quindi dovrebbe averlo letto sui giornali di qui, non laggiù in Angola, paese che ha raggiunto solo tre giorni dopo la morte di Angela.

«Io ti amo, Michela, ho voglia di te.»

«Non potresti dirmi con più precisione quando torni?... il convegno sulla pace non è finito?»

«Sì, è finito, ma ora c'è l'incontro dei capi di stato dell'area francoafricana.»

È vero, ho letto di questo incontro sui giornali. Ma è proprio sicuro che un giornale italiano abbia bisogno di mantenere un suo inviato speciale in luoghi così lontani, per un appuntamento che non riguarda nemmeno l'Europa? Forse sì, certo, perché non credergli?

«E quando finisce questo incontro fra capi di stato?»

«Non lo so, penso fra una decina di giorni.»

Da quando in qua gli incontri fra capi di stato durano dieci giorni? non hanno altro da fare? ma non lo contraddico, la sua allegria forzata mi suggerisce di accettare la finzione, fuori della finzione c'è un campo minato.

Conosco la sua straordinaria capacità di dissimulazione, il bel Marco dagli occhi stellati, se non sto al suo gioco rischio di perderlo, lo so. E per amore, per viltà, per tenerezza, mi sforzo di credergli, ma so che il gioco si sta facendo sempre più vischioso e infido.

Trentadue

Appena mi seggo al tavolo, di fronte al computer, alzo gli occhi sul bicchiere delle penne. Il ragno è là, minuscolo e impudente, ha ricominciato a costruire la sua tela trasparente con una pazienza che ha del miracoloso. Anche se non sono sicura che sia sempre lo stesso ragno o siano più fratelli che si danno il cambio, la caparbietà è di famiglia.

È di notte, probabilmente, che fa il grosso del suo lavoro filando saliva e disegnando rombi e triangoli nello spazio. Di giorno riposa appeso ad un lungo filo pendulo che brilla alla luce del sole. Soffio leggermente e vedo la rosa geometrica che trema e balla senza però spezzarsi. «I ragni, bisogna volergli bene», è la voce di mia madre che mi parla all'orecchio; chissà perché l'ho tanto odiata quella voce, al punto da modificare la mia e renderla irriconoscibile, lontana da ogni area familiare.

Era la voce del buon senso quotidiano, abitata da oscuri timori che io rifiutavo anche solo di indovinare, una voce non solo educata, ma domata. Ci sono voluti anni di radio per imparare a rendere naturale l'estremo artificio linguistico del parlato giornaliero.

«Rassicurare l'ascoltatore» come dice Cusumano. Ma rassicurare di che? adulare, forse? «No, carezzare, cara Michela, la sua voce deve carezzare...» «Ma le carezze vocali, se non sono spontanee, risultano manierate.» «Ecco, Tamara Verde ha una voce carezzevole» dice con ammirazione il nostro direttore e capisco che per lui le voci femminili devono essere tutte carezzevoli, mentre le voci maschili devono essere "assertive e sicure".

«Che meretricio il nostro mestiere» diceva Carla Meti, una ragazza che ha lavorato alla radio per un anno e poi è dovuta andarsene per un cancro ai polmoni che l'ha ridotta in pochi mesi uno scheletro. Eppure continuava a fumare e la sua voce, arrochita dalle sigarette, un poco sognante e dolorosa, era molto amata dagli ascoltatori.

Il telefono interrompe i miei pensieri. Allungo una mano alla cornetta: è Adele Sòfia. Mi dice che hanno arrestato Carmelina Di Giovanni, "in arte Sabrina".

«Ma perché?»

«Non collabora, inquina le prove. Anche lei però, Michela, si sta comportando mica bene, sappiamo che ha parlato con la Di Giovanni ieri sera e non ci ha detto niente, ha ricevuto delle minacce e lo nasconde, che gioco vuole giocare?»

«Non è stata Carmelina-Sabrina a farmi le minacce.»

«Ci può portare la lettera in questione?»

«Ma sì, l'avrei fatto oggi.»

«Pepi Ferdinando è ricercato per omicidio. Chi contribuisce a nasconderlo, oppure occulta notizie che potrebbero servire a rintracciarlo, è incriminabile di favoreggiamento. Solo la prova del Dna ci darà la risposta sicura, ma intanto ci sono tutti gli indizi per considerarlo il più probabile assassino di Angela Bari... siamo a cavallo, Michela.»

Adele Sòfia fa un largo uso di forme idiomatiche. E questo la rende originale nel mondo del linguaggio tecnologico poliziesco. Solo quando diventa ostile si rifugia dietro il gergo giuridico militare. Capisco da quel "siamo a cavallo" che non è troppo seccata con me. Però ha messo il mio telefono sotto controllo. Avrà sentito anche la telefonata di Marco, ma che c'entra Marco? sono già qui a difenderlo. E se volessero fare un esame del sangue anche a lui? ma perché? lui Angela l'ha solo vista due o tre volte in ascensore, come me. Eppure, ripensandoci, si erano sorrisi come se si conoscessero, e anche con qualche imbarazzo; lei aveva allungato, indolente, una mano che lui aveva preso fra le sue con una stretta furtiva.

«Ho avuto l'impressione che Nando Pepi fosse da Sabrina quando le ho parlato per telefono» dico per non essere accusata di reticenza.

«Anche noi.»

Non dice "anche io", ma "anche noi" e con questo mette una distanza fra me e lei, non siamo più la commissaria Adele Sòfia e la giornalista radiofonica Michela Canova, ma la polizia ed io, una cittadina sospetta.

Faccio per chiederle perché non siano andati subito ad arrestarlo, visto che hanno sentito la telefonata, ma lei mi previene come al solito.

«Forse lei non sa come avvengono le intercettazioni. Le voci vengono registrate su nastro e solo dopo qualche ora, diciamo una mezza giornata a volere essere ottimisti, arrivano nelle mani dell'indagatore. Io ho avuto il nastro solo nella tarda mattinata e quando siamo andati lui era già sparito. Per questo abbiamo fermato la Di Giovanni.»

Intanto ho acceso il Nagra, l'ho collegato al telefono. Questa volta non le chiedo il permesso, carpirò la sua voce come lei ha carpito la mia. Possibile che da solidali siamo diventate nemiche?

«C'erano cicche dappertutto» prosegue lei, «di una marca che Carmelina Di Giovanni non usa, le Camel e poi le cicche di Carmelina si distinguono per le tracce di rossetto, tutte uguali, e perché vengono lasciate a metà. Mentre quelle di lui sono più sofferte, fumate fino al filtro, e spente con rabbia, torcendole contro il portacenere.»

«E dalle cicche avete capito che lui era stato lì?»

«Non solo, anche dalle impronte. Si ricordi che abbiamo le impronte del Pepi. Ce n'erano a decine... se lei avesse chiamato ieri sera, a quest'ora sarebbe in mano nostra.»

Che sappia che sto registrando la sua voce? Mi sembra molto dimostrativa e didascalica. Forse lo immagina, perché anche lei è abituata a rubare voci, e sa che qualche volta lo si fa anche quando non se ne ha veramente bisogno, per l'amore del furto in sé.

«Allora l'aspetto» mi sta dicendo e sento che è disposta a recuperare la nostra amicizia.

Vado a chiedere un permesso al direttore che sbuffa e sbraita, ma acconsente. Non prima di avere controllato chiamando lui stesso Adele Sòfia al telefono. Per fortuna i tecnici oggi sono al loro posto. Vedo Tirinnanzi che mi fa un segno con la testa mentre legge il notiziario al microfono. Incrocio anche l'avvocato Merli che mi fa un inchino gentile e si ferma come per dirmi qualcosa.

Anch'io vorrei parlargli ma questa volta sono io ad avere fretta. Glielo dico, lui annuisce, arreso. Ha un sorriso così candido che mi mette di buon umore solo a guardarlo.

«Quando torna, avvocato, in radio?»

«Lunedì.»

«Allora, a lunedì» dico, sapendo che non ci sarò perché il lunedì è il mio giorno di riposo. Ma potrebbe essere che torni, dopotutto, perché quando c'è molto lavoro, sono costretta a saltare il giorno di ferie.

Trentatré

Stanotte mi sono di nuovo svegliata con la sensazione che qualcuno entrasse nella mia stanza. Allungando la mano sudata ho cercato l'interruttore senza trovarlo; intanto l'ombra scivolava verso il letto ed era inutile ricordarmi che la porta l'avevo chiusa a chiave la sera prima di coricarmi.

Finalmente ho riconosciuto, nella luce opaca che filtra dalla strada, il sorriso gentile e spento di mio padre.

«Ah, sei tu, papà... mi hai fatto prendere un grande spavento.»

«Volevo solo guardarti dormire.»

«E invece mi hai svegliata.»

«Perdonami... mi perdoni?»

«Ma sì, non ti preoccupare... ma perché non mi lasci dormire?»

«Ti ricordi, Michela, di quella volta che siamo andati al fiume, te lo ricordi?»

«Quale fiume, papà?»

«L'Arno, non ricordi? ti ho fatto salire sulla moto, a cavalcioni davanti a me. Correvo come un matto e a te mancava il respiro, avevi un odore così buono di capelli sudati, di fragole schiacciate, di cotone appena stirato.»

«Non ricordo proprio niente.»

«Poi siamo scesi sul greto, fuori città, in mezzo alle canne e ai massi bianchi, te lo ricordi?»

«No.»

«Non avevi il costume da bagno; nemmeno io, veramente, era stata un'idea dell'ultimo momento e ci siamo stesi a prendere il sole, lì in mezzo ai rovi, ti ricordi?»

«No.»

«Poi tu hai detto: facciamo il bagno in mutande, no? E così abbiamo fatto. Che paura ho preso quanto ti ho vista andare via spinta dalla corrente... mi sono messo a nuotare come un pazzo per raggiungerti.»

«Io non avevo paura.»

«In quel punto la corrente tirava forte... credevo che saresti affogata.»

«Mi hai afferrata per un braccio che per poco non mi facevi affogare tu...»

«No, per i capelli, ti ho presa per i capelli, me lo ricordo benissimo, avevi bevuto un sacco d'acqua.»

«Ma no, mi ero solo allontanata un po'.»

«Tremavi come una foglia.»

«Vorresti dire che mi hai salvato la vita, papà? è questo che vorresti dire?»

«Credo proprio di sì, Michela. Avevi sette anni e nuotavi a stento, se non ti avessi afferrato per i capelli saresti morta.»

«Per un braccio.»

«Per i capelli, me lo ricordo benissimo.»

«Ma se ho avuto due lividi grossi così, per giorni e giorni, su quel braccio.»

«Comunque tremavi, tossivi, sputavi acqua... ti ho stretto forte forte a me... avrei dato la mia vita per te.»

«Non barare, papà.»

In quel momento è suonata la sveglia. Mi sono detta: oggi vado a piedi alla radio, se mi sbrigo ce la faccio. Così mi sono lavata di corsa, ho preso al volo un biscotto e una pera e sono uscita.

Mi sono fermata in via Titta Scarpetta a salutare la gattara che aveva posato il grosso fagotto pieno di pasta al sugo e tutti i gatti del vicinato si stavano radunando attorno alle sue gambe segnate da vene e bitorzoli.

Sono arrivata in via Dandolo col fiatone e la sensazione di avere ingollato litri di aria sporca.

Negli uffici non c'era ancora nessuno. Solo il guardiano che, sbadigliando, mi ha detto: «Buongiorno, signora Canova, qui si muore di caldo, ha dormito bene?».

Ho guardato a lungo il ragnetto che stava tessendo la sua tela fra il bicchiere delle penne e lo stelo della lampada. La sua determinazione mi riempie di meraviglia, mi fa pensare a quei contadini che abitano sotto le bocche dei vulcani in continua eruzione. Nonostante che le loro case vengano distrutte un anno sì e un anno no, si ostinano a rimanere aggrappati a quelle rocce scure, a quei pendii inospitali, ricostruendo le loro casupole esattamente nella stessa piccola pendice in cui la lava le ha inghiottite.

Allineo le nuove schede accanto a quelle vecchie. Stanno diventando tante e tutte atroci, ogni volta che le rileggo sono presa da un senso lugubre e doloroso di impotenza.

«Giorgina R., anni 7. Violentata, strangolata e abbandonata sul greto dell'Ombrone. Le scarpe sono state trovate a duecento metri di distanza. Caso insoluto.»

La fotografia mi sguscia fra le dita. È una istantanea in bianco e nero: un corpicino striminzito, due occhi neri e severi, un mezzo sorriso stento, le gambe nude che escono da una gonnellina chiara, mossa dal vento.

«Natalina A., anni 12, ripescata nel lago di Sant'Andrea con la testa spaccata da una pietra, i polmoni pieni di acqua. Caso insoluto. Il padre si è suicidato per il dolore. La madre è finita in manicomio.»

Un'altra fotografia, anche questa in bianco e nero, da tessera scolastica. Una bambina grassottella che sorride festosa al fotografo che forse è suo padre.

«Angiolina T., anni 8, stuprata e accoltellata. Il suo corpo è stato buttato nella discarica di San Michele. Caso insoluto.»

Terza fotografia: una bambina dalla faccia porcina, per niente bella, ma con una espressione di gioiosa fiducia. Avrà guardato con quegli occhi il suo violentatore? In fondo, in caratteri piccolissimi, si aggiunge che era handicappata.

Pesco fra le bobine delle interviste cercando qualche commento che si addica alle schede, da introdurre nel programma, come mi ha raccomandato Cusumano. Trovo il parere ridondante e di buon senso del professor Baldi che il direttore mi ha lasciato sul tavolo. Trovo gli arzigogoli di uno psicologo infantile, un certo Favi, troppo tecnici e di gergo.

Infine ecco due voci che dialogano; quasi avevo dimenticato questo piccolo dibattito in studio. Lei è Aurelia Ferro, una donna gentile, malata di fegato, con due occhiaie che le invadono le guance. Lui un grande giornalista.

«Certe notizie di cronaca ci suggeriscono l'idea del terrore» dice Aurelia Ferro, «un terrore politico, dimostrativo... d'altronde, nessun potere ha dominato senza una qualche forma di terrore e sembra che il mondo dei padri si sia sempre servito, storicamente, del terrore per tenere a bada la sessualità femminile... in certi paesi si tratta del taglio della clitoride... in altri di un taglio simbolico, invisibile, meno drastico ma altrettanto violento... lo sa cosa dice il rapporto Hite? che due donne su tre in America non provano l'orgasmo nel coito, non è una forma di taglio della clitoride anche quella? e non è che non siano capaci: da sole si prendono il loro piccolo piacere in pochi minuti con la masturbazione... non le dice niente questa contraddizione?»

Lei ha una voce sgranata, dall'andatura strana, come se zoppicasse; l'aria le viene a mancare ad ogni giro di frase e il tono cala fino quasi a toccare terra e poi riprende con fatica attraverso un periodare elicoidale, in salita.

«Sono malati, pazzi» dice il giornalista dalla voce soffice, che contraddice la sua indignazione «lei non può, signora Ferro, usare queste morti femminili per dimostrare le sue teorie sul razzismo sessuale storico.» «Certamente sono malati, pazzi quelli che compiono questi delitti», ribatte lei tranquilla, «ma escono da un giudizio che è rotolato nei secoli e si è fatto carne, sentimento comune. L'odio contro le donne non l'hanno inventato loro, l'hanno respirato a scuola, nei libri, in chiesa, nei campi sportivi... E se la loro malattia prende la forma dell'aggressione contro le donne, è una malattia che fa la spia alle idee di un'epoca, di un paese, di un popolo.»

«Non possiamo riconoscerci, neanche alla lontana, in esseri abietti che se la prendono con delle povere bambine innocenti» risponde il giornalista. Ma la Ferro lo incalza, testarda e delirante: «Una volta si sacrificavano i capretti e le giovenche, ora si sacrificano le bambine». «Sacrificano a che?» insiste lui, mentre la voce sale di tono. «All'esigente signore dei cieli» ribatte lei che parla fantasioso e temo che non si faccia capire, «a quel signore dei cieli che tiene nei meandri della sua barba dei nidi di usignoli che cantano il buongiorno... è un padre amorevole, non creda, ma selvaggio e qualche volta vuole essere blandito con sacrifici di piccoli cuori innocenti.» «Lei ha una idea brutale e sconsolata del rapporto fra i sessi» dice lui quasi gridando. «Non sono brutale io, ma la mano maschile che, nel nome della sua voluta, pretesa, sognata supremazia sessuale, si abbatte sulla testa di queste bambine.»

Metto sulla piastra un'altra bobina. Ne sortisce una voce maschile unghiata e assertiva: quella del professor Papi: «C'è nell'accensione del sesso maschile qualcosa di brusco, di violento che gli viene dalla natura... ha presente l'accensione di un motore a scoppio: se non c'è la carica d'avvio, il motore non parte... lo stupro fa parte dell'istinto di conservazione dell'uomo».

«E se, invece, fosse il prodotto aberrante di una storia in cui il dominio dell'altro sesso è stato considerato il primo dei doveri per la conservazione, appunto, della specie?» È un'altra voce maschile, quella del filosofo Giardini dalla bella testa leonina e il tono scanzonato.

«L'uomo conserva in sé una aggressività innata, profonda e irragionevole che lo porta a possedere con violenza la preda sessuale» dice Papi «ma poiché il vivere comune ha bisogno di tregua e pace, questi istinti vengono repressi con l'educazione, in nome della compattezza familiare. Non per questo, però, quell'istinto scompare, pur rassegnandosi a giacere in letargo nelle profondità dell'animo umano... solo in certe occasioni di eccitazione collettiva, di esaltazione virile, salta fuori all'improvviso, talmente inaspettato che chi

ne è preso non può farci niente, soprattutto se è imprepara-
to culturalmente alla riflessione e al giudizio sulle proprie
azioni.»

«Quindi lei pensa, professore, che lo stupro sia in qualche modo naturale e inevitabile.»

«Inevitabile no, anzi va evitato accuratamente: basta imparare a convivere con le zone oscure dell'inconscio: che si
sfoghi nei sogni il piacere della caccia: agguato, rincorsa, as-
salto, cattura.»

«E dove va a finire l'idea di una sessualità legata all'amore, al rispetto dell'altro?»

«Lo stupro certamente ha poco a che vedere con l'amore, ma perfino col sesso, direi: lo stupro nasce dalla volontà
di umiliare, mortificare il corpo femminile. Ma può trattarsi
anche di un corpo maschile, guardi quello che fanno in prigione i forti sui deboli... Il guaio è che ci sono ancora le guerre nel mondo ed è considerato un diritto dei soldati stuprare, uccidere, sconciare il corpo del nemico. Nel passato il diritto di stupro in guerra era la sanzione di una supremazia
conquistata col sangue che andava sigillata con l'umiliazione
del nemico... perfino Giove, su nei cieli, aveva di questi ap-
petiti: si ricorda la caccia alle belle dee (ma non disdegnava
neanche le belle umane) che impregnava di sé e poi abban-
donava dopo essersi soddisfatto, spesso contro la loro volontà; se non è stupro questo... Ma era considerato lecito,
parte del diritto divino... e spesso l'uomo, nel chiuso della
sua famiglia, si sente un piccolo Giove predatore a cui tutto
è dovuto...

Stacco l'audio; sono sazia di voci esplicative, che vogliono convincere e insegnare. Riprendo in mano le schede. Da
quale comincerò? 1942, 1946, 1977, 1980, 1992, centinaia di
bambine torturate, seviziate, strangolate, stuprate, fatte a
pezzi.

Forse comincerò con una delle ultime: 1991, un paesino
di montagna del centro Italia: una bambina di cinque anni
viene trovata morta con la testa spaccata, i vestiti stracciati e
sporchi di sangue. Qualcuno dice di averla vista mano nella

mano con lo zio, un giovanottone robusto dai capelli corti e biondi. Lo zio a sua volta incolpa il nipote, fratellino della bambina morta: sarebbe stato lui a colpirla con una pietra dopo averla violentata.

La famiglia di lui sostiene che la bambina è morta per incidente, essendo caduta su un sasso aguzzo, ma la piccola testa, dicono le analisi, non ha sbattuto per caso su una pietra, bensì è stata più volte ferocemente colpita, tanto da fracassarsi.

Infine lo zio viene incriminato perché sono stati trovati dei capelli e del sangue della bambina su una maglietta che lui, tornando dal bosco, ha gettato sopra il tetto della stalla. Ma in carcere lo zio continua ad accusare il nipote e a casa il nipote continua a incolpare lo zio.

Squilla il telefono. È Adele Sòfia che ha una voce lugubre, spenta. Sta per annunciarmi qualcosa di funesto, penso. Infatti: «Carmelina Di Giovanni si è uccisa in carcere» dice tutto d'un fiato.

«Carmelina?»

«Si è impiccata alle sbarre della finestra con la cintura della vestaglia. Non dica niente a nessuno, tassativo, non deve saperlo la stampa.»

«E adesso?»

«Adesso diventa ancora più urgente trovare lui, Pepi Ferdinando.»

«È stato inutile metterla in carcere.»

«Abbiamo fatto quello che pensavamo fosse giusto fare. Non è stata sorvegliata abbastanza attentamente, questo sì... ma chi poteva immaginare... non aveva nessuna ragione per... sarebbe uscita a giorni.»

Ripenso alla voce di Sabrina-Carmelina, con quelle asprezze un poco dialettali, quella gentilezza profonda, quella assoluta disistima di sé.

Adesso anche lei se n'è andata. Chissà se aveva le scarpe ai piedi. Fanno così poco rumore, queste donne morte, nel loro andarsene: scalza Angela Bari, scalza forse Sabrina, scalza la bambina trovata sul greto dell'Ombrone. Mi viene in mente di avere letto una volta di una giovane giapponese che si è suicidata su un vagone letto andando da Roma a Palermo. L'hanno trovata la mattina sul lettino, perfettamente vestita e composta, con le braccia incrociate sul petto, i piedi nudi dolcemente uniti e legati. Si era avvelenata e le sue scarpe giacevano accanto alla porta, appaiate e con le stringhe slacciate.

Trentaquattro

Nella cappella gialla e bianca del carcere siamo in tre: Adele Sòfia, Sergio Lipari ed io. Della famiglia di Sabrina-Carmelina non si è visto nessuno: la vecchia madre è morta pochi mesi fa, ci hanno detto al paese, il padre vive in Argentina, da anni, con un'altra donna. Carmelina era figlia unica e i cugini, da quanto ho capito, non hanno voglia di fare questo gran viaggio per venire ai funerali di una prostituta che si è suicidata in carcere.

Una povera bara di abete da pochi soldi, niente incenso, fiori, musica, movimento di becchini. L'hanno avvolta in un telo verde, nuda com'era e con i tagli dell'autopsia. Non hanno neanche avuto il tempo e la voglia di vestirla.

Mentre Sabrina era ancora stesa nella sala mortuaria, assieme ad altri tre cadaveri, Adele mi ha chiesto se volessi vederla. Ho detto di sì e lei ha scostato il telo di plastica. Mi aspettavo qualcosa di raccapricciante, invece davanti a me c'era una bella faccia distesa, serena, increspata da un leggero sorriso che mi ha confortata. Quella faccia che in vita era sempre corrucciata, nella morte appariva pacificata, quasi si apprestasse felicemente a partire per il migliore dei viaggi.

Intorno al collo un cerchietto blu notte, come quei nastri di velluto che portano le dame eleganti nei quadri dell'Ottocento.

Il paniere pieno di roselline che avevo comprato per lei l'ho lasciato dietro la porta di ferro. Con vergogna, perché tutto quello che faccio mi sembra passibile di rimprovero e di critica, prendo il paniere e lo appoggio accanto alla morta.

Un pretino giovane arriva con passo veloce, osserva un momento me e Adele Sòfia che parliamo, benedice la bara con gesti sbrigativi aggiungendo qualche parola di pietà. Ma la sua voce suona secca e svogliata: che il Dio onnipotente si sia offeso perché questa donna si è tolta la vita anziché aspettare che altri gliela portassero via?

Le suicide non dovrebbero essere benedette, ci spiega il pretino, ma noi siamo benevoli e accondiscendenti, vogliamo augurare a questa povera salma di andare in luoghi non troppo infelici a scontare i suoi peccati.

Intanto è cominciata la messa. Quando mi volto vedo una piccola folla di monache vestite di nero. Alcune tengono gli occhi fissi, incantati, sulla testa del giovane e avvenente pretino... Chissà come è finito in questa chiesa del carcere! non ha l'aria contenta.

La cerimonia scorre rapida, come tutto il resto. Adele Sòfia si fa vento con un giornale piegato in quattro. Il giovane prete saluta chinando il capo ed esce con un fruscio di abiti smossi. Un inserviente in grembiule marrone chiude il coperchio della bara, caccia nei quattro fori, ai quattro angoli, delle lunghe viti luccicanti e le fa girare come trottole con un giravite elettrico.

«E ora al cimitero!» dice Adele Sòfia, facendomi posto accanto a sé nella macchina scura. Dietro c'è Lipari che oggi è tutto vestito di nocciola, comprese le scarpe e la cravatta, i peli neri e ispidi gli sgusciano fuori dal colletto stretto e dai polsini candidi.

«Abbiamo trovato il Pepi» dice lei trionfante.

«E dove?»

«Abbiamo intercettato una sua telefonata. Ha un appuntamento nel pomeriggio.»

«Con chi?»

«Con una certa Maria, al Foro Italico.»

«Sarà davvero lui l'assassino?»

«Per avere la conferma basterà un esame del sangue. Il

movente ce l'ha, le chiavi saranno un pesante capo d'accusa.»

«E se l'esame dicesse che non è stato lui?»

«Intanto dobbiamo prenderlo e fargli questo esame, col suo consenso, s'intende. Poi ne riparleremo.»

«E se non fosse lui?»

«Sarebbe un guaio.»

La macchina è una scatola afosa che procede nel traffico a scatti, usando la sirena. Attraverso i vetri il paesaggio sembra spezzarsi, sciogliersi in tanti rivoli nodosi.

Al cimitero salto fuori per prima. I becchini col camioncino del carcere sono già arrivati. Ora sono fermi davanti ad una parete di cemento, scabra e sporca, in cui si aprono i loculi. Ogni cassetto un morto, ogni cassetto un nome inciso nel cemento e, accanto, un recipiente grande quanto un bicchiere sospeso ad un anello di ferro, dei fiori finti e un lumino acceso. Niente più scavi nella terra, niente più lapidi, piante, fiori freschi, ormai i morti si seppelliscono così, uno sopra l'altro e si ricordano con mazzetti di fiori di plastica.

La bara, essendo di legno grezzo e maltagliato, fatica ad entrare nel loculo; il più giovane dei becchini la spinge con le due mani, con la spalla, ma la bara rimane bloccata. Allora si arrampica sul tetto del furgoncino e la caccia dentro il loculo con due pedate.

Un altro becchino, in grembiule blu scuro, incastra la lastra che chiude il loculo; il più giovane ci passa sopra del cemento fresco con una cazzuola, masticando gomma americana.

È fatta. I soli fiori freschi sono i miei: delle roselline bianche che ho preso al volo stamattina vicino alla radio. Fanno una strana impressione accanto ai tanti fiori finti dai colori all'anilina che sporgono dai bicchieri appesi.

Adele Sòfia mi fa segno di rimontare in macchina con loro, ma io le dico di no, che ho voglia di camminare. L'idea di rinchiudermi di nuovo in quella scatola di cristallo mi sgomenta. Vedo Sergio Lipari che chiude la porta con energia, come a dire, peggio per lei!

Mi avvio fra le tombe a passo lento; questo è il nuovo cimitero di via Flaminia, non il vecchio Verano fitto di pini e di palme dove è sepolto mio padre. Qui non ci sono gatti e tombe monumentali, ma secche pareti verticali che contengono centinaia di tombe a cassetto. Piuttosto che andare a finire in uno di quei cassetti non è cento volte meglio farsi cremare?

Mi fermo a contemplare una lapide con la fotografia di una bambina chiusa dentro un ovale di porcellana. "Mirella Fritti, strappata alle braccia della madre da morte terribile e precoce, amen." Di che cosa sarà morta? La data è recente: 8 luglio 1992, quindi è morta da poco, ma perché una morte "terribile"? si scriverebbe così di una lunga malattia? Oppure anche lei è stata straziata, strangolata, squartata? non riesco a pensare ad altro.

Mi allontano di qualche passo cercando il vialetto di uscita quando vedo un uomo che mi fissa, ritto in piedi contro il tronco di un giovane cipresso. Ho un soprassalto: è lui, Nando Pepi, con i suoi stivaletti californiani, il suo giubbotto nero, la sua aria da studente anarchico e il suo anello con l'occhio di tigre.

Mi guardo rapidamente intorno cercando uno scampo, ma sembra che il cimitero si sia improvvisamente svuotato. Non vedo più becchini né parenti amorevoli né guardiani né passanti distratti, niente; il sole batte sui loculi di cemento, sui fiori finti, su di me che sto in piedi, impietrita.

Trentacinque

Siamo soli in mezzo al cimitero, sotto il sole a picco. C'è del grottesco nel mio spiarlo interrogativa e raggelata dalla paura e nel suo occhieggiare sornione di lontano.

Cerco di dare un ordine ai miei pensieri perché non girino in tondo come un nugolo di moscerini esagitati: è l'una di una giornata afosa, i guardiani sono certamente andati a mangiare un panino all'ombra di qualche tettoia, i parenti amorosi sono tornati alle loro case a cucinare il pasto di mezzogiorno, è logico che il cimitero si sia svuotato, ma basta riflettere con calma su dove si trovi l'ingresso perché, con un grido, possa chiedere aiuto.

L'occhio mi si posa sul dorso di una cicala che sta incollata ad un ramo proprio sopra la testa di Nando Pepi. Dunque è molto vicino, mi dico, più di quanto sperassi. La cicala la distinguo perfettamente, ha delle macchioline brune sul dorso e il suo stridore di sega mi bussa all'orecchio con insistenza. Curioso, rifletto, che il mio corpo sia paralizzato, incapace di muoversi, mentre la mia mente tende a divagare pericolosamente. Sono sorpresa dal silenzio che ci circonda, un silenzio armonioso e perfetto, che mi ricorda un altro silenzio simile, conosciuto tanti anni fa, durante una gita in montagna con mio padre, un silenzio senza brecce, senza sbavature, assoluto. Avevo sette anni forse, o sei, e mi rendevo conto, per la prima volta nella mia vita, con certezza e levità, che il mondo poteva fare a meno di me, che la sua bellezza stava fuori dal mio occhio e andava ammirata come una cosa a sé, indipendente e compiuta.

Tutto questo mi viene in mente mentre fisso spaventata la faccia da cane perduto di Nando Pepi e preparo le gambe a correre, la gola a gridare. Ma intanto me ne sto lì ferma e non so se veramente riuscirei a correre e gridare come mi ripprometto di fare, alla sua prima mossa.

Anche lui se ne sta lì immoto come una statua e sembra aspettare un'occasione per decidere come agire. È in ascolto, come se il segnale dovesse venirgli da quelle tombe di cemento, oppure da uno di quei tronchi rugosi o perfino dal dorso maculato della cicala che frinisce sopra la sua testa.

Dopo una attesa che mi sembra lunghissima, finalmente lui apre la bocca e in quel momento perdo ogni paura: la scelta della parola esclude l'azione, mi dice l'istinto, o per lo meno la ritarda; che gratitudine per il mondo delle parole, che gioia sentire lo squisito suono di una voce! ancora una volta, da viva, sono invitata ad entrare nel mondo artificioso e controllabile del dialogo fra due persone dotate di suono.

«Angela ha lasciato questo per lei» dice con accento quieto, anche se troppo sopito e leggero rispetto alla tensione che si è accumulata fra di noi.

Lo vedo estrarre dalla tasca un pacchetto avvolto in una carta azzurrina, legato con un elastico.

«Per me?» chiedo incredula.

«Ho rischiato di essere preso per andare a scovarlo. Sapevo che c'era e l'ho trovato.»

«Lei ha ammazzato Angela?» chiedo brutalmente. Non volevo affatto dire questo, ma la domanda mi è saltata sulla lingua, con molta naturalezza, come se sapessi che la risposta non possa che essere sincera.

«Non l'ho ammazzata.»

«Lo pensavo.»

«Quindi mi crede?»

«Avevo dei dubbi, ma lo pensavo.»

«Carmelina mi voleva bene, quegli imbecilli l'hanno fatta morire, ma io la vendicherò.»

174

Sta cadendo nel melodramma, mi dico, sta tirando fuori una voce eroica che non gli appartiene: anche lui a fare teatro?

«Sarebbe meglio che si costituisse. Basta un esame, vogliono solo quello, e lei sarebbe scagionato, hanno il sangue dell'assassino.»

«Non ci penso nemmeno a costituirmi. Parto fra mezz'ora, vado via. Volevo solo darle questo, buon viaggio.»

«Come, buon viaggio, non è lei che parte?... La polizia la sta aspettando all'appuntamento con Maria. Ci vada.»

«Maria mi ha tradito, ma non ce l'ho con lei, è scema.»

«Ha un'idea di chi può avere ucciso Angela Bari?»

«Non lo so.»

«Gliel'ha dato Angela quel... quel pacchetto per me?»

«Sì, è per lei... che ama le voci.»

«Perché l'altro giorno mi ha lasciato quella lettera in cui diceva che mi cercava e che c'era pericolo?»

«È Carmelina che ha scritto quel foglio, non io. Voleva che lei stesse alla larga da me.»

«Ma diceva che mi cercava.»

«Voleva spaventarla... infatti l'ha spaventata, no?» ridacchia portandosi la sigaretta alla bocca.

«È vero che Angela si prostituiva?»

«No. Non gliel'ho mai chiesto.»

«Ma Sabrina mi aveva detto...»

«Sabrina non ci stava con la testa... era gelosa...»

«E come mai aveva le chiavi di casa Bari?»

«Angela era generosa: un giorno me le ha prestate, io ne ho fatto una copia, ma non l'ho mai adoperata finché lei era in vita.»

«Se lei sparisce non si saprà mai chi è l'assassino. La polizia penserà che è stato lei e continuerà a darle la caccia, non si cercherà mai la persona giusta.»

«Che si arrangino! io me ne fotto. Ecco, prenda e vada via.»

«Dovrò dire che l'ho vista, non posso non dirlo.»

«Lo dica pure, tanto non mi prenderanno. Si sbrighi.»

Non mi porge il pacchetto come mi aspetto, ma me lo getta per terra accanto alle scarpe. Mi chino per prenderlo tenendo gli occhi fissi su di lui. Quando lo vedo portare una mano alla tasca penso: ecco, mi spara. Ma vuole solo cavarne un pacchetto di sigarette.

Sono Camel. Vedo che rigira il pacchetto fra le dita: il cammello giallino su campo bianco viene messo a testa in su e poi a testa in giù. Sono le sigarette trovate in casa di Carmelina.

Se lui rifiuta di farsi fare l'analisi del sangue, vuol dire che è colpevole, questa è la logica deduttiva, come direbbe Adele Sòfia. Eppure sono portata a credergli quando dice che non è stato lui ad ammazzarla, e non so perché.

Stringo in mano il pacchetto e mi rialzo. Lui, intanto, si è avviato a passi lenti verso la zona più lontana dal cancello, lasciando il sentiero fra i cipressi appena piantati e scavalcando le lapidi con le gambe corte e vestite di nero.

Arrivo al cancello di corsa. Nel gabbiotto ci sono due guardiani che chiacchierano fra di loro mangiando pagnotte con la mortadella. Vedo chiaramente la carne rosa, cosparsa di dadini bianchi, che sporge dalle fette di pane.

Penso per un momento di raccontare loro di Pepi, ma poi decido di no. Esco sul piazzale infuocato, guardo il pacchetto che stringo in mano: è rettangolare e piatto. Capisco: una cassetta. L'elastico rosso salta via facilmente, apro la carta e mi trovo fra le dita un nastro da sessanta minuti, un piccolo carico di voci nascoste e pericolosamente salvate da chissà quale oblio.

Ma dove la teneva nascosta, Angela Bari, che la polizia, nelle sue ripetute perquisizioni, non l'ha mai trovata? O forse non ci ha badato. Sembra una cassetta qualsiasi che contiene canzoni qualsiasi. La infilo nella borsa e mi avvio verso la stazione dei taxi.

Trentasei

«Dedicato alla mia vicina di casa, la cui voce mi raggiunge la mattina attraverso la radio.»

Sembra strano che, mentre per me Angela Bari era una sconosciuta, lei mi conosceva e mi osservava, a tal punto da dedicarmi una cassetta. Vado avanti, incredula, ad ascoltare: è una voce morbida, un poco vergognosa ma animata da spinte gioiose.

«C'era una volta un re che aveva una figlia...» Ma questa è una favola! proprio così. Angela Bari mi sta proponendo, dal suo poco professionale microfono casalingo, una fiaba. Faccio scorrere il nastro. Lo fermo. Ascolto. Riprendo a farlo scorrere: «La figlia disse al padre...». Vado avanti. Ascolto ancora. «Allora il padre trasformò la figlia in un asino.»

Ad un primo rapido ascolto sembra che si tratti solo di favole. Non c'è altro, solo una serie di fiabe, forse inventate da lei, forse ricopiate da qualche libro. Tutte raccontano di re e di regine, di bambine disobbedienti, di draghi, di cervi stregati e di cieli in tempesta.

Possibile che Nando abbia rischiato di essere arrestato per andare a recuperare un nastro di favole? Possibile che abbia peggiorato di molto la sua situazione già grave di sospetto, aprendo con le chiavi la porta di casa della morta solo per salvare questi insulsi apologhi?

Questo però proverebbe che Angela non pensava di essere in pericolo. Proverebbe che non era stata minacciata, né ricattata, altrimenti non avrebbe mandato ad una persona che stimava, delle favole ma un qualche messaggio più consistente.

Angela Bari voleva soltanto che la sua vicina di casa, che lavora alla radio, ascoltasse le sue storie, per poi magari inserirla in una trasmissione per bambini?

Finora ho solo controllato il contenuto. Mi sono fatta un'idea delle storie correndo da un capo all'altro del nastro: sono fiabe, questo è certo, ma che storie raccontano?

Sebbene non abbia mai avuto una grande simpatia per le favole, salvo un breve periodo della mia infanzia, mi metto con pazienza ad ascoltarle, una per una.

La sola cosa evidente è che in tutte si parla di un padre e di una figlia, la madre, quando c'è, viene fatta subito fuori con una magia. La bambina è spesso trasformata in volpe, in upupa, in vespa e perfino in cavolo, ma alla fine ritrova le sue forme umane come compenso di qualche sacrificio.

Il re viene ritratto come un tiranno dai modi imprevedibili: un po' riempie la figlia di regali, un po' la sevizia, la tiene prigioniera, la chiude dentro una torre senza porte né finestre.

Sono una ventina di favole, raccontate con molta dolcezza, senza un filo di compiacimento, prive di malizia e di pedanteria. Mano a mano che vado avanti col nastro, mi sembra che la sua voce si faccia più profonda e disperata. Le favole diventano, verso la fine, feroci. Il re, incollerito, taglia la testa alla figlia. In un'altra, le trancia le mani e se le fa cucinare al rosmarino, non prima però di averle regalato due bellissimi anelli con rubini e smeraldi.

Il padre di Angela è morto quando lei aveva otto anni, che siano storie di nostalgia per quel padre perduto? Ma veramente in queste favole il padre non è affatto assente, bensì incombente, tirannico e crudele.

Mi propongo di andare a parlare col patrigno, lo scultore Glauco Elia. La sua voce è assente dal mio servizio. Devo chiedergli cosa pensa di Angela, della sua morte e di queste favole.

Intanto il nastro continua a girare. E la voce di Angela

prosegue imperterrita e paziente a raccontare di padri e di figlie che si amano e si feriscono. In un'altra storia il padre spezza le gambe alla figlia per costringerla a restare a casa. Per tenerle compagnia e per controllarla, le manda una civetta che tutta la notte se ne sta appollaiata sulla testiera del letto e la scruta con gli occhi "d'oro senza tempo".

Ma la bambina trova un modo di ingannare il padre: insegna alla civetta come imitare la sua voce e poi, legandosi le gambe con dei paletti di legno per non cadere, se ne scappa lasciando la civetta al suo posto perché rassicuri, attraverso la porta, il genitore apprensivo.

Dovrei tornare anche dalla madre di Angela, penso. Ma certamente il direttore non mi lascerà partire un'altra volta per Firenze. E se intanto parlassi di nuovo con Ludovica?

Trentasette

La trovo meno inquieta e nervosa dell'ultima volta che l'ho vista. Si muove con disinvoltura nella grande casa in penombra: porta i lunghi capelli castani sciolti sulle spalle, ai polsi, una decina di braccialetti di vetro colorato che battendo gli uni contro gli altri, ad ogni movimento del braccio, mandano un tintinnio allegro.

Ritrovo il soggiorno dai morbidi tappeti cinesi, le maniglie dorate, i lampadari a goccia, i divani ricoperti di cinz a fiori.

«Vuole un analcolico?» Mi pare che anche l'altra volta abbia esordito così. La vedo allungare le braccia magre, questa volta coperte da due ampie maniche, verso il tavolinetto di vetro. Sono gesti che le ho già visto fare e che lei ripete con grazia indolente.

I suoi sorrisi hanno qualcosa di dolce e mortuario, forse per via dei denti falsi, penso, che la fanno apparire più vecchia di quello che è. Le osservo le mani che ha lunghe e affusolate, di un biancore irreale, senza una macchia, una cicatrice, un segno che riveli una qualche dimestichezza con i lavori domestici. Come se per trent'anni si fossero tuffate solo fra lini, sete e trine profumate.

Sistemo il Nagra, che lei guarda con occhi sospettosi, sul tavolino. Eppure glielo avevo annunciato per telefono, ma pare che la macchina le incuta soggezione. I muscoli del collo si tendono, qualche ricciolo scivola sugli occhi.

«Se vuole, lo spengo» dico per rassicurarla.

Fa una smorfia come a dire: potrebbe risparmiarmi questa scortesia. Ma io non intendo essere educata, il Nagra è un testimone prezioso e io non mi fido della mia memoria. Lei, forse solo per buona educazione, non insiste nel diniego. E io metto in moto il nastro.

«Sa che Carmelina Di Giovanni si è uccisa?»

«Chi è Carmelina Di Giovanni?»

«Eppure è stata lei a parlarmi di Nando la prima volta, se lo ricorda?»

«Non so chi sia.»

La vedo chiudersi in un atteggiamento di dignitosa ripulsa. Come fare per riconquistare la sua fiducia?

«Carmelina Di Giovanni, detta Sabrina, conosceva sua sorella Angela. L'ha rivelato un giorno alla radio, in diretta, aggiungendo che sapeva che Angela si prostituiva. Il protettore di Carmelina, Nando Pepi, invece sostiene di no. Lei però lo conosce, perché me l'ha detto per telefono.»

«Credo che ci sia stato un equivoco, non conosco nessuno di quel nome.»

«Nando Pepi è ricercato dalla polizia per l'assassinio di sua sorella Angela. Ne hanno parlato anche i giornali. Lei sa che il giudice istruttore Boni conosce la composizione del sangue dell'assassino. Quindi basterebbe che si sottoponesse ad un esame.»

«Non leggo i giornali.»

«Eppure devo averle incise sul nastro le sue parole, vuole ascoltarle?»

«Sinceramente non voglio occuparmene, mi avvilisce pensare alla morte di Angela.»

«Non le importa sapere chi ha ucciso sua sorella?»

«Certo che mi importa. Ma qualsiasi persona abbia avuto a che fare con Angela mi spaventa... ci sono delle cose nella vita di mia sorella che mi mettono inquietudine, preferisco non conoscerle.»

«Sua madre mi ha detto che le dava cinque milioni al mese. Lei invece mi ha detto che Angela non aveva soldi. A chi devo credere?»

«Mia madre mente. Sì, forse le ha dato qualche milione quando era malata, senza casa, ma poi più niente. Comunque, se li avesse chiesti a me, glieli avrei dati io... Era orgogliosa Angela e non amava chiedere, né a me né a nostra madre.»

«La vedeva spesso sua sorella?»

«Poco, ma non per colpa mia. Io l'avrei vista anche più spesso, ma era lei che sfuggiva, non si faceva trovare. E quando la invitavo mi rispondeva che era occupata. Mi faceva una gran pena.»

«Pena?»

«Mi ha sempre fatto pena, fin da quando era piccola... quando la vedevo correre verso scuola, sempre in ritardo, con la cartella pesante appesa a quelle spallucce fragili, o quando la vedevo seduta sul marciapiede a fumare una cicca, accanto ad uno dei più violenti ragazzi del quartiere... provavo un dolore qui, allo stomaco, ma non c'era niente da fare, sembrava che lei andasse in cerca di guai. Una volta le ho dato uno schiaffo perché è tornata a casa alle tre di notte, ubriaca fradicia. Ma non l'ho denunciata né alla mamma né al patrigno, e lei se l'è tenuto, lo schiaffò.»

«E sua madre non interveniva?»

«Mia madre era una donna di tale bellezza che tutti si innamoravano di lei. Passava il tempo a respingere corteggiatori. Forse era troppo giovane per farci da madre. Era ancora una figlia lei stessa, di una madre che a sua volta era stata una grande bellezza e si era poco occupata della figlia. Chissà perché le figlie tendono a ripetere pari pari la storia delle madri. Anche quando non vogliono, anche quando le rifiutano, anche quando le giudicano con ferocia... alla fine zac, ci cascano e fanno esattamente gli stessi errori della madre comprese le malattie, i figli, le fughe, gli amori sbagliati, gli aborti, i tentativi di suicidio, eccetera...»

Ludovica si accalora, solleva un braccio senza accorgersi che la manica le scivola sul gomito rivelando larghe chiazze violacee. Segue il mio sguardo stupito e se lo ricopre pudicamente.

«Ieri sono caduta per le scale» dice come per giustificarsi. Il suo sguardo si fa vago, ma anche elettrico. C'è qualcosa che vuole che io sappia, ma cosa?

«L'ha vista di recente, sua madre?» le chiedo per riprendere il discorso.

«Sono andata a trovarla a Fiesole domenica scorsa. Ma stava male, chiusa in camera con uno dei suoi orribili mal di testa e le mani coperte di eczemi. Sono rimasta un poco con lei e poi sono scappata. C'era anche Glauco.»

«Glauco Elia?»

«Sì, lui.»

«Ma se dicono tutti e due che non si vedevano da anni.»

«Ogni tanto si vedono, è sempre lui che va a cercare lei, secondo me è ancora innamorato di mia madre» ride amaro, si torce le mani. Poi improvvisamente si scioglie in lacrime. Mi fa cenno di spegnere il registratore. Lo spengo.

«Mi dispiace, posso fare qualcosa per lei?»

«Non ho voglia di parlare di Angela, non ho voglia di parlare di mia madre, non mi chieda più niente di loro, per favore.»

«Una sola domanda: ormai è più di un mese che sua sorella Angela è morta, si è fatta qualche idea su chi possa averla voluta uccidere?»

Nel frattempo riaccendo il Nagra. E lei ricomincia a piangere. Ma io, impietosa, lo lascio acceso; non so perché ho l'impressione che il suo sia un pianto dimostrativo, come l'introduzione ad un discorso di difficile avvio.

Che ci sia qualcosa di complicato e di sgradevole, sotto quelle lacrime, lo capisco dal sospiro che tira quando faccio l'atto di alzarmi per andare via.

Smette improvvisamente di piangere, si drizza in piedi e prende a camminare su e giù per la stanza facendo ondeggiare il vestito di seta marezzata dalle lunghe maniche svasate. I braccialetti tintinnano ad ogni passo: sembra una principessa schiava uscita da una pagina delle *Mille e una notte*.

So che sta per dirmi qualcosa di grave. Ma proprio nel momento in cui apre la bocca per parlare, la porta si schiude silenziosa e sulla soglia appare un bell'uomo sorridente.

«Questa è Michela Canova, di radio Italia Viva» dice lei con noncuranza. «E questo è Mario Torres.»

L'uomo mi tende la mano. La sua stretta è decisa e dura, anche troppo, ne esco con le dita intorpidite. Il suo sorriso invece è molle, un poco manierato.

«Posso farle qualche domanda per la radio, signor Torres?»

Sulla sua faccia vedo apparire quell'espressione che prendono coloro a cui mi rivolgo per una intervista; un attimo di vanità al pensiero che la loro voce possa essere ascoltata da tante orecchie, seguito da uno sgomento cieco: cosa dirò? come me la caverò?

Deve avere del coraggio perché accetta subito, nonostante Ludovica gli stia premendo visibilmente un braccio per scoraggiarlo.

Ma lui si siede, serio e compunto, sul divano come a dire: sono pronto, eccomi qua, non ho paura di niente, io. A Ludovica non resta che prendere un altro bicchiere e offrire dell'analcolico. Io torno a sedermi nel punto esatto in cui stavo prima, accanto alla finestra, davanti al mio registratore.

«Lei conosceva Angela Bari» comincio prendendola un po' alla larga.

«Be', mica tanto sa... era un tipo molto sulle sue.»

«E cosa pensa di lei?»

«Non era una vera bellezza, checché se ne dica... aveva qualcosa della Monroe, questo sì, lo dicevano in molti, anche se le mancavano i capelli platinati, ma era il suo modo di porsi... neanche Marilyn Monroe era una vera bellezza: era piccola, con le braccia corte, e poi francamente fragilissima, nevrotica, non sapeva quello che voleva, ora si buttava nelle braccia di un grande uomo politico, ora di un camionista... come bellezza, insomma, Angela era più che mediocre.»

«Non le ho chiesto della bellezza di Angela.»

«La bellezza faceva parte del suo carattere», insiste lui, tenace, «se non fosse stata bella non avrebbe fatto la vita che faceva... solo che aveva qualcosa in quel sorriso dolce, qualcosa di disperato, che colpiva sgradevolmente chi le stava vicino, come se lei, in continuazione, chiedesse aiuto. Veniva voglia di proteggerla, di guidarla, ma se ti mettevi a dirle qualcosa, si rivoltava e poteva diventare molto malvagia, glielo dico io.»

«Lei ha provato a guidarla?»

«No, per carità, affari suoi la vita che faceva... ma sono cose che si intuivano al primo sguardo... la sua fragilità estrema, ecco, questa era la cosa sconcertante, lei la trasformava in una forza terribile di cui certo abusava...»

«Ha un'idea di chi possa averla uccisa?»

«Se ce l'avessi l'avrei riferito alla polizia... no, non ho nessuna idea... non mi risulta che avesse nemici... ma in realtà la conoscevo poco, la frequentavo poco.»

«Lei sa chi è Nando Pepi?»

«Sì, me ne ha parlato Ludovica: un poco di buono che vive facendo ricatti.»

«Pensa che possa essere stato lui a uccidere Angela, come dicono i giornali?»

«Non lo so, ma certo, potrebbe essere...»

A questo punto Ludovica riprende a piangere. Lui si alza di scatto, l'abbraccia, le accarezza i capelli, la stringe a sé, la riempie di piccoli baci sul collo. Capisco che devo andarmene.

«Se vi viene in mente qualcosa, chiamatemi a questo numero» dico. Mario Torres prende il cartoncino che gli porgo, mi sorride gioviale e mi accompagna alla porta.

Li lascio allacciati, come se volessero dimostrare anche coi corpi una solidarietà che io, d'altronde, non ho affatto messo in dubbio.

Trentotto

Racconto ad Adele Sòfia dell'incontro con Ferdinando Pepi. Le mostro il nastro che lei mi sequestra subito: «Ha visto, a volere rimanere sola cosa ha rischiato?».

«Se avesse voluto farmi del male, era l'occasione giusta, non c'era nessuno e voi lo cercavate altrove.»

«Probabilmente gli serve più da viva che da morta.»

«A cosa gli potrei servire?»

«A dare una buona immagine di sé. Lei non tiene i rapporti fra il pubblico e il crimine?»

«Veramente sto solo preparando un programma per la radio sui crimini contro le donne, rimasti insoluti.»

«Lei in questo momento rappresenta il cosiddetto quarto potere», lo dice ridendo e la macchinetta le scintilla fra le labbra carnose, «un giornalista, agli occhi di un criminale, ha un grosso potere: può renderlo famoso, può farlo apparire meno squallido di quello che è, può addirittura contribuire a trasformarlo in eroe, anche se negativo. I delinquenti occasionali lo temono, il quarto potere, perché hanno tutto da perdere a stare in prima pagina. Un recidivo no, al contrario, non spera altro.»

«Dove crede che sia andato?»

«Pepi? non lo so, ma lo prenderemo. Abbiamo interessato l'Interpol. Abbiamo le sue impronte, i suoi dati, stia certa che lo prenderemo, nonostante le protezioni giornalistiche e radiofoniche di cui dispone...» Sta ancora ridacchiando ma senza cattiveria.

«Che dice di quel nastro di favole?»

«Un tentativo di depistaggio da parte del Pepi.»

«L'ha ascoltato?» insisto.

«Angela Bari era una bambina e faceva sogni di bambina; sperava, con quelle favolette, di entrare, chissà, alla radio e magari pubblicare un libro. Non era molto originale: una dei cinquanta milioni di italiani che vogliono scrivere. Io stessa, quando ho tempo, scrivo...»

Lo butta lì come un paradosso. Ci ride sopra battendosi le mani sulle cosce. Non mi stupirei che scrivesse anche bene: la sua testa, da quanto ho avuto modo di conoscere, è un giardino ben curato, ripulito di tutte le erbacce infestanti, dove vengono coltivati piccoli fiori dalle radici solide e tenaci.

Dopo avere conversato con me, la vedo imboccare la porta del direttore. Non so cosa abbiano tanto da parlarsi quei due, ho l'impressione sgradevole che stiano complottando qualcosa senza dirmelo.

Torno al mio tavolo dove il solito ragnetto chiaro sta tessendo una piccola tela che si distende leggera fra le matite e l'attaccapanni appeso dietro la mia testa. Questa volta il ragno ha osato di più. Lo osservo andare alacremente su e giù, scivolando sulla tela proprio nel momento in cui sgomitola il filo dalla bocca, come un Tarzan sospeso alle liane di una foresta tropicale.

Tirinnanzi viene a portarmi un bicchieretto di caffè. Si siede sulla scrivania; con un gesto rapido straccia la tela mandando a zampe all'aria il povero ragno che ora rotola sul pavimento cercando l'equilibrio perduto.

«Credo che ti vogliano portare via il servizio» mi dice quasi per caso, facendo dondolare un piede.

«Come lo sai?»

«Li ho sentiti che parlavano, il direttore e quella della Questura. Hanno fatto i nomi di due giornalisti famosi.»

«E io?»

«Non dai abbastanza garanzie, Michela. Io, se fossi in te, farei le copie di tutte le voci. E poi, semmai, li ricatti: o la-

187

sciate a me il programma o vado a proporlo ad un'altra radio... le interviste le hai fatte tu e hai dei diritti...»

«Parlerò con Cusumano.»

«Guarda che io non so niente e non ti ho detto niente.»

«Stai tranquillo.»

«Se fai il mio nome hai chiuso.»

«Ma no, mica sono scema, troverò un modo, non mi va che mi portino via il lavoro di due mesi.»

«Uomo avvisato mezzo salvato.»

«Donna avvisata, semmai...»

«Ma non arrenderti, Michela, piantagli una grana, ricattali, fatti valere.»

«Non sono buona a fare ricatti, lo sai, mollo subito, mi sento in colpa, chiedo scusa e intanto quelli mi mangiano.»

«Sei una imbranata, Michela.»

Ancora una volta sento quella parola che mi accomuna ad Angela. Tirinnanzi intanto è sceso dal tavolo e si allontana, facendomi un saluto a dita aperte e con un'aria furbetta che gli arriccia il naso comicamente.

Se parlassi con l'avvocato Merli? Di lui mi fido. Non so perché, visto che lo conosco appena. Ma sono giorni che non lo vedo, chissà che gli è successo.

Chiedo a Lorenza, la segretaria tuttofare, se conosce il numero di casa di Merli. Lei mi strizza l'occhio e sparisce. Torna poco dopo col numero: «L'ho preso dall'agenda di Cusumano, non dirglielo».

Lorenza è grande e grossa, ma si muove come una libellula. Accudisce il direttore come fosse un figlio, ma nello stesso tempo lo giudica con qualche ironia. È sempre pronta ad aiutare chi le chiede un favore. Alla radio fa di tutto, dallo scrivere a macchina, a svuotare i portacenere, dal rispondere al telefono a preparare le bevande. A volte la trovo di mattina che scopa per terra anche se in teoria toccherebbe a una donna a ore che però, spesso, si dà malata. Chiamo l'avvocato Merli. Mi risponde una voce flebile, sfiatata.

«Avvocato, come sta?»

«Ah, è lei, Michela, grazie per avere telefonato.»

«Come sta?»

«Non tanto bene. Sono a letto con la febbre.»

«Che le succede?»

«Una bronchitella da cui non riesco a guarire.»

«Posso venire a trovarla?»

«Ma...» sento il panico dall'altra parte del filo, «sono a letto, sono solo ed è tutto in disordine» dice precipitosamente.

«Non importa. Vuole che le porti qualcosa, che passi in farmacia?»

«No, grazie. Veramente no.» Poi sembra che ci ripensi e con voce un po' chioccia aggiunge: «Se veramente vuole farmi un favore me lo compra un poco di latte?».

«Niente altro?»

«No, grazie, no... Be', se proprio non la disturbo troppo le chiederei di prendermi delle fiale in farmacia...»

«Mi dica il nome delle fiale, la raggiungo fra mezz'ora.»

Trentanove

Una casa del quartiere Prati. Un cortile grande quanto un fazzoletto con delle aiole spelacchiate, tre alte palme dall'aria stenta e impolverata.

«L'avvocato Merli?» chiedo al portiere che se ne sta seduto in panciolle con le maniche arrotolate sugli avambracci pelosi, una sigaretta spenta fra le labbra.

«Veramente sono giorni che non lo vedo.»

«È malato.»

«Quello è sempre malato. Un giorno creperà e non se ne accorgerà nessuno. Quinto piano, interno 25.»

Arrivo trafelata, avendo fatto le scale a piedi. Suono. Mi viene ad aprire lui, tutto imbacuccato dentro una vestaglia di seta dai colori stinti, i capelli bianchi schiacciati contro una guancia, l'aria sparuta e infelice.

Mi sorride con dolcezza. Mi fa entrare. Gli consegno le medicine, il latte e anche un pacco di biscotti. Da come lo apre e si mette a mangiarli, capisco che è digiuno da quando è a casa ammalato.

«Non ha nessuno che si occupi di lei, avvocato?»

«In questo momento, be', veramente no.»

«Torni pure a letto, è ancora molto pallido, io vado a prendere un bicchiere.»

«No, lasci, la prego!» farfuglia, ma vedo che si regge in piedi a stento, e insisto perché torni a stendersi.

Vado in cucina a prendere un bicchiere pulito: ci verso dentro il latte, metto i biscotti in una scodella e gli porto ogni cosa sopra un vassoio ovale.

«Perché non ha telefonato in radio, ci saremmo dati il cambio per venire un poco a curarla.»

«Non volevo scocciare.»

Se ne sta dentro il letto, con il lenzuolo tirato fin sotto il mento, il pigiama di cotone a righe abbottonato sui polsi e sotto la gola magra. Senza la tintura sembra improvvisamente vecchio. Eppure non deve avere più di cinquant'anni. I tratti sono giovanili, in faccia non ha rughe vistose, le mani sono agili e robuste.

«Avvocato, avrei bisogno di parlarle.»

Solleva gli occhi grigi, miti e gentili. Le labbra gli si increspano in un sorriso contento. «Avevo paura che fosse venuta solo per pietà», dice.

«Ha mai sentito parlare di una certa Angela Bari, uccisa a coltellate poco meno di due mesi fa?»

«Sì, l'ho letto sui giornali, ma poi l'hanno trovato l'assassino?»

«No, è per questo che vengo da lei. Angela era mia vicina di casa. Tornando dal mio corso di aggiornamento a Marsiglia ho trovato la sua porta aperta, il pavimento inondato di disinfettante, le sue scarpe stranamente appaiate vicino all'ingresso. La portiera mi ha detto che era stata uccisa a coltellate. Mi sono chiesta cosa sapessi di lei e ho dovuto rispondermi: niente di niente. Per me era una estranea. Mentre lei mi conosceva, per via della radio, e aspirava a fare un lavoro come il mio.

«Contemporaneamente il nostro direttore, Ettore Cusumano, mi ha chiesto di preparare un programma in quaranta puntate sui crimini contro le donne che restano impuniti. Le ricerche sui delitti si sono mescolate alle ricerche sulla morte di Angela Bari.»

Vedo dai suoi occhi che mi segue con affettuosa attenzione, concentrando la mente sui particolari che mano mano gli racconto su Angela, su Carmelina, su Ludovica, su Nando, su Augusta, su Giulio Carlini, insomma tutti i personaggi di questa misteriosa vicenda che tanta parte ha avuto nei miei pensieri negli ultimi due mesi.

Intanto ha mandato giù tutti i biscotti. Gli vado a prendere dell'altro latte. Che lui ingolla d'un fiato porgendomi poi il bicchiere vuoto.

«Vado a comprarle qualcosa di più sostanzioso?» propongo.

«No, la prego, non interrompa il racconto; ormai ci sono dentro.»

Dice "ci sono dentro" con una tale sincera partecipazione che mi viene voglia di abbracciarlo. Com'è che non ci ho pensato prima a parlare con lui? è avvocato, anche se civilista, conosce la legge, è disponibile e mi dà fiducia.

Quando finisco di raccontargli tutta la storia, nella camera da letto si è fatto buio. Non ci siamo preoccupati di accendere la luce e vedo nel quadrato della finestra stagliarsi, frangiata e molle, una delle due palme derelitte che tirano su la testa cercando aria.

«Lei pensa che Pepi sia colpevole?»

«Da quanto mi dice lei, sembrerebbe di no. Ma ci sono tutti gli indizi per una incriminazione. Se è vero, come dice Carmelina, che Angela ogni tanto si prostituiva, se è vero che lui la "proteggeva", se è vero che Angela voleva liberarsi di questa servitù, se è vero che la suocera della portiera l'ha visto pochi giorni prima del delitto e se è vero che lui ha le chiavi di casa Bari, be', direi che è molto probabile che...»

«Nando Pepi dice che Angela non si prostituiva. Non si capisce chi dei due abbia mentito, ma un assassino avrebbe rischiato di essere scoperto per andare a prendere una cassetta di favole?»

«Le favole sono state pensate e raccontate prima del delitto e non c'è un particolare motivo per pensare che debbano avere un significato nella meccanica del delitto. Lei non l'aveva notata, ma Angela aveva notato lei perché era il suo opposto: laboriosa, disciplinata, autonoma, con un lavoro che le piace e che le dà da vivere senza dover usare il suo corpo, e non parlo di prostituzione, a molte donne nel mondo delle immagini viene chiesto di parlare col corpo e con questo viene messa a tacere la loro intelligenza e la loro credibilità razionale. Angela avrebbe voluto imitarla e per imitarla le ha mandato un saggio sulle sue capacità creative e vocali, è commovente, tenero.»

«Ma perché tutte queste favole raccontavano solo del rapporto fra un padre e una figlia, un rapporto distorto, infelice, crudele?»

«Angela Bari ha perduto il padre quando aveva otto anni, me l'ha detto lei... il rapporto è rimasto sospeso e lei cercava con l'immaginazione di riempire un vuoto. La crudeltà sta nella morte precoce e nel taglio violento di un rapporto di affetto ed emulazione.»

«Sono le stesse cose che dice Adele Sòfia.»

«È la logica, Michela.»

Lo asserisce con mansuetudine, portandosi una mano dalle dita aperte a pettine tra i capelli scomposti.

«Sa che i capelli bianchi le stanno bene? ora che ha ripreso un po' di colore, quel bianco le incornicia la faccia, le dà luce.»

«Me li sono sempre tinti, da quando avevo venticinque anni. È stata mia moglie ad insegnarmi come fare. Poi se n'è andata, portandosi via mio figlio e io ho continuato, così, per abitudine, forse per vanità. Come fai a presentarti a quelli che ti hanno visto sempre nero, con i capelli improvvisamente bianchi?»

«È un bel bianco, che fa piacere guardare. E sono tanti, non è peggio perderli i capelli che vederli cambiare colore?»

«Adesso che mi dice così prenderò il coraggio a due mani e verrò alla radio come sono.»

«Insomma, avvocato Merli, cosa mi consiglia di fare?»

«Vada avanti con le sue ricerche. Ma non si perda dietro il caso Bari. Lo consideri uno dei suoi casi insoluti e basta. Probabilmente è destinato a rimanere tale. Fra l'altro, se per un caso dovesse risolverlo, non fosse che per la tenacia e la passione che ci sta mettendo (e io credo che gli enigmi si risolvono per passione, non per mestiere), non potrebbe più utilizzarlo nel suo programma perché non sarà più un delitto impunito.»

Ha un modo pacato e ironico di tirare le fila del ragionamento che mi acquieta. Ai due lati della bocca ben disegnata gli sono rimasti due baffetti di latte che lo rendono ancora più vulnerabile e perso.

«Adesso vado a comprarle della frutta e del pane, non può stare a digiuno, avvocato.»

«Anche volendo non potrebbe comprare niente, Michela, sono le otto passate.»

Fa un gesto comico puntando un dito contro un orologio che non c'è. Batte l'indice, due, tre volte, sul polso nudo e mi sorride furbesco.

«Non vuole che chiami il medico?» insisto.

«No, sto già meglio. La febbre è quasi passata. Devo solo riprendere un poco le forze.»

«Allora passo domattina prima di andare alla radio e le porto da mangiare.»

Lo vedo contentissimo di questo mio progetto mattutino. Deve essere davvero solo se non ha un amico, un parente che gli porti un poco di latte quando sta male.

Quaranta

Non ho avuto il coraggio di portare il registratore dall'avvocato Merli e adesso mi dispiace, le sue parole ragionevoli, affettuose, mi aiuterebbero, oggi che sono perseguitata dai dubbi.

Deve essere stata la telefonata notturna di Marco che mi ha avvelenato i pensieri. Diceva che mi amava ma che non ci saremmo più potuti vedere. «Ma perché?» insistevo e lui, quasi piangendo, mi ha detto che ha "perso la testa". «Ti sei innamorato?» no, insisteva, no, non si era innamorato, aveva solo "perso la testa". E non per una donna, ma in sé e per sé.

Non so neanche se l'ho sognata questa telefonata. Ho visto improvvisamente una collana di teste lucide e ciondolanti. «Così facevano i galli» raccontava il mio professore di storia mentre, seduto sul davanzale della finestra, in blue jeans e camicia rosa, ci enumerava i particolari più raccapriccianti. «E sapete cosa facevano di queste teste? le infilavano con uno spago come fossero perle, le attaccavano al collo dei loro cavalli e così marciavano per le proprie terre. E perché non marcissero, le ungevano in continuazione con olio di cedro. Questo racconta Diodoro Siculo.»

E io, seduta all'ultimo banco, immaginavo di vedere fuori dalle finestre della scuola i cavalli sudati e unti dei galli che apparivano dentro le nebbie mattutine, col loro carico di teste umane.

Se dice di amarmi vuol dire che, sebbene abbia "perso la testa" gliene rimane un'altra, questo mi dicevo nel sonno con in mano quell'oggetto ambiguo e indecifrabile che è il telefono.

Il professore di storia si chiamava Monumento. Un nome strano che ci ripetevamo in continuazione: il professor Monumento ha detto, il professor Monumento ha fatto... Era un uomo che si faceva ascoltare. Ridendo diceva: io sono il vostro monumento. Gli piaceva raccontare i lati oscuri, trascurati della storia, sguazzava nei pettegolezzi dei greci, dei latini e più erano cruenti e più ci si divertiva. Certamente la storia, con lui, non era una materia noiosa.

«Ecate aveva tre teste, una delle teste aveva forma di cane. Ma Giano, quante teste aveva Giano, Canova?» «Due, mi pare.» «Brava, Giano aveva due teste, una per guardare avanti e una per guardare indietro. E chi è che racconta delle teste di Giano?»

Sono imbambolata. Mi aggiro per casa senza sapere che fare. Oggi è il mio giorno di riposo, ma che ore sono? le sei di mattina, ho sonno ma non riesco a dormire; ho fame ma non riesco a mangiare. Mi farò un tè, decido; ma solo l'idea di ripetere i soliti gesti per accendere il fornello mi dà la nausea. E se anch'io fossi provvista di due teste, una per baciare e una per riflettere?

Vado in bagno. Mi guardo allo specchio e vedo una insipida testa spettinata, chissà come ci si sente a "perdere la testa"? soprattutto se se ne possiede una sola.

In fondo potrei fare come le dame cinesi: tenermi la mia camera dal tappeto azzurro, aspettare che i piedi nudi del mio signore vi si posino sopra, seguendo la antica strategia delle distribuzioni degli affetti: una volta alla settimana o una volta al mese?

Mentre me ne sto così imbambolata a guardare nello specchio la mia testa ancora miracolosamente saldata al collo, sento suonare alla porta. E chi può essere a quest'ora? E se fosse di nuovo Nando Pepi? Nonostante tutto, quell'uomo mi fa paura. Mi avvicino alla porta in punta di piedi, metto l'occhio allo spioncino.

Con il capo coperto da uno strano turbante violetto scorgo Ludovica Bari che passeggia su e giù per il pianerottolo fumando una sigaretta. Apro e lei entra come fosse inseguita.

«Che succede?»

«Mi dispiace, è ancora tanto presto ma non so che fare, dove andare.»

Con mano nervosa si strappa il turbante e mi mostra una ferita sanguinante fra i capelli appiccicati.

«Chi è stato?»

«Lui.»

«Lui chi?»

«Lui Mario.»

«Sembrava così affettuoso.»

«Lo è di solito. Ma poi beve e perde la testa.»

«Anche lui?» non posso fare a meno di dire. Lei mi guarda sorpresa e continua:

«Quando si arrabbia mi riempie di lividi. Quelli che ha visto l'altro giorno sulle mie braccia... era stato lui... Stanotte è tornato alle due; gli ho chiesto dove era stato, mi ha risposto: "dormi, deficiente!". Ho capito subito che aveva bevuto, ho gridato che non ne posso più, che voglio andare a vivere da sola e lui si è gettato su di me urlando, mi ha fatto cadere per terra, mi ha dato un calcio, guardi qui». Si solleva la camicia e mi mostra una ecchimosi all'altezza dell'ultima costola. «Io continuavo a dire: me ne vado, questa volta me ne vado davvero e lui ha preso una bottiglia e me l'ha spaccata in testa... ora non sanguina più perché ci ho messo il ghiaccio ma guardi, guardi che ferita!»

«Non doveva venire da me, doveva andare al pronto soccorso.»

«E come? lui ha preso la chiave di casa e l'ha ingoiata. Poi si è buttato sul letto a dormire.»

«E come ha fatto a venire da me?»

«Ho aspettato che si addormentasse, e sono passata dalla finestra del bagno che dà sul pianerottolo della scala di servizio. Ma non ho neanche un soldo per il taxi e la casa più vicina è la sua.»

«Allora, andiamo a fare la denuncia.»

«Se lo sa mi uccide. Ho paura, Michela, ho paura di lui. Posso nascondermi per qualche giorno qui da lei?»

«Prima deve fare la denuncia, all'ospedale in cui si farà medicare.»

«Non posso uscire, e se mi ha seguita?»

«Se l'avesse seguita sarebbe già qui.»

«Ho paura, Michela, ho paura, che faccio?»

«Adesso telefono ad Adele Sòfia, ci penserà lei.»

«No, la prego, non chiami nessuno», mi scongiura tremando. La ferita intanto ha ricominciato a sanguinare.

«Aspetti che le prendo dell'altro ghiaccio e dell'acqua ossigenata, venga in cucina... lo vuole un caffè?»

«Se la polizia scopre che mi picchia penseranno che possa essere l'assassino di Angela. Fra l'altro il suo alibi gliel'ho procurato io, ho mentito per lui; non era con me quella sera, non so dove fosse.»

«Pensa che possa averla ammazzata lui, Angela, e perché?»

«No, credo di no, è vile, non rischierebbe l'ergastolo ma...»

«Mario ed Angela si conoscevano bene?»

«L'ho pensato che si vedessero di nascosto. Lui era molto affascinato da lei. Ma no, no, non è stato lui. È un uomo che tiene troppo alle sue comodità...»

Intanto ho tirato fuori dal congelatore dei cubetti di ghiaccio, li ho avvolti in un tovagliolo e ho premuto il fagotto contro la ferita dopo averla disinfettata con l'acqua ossigenata.

«Allora, un caffè?» Cerco di arginare la sua confusione ragionando semplicemente: «Mario non deve temere niente, non sarà incriminato anche se ha dato un falso alibi, quello che conta è l'esame del sangue, al massimo lo denunciano per maltrattamenti, e non sarebbe male visto come l'ha ridotta. Ma lei deve fare la denuncia».

«Nessuno mi crederà, nessuno... è un ingegnere così stimato» dice meccanicamente, «un ingegnere così stimato», ripete con un effetto decisamente comico.

«Sapesse com'è dolce in certi momenti! affettuoso, tenero, gli piace giocare con i miei capelli... mi fa sedere sulle sue ginocchia e mi dice: "Aspetta che ti faccio le trecce", e va avanti per mezz'ora a intrecciare, strizzare, tirare i capelli. Poi facciamo l'amore e mi ripete in continuazione che mi ama. Gli amici pensano che mi adora; con loro è allegro, disponibile, sempre pronto a ridere e scherzare, poi, quando entra in casa, diventa cupo. Da quando è morta Angela, ha ricominciato a bere. Anni fa si era disintossicato, aveva smesso del tutto, ora viene a letto con la bottiglia, la posa sul comodino e mentre io leggo lui beve. Da principio lo faceva solo per addormentarsi; diceva: non mi viene sonno, non mi viene, e beveva così, dalla bottiglia direttamente. Ad un certo punto cascava addormentato, con la bocca aperta e russava come un leone in gabbia. Se non lo svegliavo io, avrebbe continuato a dormire fino alla sera dopo.»

«E quando ha cominciato a riempirla di lividi?»

«Due mesi fa, proprio quando è morta Angela. È tornato a casa ubriaco fradicio dal funerale, non riusciva neanche a parlare, mi guardava con occhi rabbiosi. "Che hai?" gli ho chiesto e lui: "Vai a beccare altrove, gallina". "Ma che t'ho fatto?" non capivo, credevo che ce l'avesse con me per qualcosa e invece non ce l'aveva con me ma con se stesso, così mi ha detto. Le prime volte mi insultava soltanto, poi una sera che gli ho chiesto: "Se sono una gallina perché stai con me?" mi ha tirato uno schiaffo che mi ha fatto sanguinare il labbro. Il giorno dopo mi ha chiesto scusa, era spaventato. Mi ha curata, sapesse con che tenerezza, ogni cinque minuti diceva: stai meglio? mi hai perdonato? e come facevo a non perdonarlo? andiamo al mare? mi fa e abbiamo passato una giornata bellissima sull'acqua ridendo e scherzando. E sapesse come fa l'amore quando si sente in colpa e vuole farsi perdonare, con che attenzione, che dolcezza, che passione!...

«Una ventina di giorni fa mi ha preso a calci e pugni perché gli ho detto: macché. Non so neanche a che proposito, quel "macché" l'ha offeso a morte, continuava a ripeterlo. Anche quella volta si è scusato tanto. Mi ha detto che lui, quando beve, perde la testa, non è colpa sua, non si rende conto di quello che fa... "ma io ti amo, ti amo tanto" diceva e io gli ho creduto ancora, non potevo non credergli, è sempre stato buono con me.

«Per due settimane è stato calmo, non ha più toccato la bottiglia, lavorava sodo e la notte riusciva anche a dormire senza alcol. Una sera mi ha raccontato di sua madre che quando lui era piccolo faceva finta di essere morta e lui si spaventava tanto che cominciava a tremare. Una volta la madre gli ha detto: quando muoio dammi una piccola botta così mi sveglio, e lui lo ha fatto. Da allora le botte sono diventate sempre più forti e sua madre urlava ma lui non riusciva a smettere... Sarà per questo che mi picchia, perché ha paura che io muoia come sua madre?»

«Può darsi, ma la denuncia va fatta.»

«Ieri sera è tornato tardi, con lo sguardo torvo, ho capito subito che aveva bevuto, ma non immaginavo che mi avrebbe spaccato la bottiglia in testa. Ora ho deciso, me ne vado, non voglio più vederlo. Non so se lo denuncerò, ma non voglio più stare con lui, è finita...»

La convinco a coricarsi. Poi mi infilo le scarpe. Ormai sono le otto passate. Le dico che vado a parlare con Adele Sòfia, che non si preoccupi: le chiederò solo un consiglio e tornerò presto.

Lei mi guarda con gli occhi umidi di pianto, esausta. Fa un cenno di assenso. Si gira di spalle, raggomitolandosi sul letto e si addormenta subito pesantemente.

Quarantuno

«Tutte a lei càpitano», mi dice Adele Sòfia mentre due bollicine le si gonfiano ai lati delle labbra.

«Non sarebbe il caso di fargli l'esame del sangue?»

«Sì, dobbiamo farlo. D'altronde eravamo in procinto di fare proprio questo: un esame del sangue a tutti coloro che sono implicati in questa storia, ma stiamo aspettando il permesso del giudice istruttore Boni e poi ci sono gli avvocati che fanno storie, non è una cosa facile!»

«A vederlo sembra un tipo sensibile, affettuoso. Gli ho pure fatto una intervista. Non avevo capito niente.»

«L'abito non fa il monaco... perché non è venuta Ludovica a fare la denuncia? doveva portarla.»

«Non vuole fare la denuncia.»

«Come al solito: si fanno picchiare e poi li proteggono, li scagionano, li aiutano.»

«Lui di solito è affettuoso... ogni volta che la picchia le chiede perdono.»

«È un classico. Sa quante ne ho conosciute che fanno co-sì... Lei doveva cacciarla invece di darle ospitalità, Michela, vuole infognarsi in questa storia più di quanto lo sia già? La mandi qui da noi, le trovo io un posto dalle suore qui vicino dove lui non potrà raggiungerla; sono molto gentili, non le chiederanno niente. Oppure la mandiamo da sua madre a Fiesole, ma non la tenga con sé.»

«Per ora sta dormendo nel mio letto.»

«Doveva mandarla subito via.»

«Era ferita e coperta di lividi.»

«Ancora di più. Doveva portarla al pronto soccorso. Per qualsiasi denuncia ci vuole il referto dell'ospedale. D'altronde la denuncia scatta automaticamente.»

«Gliel'ho detto. La ferita comunque è lì, non guarirà tanto presto. I lividi sono visibilissimi.»

«Ora lei torni a casa e la convinca. Poi arrivo io con la macchina e la portiamo al pronto soccorso.»

«Va bene.»

Così me ne torno a casa in fretta. Ma trovo la porta aperta e capisco subito che Ludovica se n'è andata. Infatti non c'è, né dentro il letto né in giro per casa. È andata via senza lasciare né un biglietto, né niente.

Torno fuori, mi incammino verso il Tevere. In via Titta Scarpetta incontro la gattara con i suoi gatti. «Pasta al sugo oggi?»

«Me la dà il ristorante in cambio di un'ora di lavaggio dei piatti la sera.»

La guardo interdetta: l'eroismo a volte diventa una caricatura del sublime.

«Vuole che il papa la faccia santa?»

Lei ride, mi saluta con la mano sporca di pomodoro mentre dei gattini minuscoli le si arrampicano sulle gambe stirando i colli spelacchiati.

La giornata è calda, l'asfalto in certi punti è molle e le scarpe vi lasciano sopra l'impronta, come fosse ceralacca, le automobili scintillano sotto il sole estivo. Cammino in fretta per raggiungere il lungotevere dove i platani si chinano misericordiosi a coprire i rari passanti.

Passo davanti ad una cabina del telefono. Mi fermo, torno indietro, entro, e chiamo Adele Sòfia.

«Li abbiamo tutti e due qui» mi dice raggiante.

«L'ho immaginato.»

«Siamo arrivati e stavano facendo l'amore. Ho detto che il magistrato aveva disposto un prelievo di sangue, finalizzato al Dna, con l'accordo degli avvocati e sono venuti docili docili al gabinetto di analisi, ora il medico si sta occupando di loro. Non l'ho tradita, stia tranquilla, d'altronde sembravano felici e contenti, li mandiamo a casa fra mezz'ora. Ho già provveduto a mettere sotto osservazione il Torres, lo sorveglieremo: più di tanto non posso fare... Eppure, mi sbaglierò, ma a me sembra una persona molto a modo, gentilissima e collaborativa... è sicura che Ludovica non si sia inventata tutto?»

«E si sarebbe ferita da sola?»

«Non sarebbe la prima volta, ci sono donne capaci di tutto.»

«Parla come se non fosse una donna, lei.»

«Le donne come categoria storica, dico. Tale è l'abitudine alla autodenigrazione che... ricordo una ragazza che si stringeva il collo con la cintura e quando aveva un bel segno nero incolpava la madre di averla voluta strangolare... Io poi sono diffidente di fronte ai melodrammi domestici... tra l'altro la sua Ludovica mi sembra molto agitata, molto su di giri.»

«Avrebbe delle buone ragioni, no?»

«Lui, quel Torres, mi sembra innamorato. Non la lasciava mai con gli occhi, era preoccupatissimo che la trattassimo bene. Noi dovevamo solo fare un prelievo, ma già che c'era il medico, le ho fatto suturare la ferita: cinque punti.»

«Le ha chiesto come se l'è fatta quella ferita?»

«La prima cosa, certo. Mi ha risposto che ha sbattuto contro lo spigolo dello sportello dell'armadio. Potrebbe anche essere vera questa versione, che ne dice? Ha l'aria di una persona che per attirare l'attenzione su di sé può inventarsi qualsiasi cosa... è un po' disturbata, non le pare? lui mi sembra invece tranquillo, razionale. Lei è una persona infantile, come del resto era Angela Bari, a detta di tutti... forse le due sorelle si assomigliano più di quanto sappiamo o più di quanto Ludovica voglia fare credere.»

Mentre mi allontano mi accorgo che nel trambusto ho completamente dimenticato l'avvocato Merli a cui avevo promesso che sarei andata a trovarlo stamattina. Faccio il suo numero. Mi risponde una voce flebile, opaca. «L'aspettavo» dice. Lo so. Gli spiego cosa è successo. Mi ascolta con attenzione benevola, non è un tipo da fare rimproveri, ma tossisce penosamente in modo da suscitare il mio senso di colpa.

«Cosa ne dice, avvocato? Adele Sòfia è convinta che Ludovica non dica la verità, pensa che sia disturbata.»

«Se si è precipitata da lei in piena notte con la testa rotta dicendo di volere lasciare per sempre il suo uomo per poi tornarci a fare l'amore più tardi, vuol dire che tanto equilibrata non è... però non credo che uno si faccia da solo una ferita da cinque punti per attirare l'attenzione... Un graffio, un livido ancora, ma una ferita così... E poi lui non è stato già arrestato per rissa... è conosciuto come un tipo manesco, no?»

«Adele Sòfia è stata bene impressionata dal Torres, che si presenta come una persona cordiale e razionale. Ma se la ferita di Ludovica è vera, come io credo, lui soffre di doppiezze strabilianti. Uno così non sarebbe capace di ammazzare?»

«Lei corre troppo, Michela. Bisogna vedere se ci sono i motivi. Non si uccide senza motivi.»

«Mettiamo che abbia avuto una relazione segreta con Angela mentre stava con Ludovica e che lei lo abbia forzato a scegliere fra sé e la sorella e lui, per non sapere decidere...» mi accorgo che sto raccontando la storia di Marco.

«Come movente è debole, Michela.»

«Comunque, Adele Sòfia gli ha fatto prelevare il sangue, presente l'avvocato che per fortuna era consenziente. Se è lui, lo sapremo presto.»

«Anche se non basterà... la prova ematica è considerata solo una discriminante in questi casi.»

«Più vado avanti e più la storia mi sembra complicata.»

«Non viene a trovarmi, Michela?»

«Sì, vengo, cosa vuole che le porti?»

«Niente, niente... Se però non la disturba troppo, le chiederei del latte fresco e magari un vasetto di yogurt e dei biscotti, anche due soli, quelli dell'altra volta erano così buoni...»

È solo ed ha bisogno di compagnia, mi dico, pronta ad accorrere. Nello stesso tempo sento che stiamo scivolando nella recita più comune: lui in quella del malato abbandonato e infelice e io in quella della crocerossina entusiasta, una parte che mi piace poco. Glielo dico: lui ride, imbarazzato.

E se non andassi affatto? si sta così bene appoggiati al muretto del lungotevere, sotto i platani fioriti, gli occhi sull'acqua torbida del fiume che oggi è di un inverosimile colore smeraldo impolverato. Potrei passeggiare ancora un poco, poi prendere il tram e andare a vedere la mostra di Tamara De Lempicka all'Accademia francese. Ma so già che andrò da lui, con il latte, i biscotti, lo yogurt, i giornali, dei fiori freschi e delle uova di giornata.

Quarantadue

Abbiamo giocato a scopa seduti sul letto, l'avvocato Merli ed io. Infagottato in un pigiama liso, i luminosi capelli bianchi che gli fanno corona sulla fronte liscia, protendeva le lunghe mani ad afferrare le carte, le portava al naso come per annusarle, le scartava, le mescolava, le distribuiva con una attenzione ingorda, tutta infantile.

«Mi sono sempre piaciute le carte», dice, «per quel tanto di godimento matematico che comunicano: i numeri che diventano azzardo, sfida, e le piccole sottrazioni del pensiero che si impunta, torna indietro, fa girare la ruota della sorte. E poi, quei doppi re, quelle doppie regine, occhiute e misteriose presenze che vivono solo dal petto in su. Cosa c'è di più seducente di una regina di picche? non per niente Puškin ne ha fatto il centro di un suo bellissimo racconto.

«Una mia compagna di scuola» continua a raccontare «la chiamavano la regina di cuori, non perché fosse libertina ma perché era larga e ben piantata e portava i capelli corti tagliati a caschetto. Dal petto in giù era un fagotto, ma quel petto che sembrava scolpito in un solo pezzo di legno, sempre coperto da camicette aderenti, coloratissime, faceva davvero pensare alla regina di cuori.»

Dopo avere giocato e vinto, l'avvocato Merli mi ha chiesto di parlargli di Angela Bari. Ho cercato di ricordare come mi era apparsa prima di sentire il parere dei vari testimoni della sua vita. Ma ho dovuto ammettere che la sua immagine si sta sfaldando nella memoria, nonostante io sia così caparbiamente aggrappata alle sue vicende. Non sono neanche più sicura di averla mai incontrata: non ricordo la sua faccia né la sua voce, eppure è lì nei miei pensieri, quasi un doppio di me stessa.

«Era veramente così bella da sconvolgere l'integrità chimica di un cervello maschile?» chiede l'avvocato Merli guardando ironicamente di sotto in su.

«Era bella, sì, ma ognuno le attribuiva qualità diverse: Giulio Carlini la trovava una bellezza fragile, che chiedeva protezione. Per Mario Torres non era affatto bella, ma la bellezza faceva parte del suo carattere. La sorella Ludovica parla di una bellezza esposta, quasi desiderosa di rovinarsi.»

«Ma lei, quando la incontrava in ascensore, come la vedeva?»

«Molto luminosa e leggera, come se dovesse spiccare il volo da un momento all'altro. Non è che mancasse di solidità, sapeva poggiare bene i piedi per terra, aveva una camminata elastica e decisa, ma proprio come certi uccelli che, quando camminano o nuotano sembrano goffi, sempre in procinto di aprire le ali per togliersi dagli impacci terrestri, così lei sembrava stare a disagio nelle scarpe.»

«Non a caso si chiamava Angela... e che tipo di bambina era?»

«Da quanto dice Ludovica è stata una bambina delicata, goffa, "imbranata", questa è la parola che ha usato lei. Una che arrivava sempre in ritardo a scuola, che studiava senza imparare, una che i professori trattavano con insofferenza e i compagni con scherno.»

«Mentre lei, Ludovica...»

«Mentre lei prendeva buoni voti, veniva eletta capoclasse, promossa col massimo dei voti.»

«E Angela la odiava per questo?»

«No, affatto, a sentire Ludovica Angela era incapace di invidia, anzi, adorava la sorella più grande, anche se da ultimo la sfuggiva.»

«E la madre?»

«La madre era molto occupata a tenere a bada i tanti corteggiatori. Ludovica la ricorda con qualche rancore. Mentre rievoca con nostalgia il padre che è morto giovane, quando lei aveva dodici anni. La madre si è risposata, dopo solo sei mesi dalla morte di lui. E il secondo marito, Glauco Elia, sembra che abbia fatto di tutto per conquistare le due figliastre, ma senza molto successo. Appena ha potuto, Ludovica si è sposata con un uomo più anziano di lei che poi è morto in un incidente di macchina. In seguito ha trovato questo Mario Torres, un ingegnere dal bell'aspetto e dai modi gentili che, però, quando beve diventa manesco.

«Tutto questo è smentito dalla signora Augusta Elia, la quale sostiene che Ludovica non si è mai sposata, che Angela si è divisa dal marito perché la sorella si era messa ad amoreggiare con lui, e che non è stata Angela ad abortire ma Ludovica, con la conseguenza di un periodo di clinica psichiatrica, tutto rovesciato insomma e non si capisce chi dica la verità.»

«E il padre?»

«So poco del padre, sembra che fosse un uomo affettuoso ma severo. Era medico ma non ha saputo curare se stesso. Il patrigno, Glauco Elia, è rimasto quindici anni con Augusta e le figlie, e poi si è risposato con una ragazza di trent'anni più giovane da cui ha avuto recentemente una bambina che ha chiamato Augusta.»

«Ci ha mai parlato con questo patrigno?»

«No.»

«Gli parli, potrebbe ricavare qualche notizia in più su Angela e Ludovica.»

«Sono contenta che sia d'accordo con me. Adele Sòfia dice che è inutile, che è fuori dalla vita delle due sorelle da anni, e poi ha un alibi molto solido: le carte dell'ospedale confermano la data della nascita della figlia, il 24 giugno, e la testimonianza di due infermiere che l'hanno visto assistere al parto.

«Mi chiedo perché Ludovica le ha parlato di Nando prima che lei scoprisse chi era. Secondo lei lo conosceva?»

«Non credo. Ne aveva sentito parlare da Angela ed era

curiosa, tutto qui. Poi si sono conosciuti, grazie alla faccia tosta di Nando Pepi che andava in casa della gente con grande disinvoltura, chiedendo di Angela. L'ha fatto anche con la madre: è andato a Fiesole e l'ha conquistata parlandole di gabbiani. Chi lo incontra ne rimane incantato. Forse per quell'aria da studente fuori corso, quegli occhi attenti, una certa timidezza di fondo...»

«Ma perché Nando Pepi si interessava tanto ad Angela? Non potrebbe essere che voleva prenderla sotto la sua protezione per farne una prostituta di lusso?»

«E se ne fosse stato solo innamorato?»

«Le sembra un tipo che si innamora uno che è abituato a mandare le donne in strada a prostituirsi: ne tiene una qui e una lì, da ultimo per giunta una drogata...»

«A sentire Sabrina-Carmelina era un uomo strano, molto generoso, tutto quello che guadagnava lo spendeva per le sue protette e poco per sé, era gentile, per niente esoso, mai violento e portato, questo sì, ad innamorarsi.»

«Sarebbe proprio una eccezione fra i lenoni... un tipo così... mi sembra più il frutto delle fantasie di Sabrina che un ritratto dal vero.»

«Che sia un uomo strano però è vero, l'ho notato anch'io. Lì per lì fa paura, ma se lo guardi una seconda volta ti dà l'impressione di una persona timida e frustrata che fa molto teatro e se la ride.»

«Una persona timida e che fa teatro non sfrutta le donne.»

«E perché no?»

«Il fatto che avesse le chiavi di Angela non le dice niente?»

«Mi dice che Angela aveva fiducia in lui.»

«Poteva avergliele sottratte con la forza o il ricatto... Comunque è un grave indizio a suo carico. Secondo me, se non si era ancora piegata, Angela stava per farlo. Ma sarà vero che la madre le dava cinque milioni al mese?»

«Questo dice la signora Augusta. E pare che abbia mostrato la matrice di alcuni assegni ad Adele Sòfia. Ma Ludovica sostiene che erano regali sporadici, non certo dei mensili regolari e sicuri.»

«Angela lavorava?»

«Faceva l'attrice in piccole parti, ma senza continuità. Non credo che guadagnasse con la sua professione tanto da mantenersi.»

«Se aveva bisogno di soldi e lui le stava dietro, probabilmente pensava di acconsentire a lavorare per lui, sotto la sua protezione. Forse però poi ha cercato di sottrarsi e lui ha voluto darle una lezione esemplare. Spesso fanno così, i protettori; non possono permettere alle loro protette di sottrarsi ai loro doveri sessuali, pena la perdita degli incassi. Sarà entrato da lei, avranno magari fatto l'amore, poi avranno discusso, lei gli avrà detto che non ci stava, lui l'avrà minacciata, e di fronte a qualche insulto di lei avrà preso il coltello... mi sembra la versione più probabile.»

«È quello che pensano sia Adele Sòfia che il giudice istruttore Ettore Boni. Ma non è strano un assassino che entra di notte nella casa dove ha ucciso una donna che non riusciva a controllare, per prendere un nastro con delle favole da consegnare a me?»

«Perché il Pepi ci teneva tanto a quel nastro, secondo lei?»

«Non lo so. Forse solo perché sapeva che Angela ci teneva. E questo mi fa pensare che veramente l'amasse.»

«Una delicatezza d'animo un po' strana per un lenone, no?»

«Voleva entrare anche lei nel grande mondo delle voci.»

«Come sono queste favole?»

«Non brutte, molto crudeli, raccontate con una certa finezza.»

«Insisto che un protettore non ha di queste gentilezze. Secondo me, lui voleva farsi bello con lei, Michela.»

«E per quale ragione?»

«Per guadagnarla alla sua causa. D'altronde, ci è riuscito perfettamente.»

«Non crede, avvocato, che esistano contraddizioni anche nel più ignobile degli uomini?»

«Più che contraddizioni le chiamerei ipocrisie.»

«In questa storia nessuno dice la verità... è difficile capirci qualcosa...»

«Fossi in lei andrei a parlare con questo scultore Elia. Può darsi che le chiarisca qualche particolare, in fondo ci ha vissuto quindici anni con le due sorelle Bari e la loro madre...»

Quando sono andata via dalla casa dell'avvocato Merli era passata la mezzanotte. Ho attraversato l'angusto cortile dalle palme impolverate ed eternamente in cerca d'aria, ho guidato la mia Cinquecento color ciliegia per le strade di una Roma semideserta e ventosa con i finestrini spalancati.

A casa ho trovato una telefonata di Marco che ripeteva: «Dove sei? ti amo, Michela, ricordalo». Che pensare? sarà la prima o la seconda testa a parlare? ancora una volta non ha lasciato il numero di telefono, perciò non potrò chiamarlo; dovrò aspettare che lo faccia lui. Intanto riascolto il nastro con la voce lontana, ma per una volta chiarissima e ben tornita che ripete: «Dove sei? ti amo, Michela, ricordalo». «Ti amo, Michela, ricordalo.»

In tutta la sera ho bevuto solo un bicchiere di latte. Ora ho fame. Apro il frigorifero ma è vuoto: mi sono dimenticata di fare la spesa. Non mi rimane che andare a letto con lo stomaco vuoto mandando giù un bicchiere d'acqua in cui faccio cascare dieci gocce di valeriana.

Quarantatré

Ho in mano un foglietto con le indicazioni, ma mi sono persa: «Autostrada fino a Velletri. Alla stazione, a destra. Al primo semaforo, via Rondanini, fino a incrocio via Roma; al distributore Agip voltare a sinistra: stradina non asfaltata, fare cinque chilometri, voltare a destra e poi dritto».

«È un poco complicato, ma finirà per trovarmi, semmai chieda.» La voce fluida, carezzevole di Glauco Elia mi è rimasta negli orecchi. A questo punto dovrei chiedere, come suggerisce lui, ma a chi? la strada è deserta, percorsa solo da qualche macchina frettolosa.

Con una mano tengo il foglietto, con l'altra stringo il volante, ma sulla strada le indicazioni non coincidono. Ripenso alla voce che mi ha risposto al telefono: disponibile, ricercata, chiara e pulita, quasi radiofonica; una voce di persona colta, tollerante e ironica, con qualche piccola spina di dileggio.

Torno alla stazione e riprendo dall'inizio la strada: finalmente scopro il distributore la cui insegna è nascosta dai rami di un eucalipto gigante. Il cane a sei zampe sembra venirmi incontro dalla profondità di una foresta, e qualcuno l'ha usata per il tiro a segno: è crivellata di colpi. Mi fermo per chiedere informazioni, ma il gabbiotto è chiuso, la pensilina pencola da una parte, scalcinata, e le colonnine di benzina sono rotte e divelte. Torno indietro per controllare il nome della strada ma non trovo scritte di nessun genere.

Mi guardo intorno sperando di vedere qualcuno a cui chiedere, ma non passa un'anima. In mezzo alla strada scorgo una tartaruga ferita che arranca lasciando dietro di sé una scia di sangue. Mi fermo, scendo, la guardo da vicino; sembra essere stata colpita da un martello: le mancano dei pezzi di corazza e sanguina da un fianco. Un nugolo di mosche la segue da vicino, alcune stanno incollate alla ferita con tale ingordigia che neanche quando la prendo in mano accennano a volare via.

La sollevo. Vedo che muove le zampe e, dopo un poco, prova anche ad affacciare la testina rugosa. La pulisco con delle foglie, apro un vecchio giornale e la appoggio sul sedile posteriore dopo avere cacciato tutte le mosche.

Riprendo la ricerca della casa di Glauco Elia. Riparto dal distributore, leggendo bene le istruzioni: voltare a sinistra, ma dove? finora ho incontrato tre strade sterrate che partono dalla via principale, ma sembrano perdersi nei campi. Torno indietro, ne imbocco una che, con giri serpentini, mi riporta al punto di partenza.

Vicino al distributore, nascosta fra i rami, intravvedo una cabina del telefono. Mi avvicino dubbiosa: se il distributore è in disuso, chissà in che stato sarà la cabina! Scosto dei rami, entro: è miracolosamente funzionante. Faccio il numero di casa Elia. Mi risponde la voce amabile che già conosco: «Lo so che è difficile, mi dispiace, è un labirinto in effetti, ma con un poco di pazienza mi troverà».

Rimonto in macchina, riprendo la strada. «Quando vede la pubblicità di un ristorante che si chiama Avello, rallenti, a dieci metri troverà un grosso acero e subito dopo una straducola di terra fra due cespugli di ricino. La prenda e faccia un chilometro e mezzo, alla fine troverà un cancello bianco: io sono lì.»

Non ho il coraggio di chiedere com'è fatto un acero, non sono sicura di distinguerlo da un faggio o da un tiglio. Vado avanti lentamente scrutando gli alberi ad uno ad uno. E finalmente credo di avere capito: l'acero ha la foglia stellata, di un verde molto tenero. In rosso, la si trova nel centro della bandiera canadese.

Prendo un viottolo polveroso nascosto dai ricini; faccio

un chilometro fra due pareti di rovi che protendono i loro rami spinosi a graffiarmi la macchina. È decisamente una bella giornata: dai finestrini aperti entrano folate di un'aria calda che sa di erba tagliata, di ginestre, di escrementi di vacca e di fiori di cavolo.

Con la coda dell'occhio colgo un pezzo di legno bianco semisepolto dai rovi. Mi fermo, torno indietro: è proprio un cancello. Lo spingo, tanto da fare passare la mia Cinquecento che, da color ciliegia matura, è diventata di uno strano grigio striato di rosa e mi inerpico su per la salita costeggiata da cipressi nani. Di lontano finalmente distinguo la casa: un solido edificio del secolo scorso con qualche ornamento che pretende di alleggerirlo: dei finti merli su una finta torre, delle finestre ad ogiva con due colonnine corinzie ai lati.

Arrivo sul piazzale della casa in una nuvola di polvere. Fermo la macchina sotto i rami di un altro acero. Scendo e mi avvio verso la casa che sembra disabitata. Ma non aveva detto che sarebbe stato al cancello? le persiane sono chiuse, la porta sprangata; che abbia sbagliato casa? intorno c'è un grande silenzio.

Mentre sto lì senza sapere che fare, scorgo un uomo che sguscia fuori da una porticina laterale che non avevo notato e mi viene incontro tendendo la mano. È alto, asciutto, con qualcosa di sofferente che lo fa ripiegare un poco su se stesso. La fronte stempiata, abbronzata, gli occhi azzurri chiari e brillanti, un sorriso ancora fresco e seducente. Indossa dei pantalonacci da campagna sformati ma non privi di eleganza, e delle scarpe da tennis bianche, bucate.

«Ha faticato molto a trovarmi, mi dispiace, venga, venga dentro a prendere qualcosa di fresco, un tè alla menta?»

Prendo dalla macchina il Nagra e gli vado dietro. Lui spinge la rete nera incorniciata da un telaio di legno che fa da porta e mi precede per un lungo corridoio buio. Dopo una svolta a gomito ci troviamo improvvisamente in una veranda spaziosa e grondante luce che dà sulla valle.

Il pavimento di mattonelle antiche, napoletane, è disseminato di vasi di limoni, sedie di vimini e cuscini indiani.

«È bellissimo questo posto» dico abbacinata da quella inaspettata vista aperta a ventaglio, in cui le colline digradano dolcemente verso la valle azzurrata. La casa è abbarbicata a delle rocce grigie che interrompono la collina come una terrazza naturale.

«Mi piace vedere intorno a me solo campi e pascoli. Niente case, niente strade. Ho dovuto girare parecchio per trovare un posto come questo, non è stato facile... voglio potere alzare gli occhi e vedere solo verde, non ho bisogno di boschi speciali, di laghi, di luoghi ameni, ma solo di campi e prati...»

«Le dispiace se registro la nostra conversazione? lei sa che sto facendo un programma per radio Italia Viva sui crimini contro le donne rimasti impuniti e questo, di Angela Bari, sembra proprio destinato a rimanere un delitto senza colpevoli.»

«Faccia pure, le macchine mi mettono un poco a disagio, ma farò del mio meglio.»

«Se mi chiederà di spegnerlo, lo farò.»

«Non sarà mica in diretta?»

«No, è un programma ancora tutto da fare. Per ora sto solo raccogliendo il materiale: le voci dei personaggi di questa storia.»

«E io sarei uno dei personaggi in questione? interessante.»

«Be', lei è stato sposato per quindici anni con la madre di Angela, so che era affezionato ad Angela...»

«Sì, immagino che, anche senza volerlo, siamo dentro le storie di coloro che abbiamo amato... sono cose lontanissime da me. Lei saprà che mi sono risposato, non ho più rivisto né Angela né sua sorella da anni e ho appena avuto una bambina.»

«Mi può dire come era Angela da piccola? ho delle informazioni contraddittorie.»

«Era una bambina difficile, molto difficile.»

«Perché?»

«Perché era inquieta, sempre scontenta, sempre all'erta, provocatoria e aggressiva.»

«Strano, tutti mi dicono che era una bambina mite e timida.»

«Timida forse sì, ma troppo intelligente e volitiva per essere mite. Vado a prendere il tè?»

Un rondone esce di corsa da sotto la tettoia e punta verso il cielo del pomeriggio riempiendo l'aria di stridi. Gli risponde una cornacchia dalla voce grave, sonora.

Mi ricordo della tartaruga ferita lasciata in macchina. Mentre l'uomo torna con due bicchieri di tè, gli chiedo se posso lavare la bestiola. Lui mi guarda un momento, stupito, poi mi accompagna alla macchina e quindi alla vasca di marmo vicino alle serre. Pulisco la povera tartaruga che ancora sanguina, cercando di liberarla dalla terra. «Se vuole una scatola di cartone, gliela prendo» dice. Lo ringrazio. Copro il fondo della scatola che mi porta con foglie di vite. Ci adagio sopra la tartaruga e la lascio all'ombra. Restiamo a guardarla in silenzio finché lei, rassicurata, tira fuori la testina rugosa e si guarda intorno con gli occhi tondi e lucidi. Lentamente, con mosse precise e metodiche, raduna tutte le foglie che le ho messo intorno e se ne fa un tetto sotto cui si nasconde per dormire.

Torniamo sulla bellissima terrazza, prendiamo posto su due comode poltroncine di vimini.

«Sua moglie non c'è?»

«È andata dalla madre per qualche giorno, in Brianza.»

«Con la bambina?»

«Sì, Augusta. È nata proprio il giorno che è morta Angela; una coincidenza quasi miracolosa; una donna se ne va, un'altra viene al mondo. Non mi stupirei che si assomigliassero.»

«Quando l'ha vista, Angela, l'ultima volta?»

«Oh, io non la vedevo da anni, non saprei quanti...»

«Eppure la portiera di via Santa Cecilia mi ha detto di averla vista nel mese di maggio», butto lì con disinvoltura sperando che non si secchi. Ma lui non si scompone.

«Devo avere un sosia perché altri mi hanno detto di avermi visto in quei giorni. Ma sa dove? a Napoli, pensi un po'.

Eppure io ero qui, occupato in una impresa importante come quella di diventare padre.»

«Dove ha partorito sua moglie?»

«All'ospedale di Sant'Anselmo.»

«E lei ha seguito il parto, mi hanno detto.»

«Certo, io credo che un padre, oggi, debba nascere con sua figlia, condividendo i dolori della madre. Angela purtroppo non l'ho vista nascere, ma era come fosse mia figlia.»

«E perché non è andato al suo funerale?»

«Detesto i funerali, non sono andato nemmeno a quello di mia madre, non voglio essere coinvolto in riti funebri, mi disgustano i fiori, i ceri, la musica... preferisco tenere negli occhi l'immagine di una persona viva che passeggia, parla, ride...»

«Ludovica dice che Angela aveva paura di lei.»

«Ludovica non è una persona molto credibile, forse avrà avuto modo di notarlo... Da quando ha abortito soffre di depressione, è stata anche ricoverata in clinica, le hanno fatto degli elettrochoc, una decina mi pare... da allora non è più una persona normale.»

«Veramente, Ludovica mi ha detto che è stata Angela ad abortire, dopo l'abbandono del marito che doveva partire con lei per l'America e poi è partito da solo.»

«Davvero le ha detto questo? È sorprendente. Vuole sapere la verità? Il marito di Angela è andato via per la semplice ragione che Angela l'ha cacciato, dopo avere scoperto che faceva l'amore con la sorella... E non erano passati nemmeno due mesi dal matrimonio... È una cara ragazza, Ludovica, intendiamoci, anche intelligente e generosa, ma poco credibile; la realtà l'aggiusta a modo suo, non sa nemmeno cosa sia la verità.»

«Quindi Angela non è stata in clinica, non ha avuto elettrochoc, non ha sofferto di depressioni?»

«No, Angela è sempre stata benissimo. Era una persona solare, autonoma, qualche volta capricciosa, voleva la luna e il sole insieme; era veramente figlia di sua madre. Meno bella, questo sì, ma tenace, testarda, intelligente come Augusta, con la stessa incredibile capacità di adeguarsi alle situazioni difficili.»

«Le risulta che Angela qualche volta si prostituisse?»

«Non ne so niente. Come le ho detto, non la vedevo da anni. Qualche volta ho incontrato Augusta, passando per Firenze; è sempre stata molto signora con me, non mi ha mai rimproverato niente e io le voglio bene. Augusta mi ha sempre detto che Angela faceva l'attrice, senza grande successo ma abbastanza da guadagnare qualcosa oltre il denaro che lei le dava.»

«La signora Augusta mi ha detto che le dava cinque milioni al mese, ma Ludovica lo nega.»

«Angela si è mangiata tutta l'eredità del padre... senza pensarci un minuto. Augusta è molto generosa, l'ha sempre aiutata; non so quanto le desse al mese ma certo non la lasciava senza soldi.»

«Ha mai sentito parlare di Carmelina Di Giovanni, che si faceva chiamare Sabrina?»

«No, chi è?»

«Una che si prostituiva. E un giorno ha detto pubblicamente alla radio che anche Angela, ogni tanto, si prostituiva.»

«Non lo so. Mi pare improbabile, dato il carattere di Angela, però è anche vero che sua madre si diceva preoccupata per certe libertà eccessive, certi comportamenti disinvolti, secondo me più provocatori che altro, di Angela.»

«È vero che c'è stato un periodo, fra gli otto e i tredici anni di Angela, in cui eravate inseparabili? me l'ha detto la sua ex moglie.»

«È vero, ci volevamo molto bene, e andavamo insieme dappertutto: al mare, in montagna, sui fiumi. Era una ragazza che bruciava dalla voglia di vivere, piena di energia e di spirito di avventura. Mi confidava i suoi amori adolescenziali, sa, si innamorava in continuazione di ragazzotti dall'aria volgare. Io le facevo la predica, ma lei se ne infischiava, era provocatoria e indipendente, non dava retta a nessuno.»

«Quando Angela ha compiuto tredici anni è successo

qualcosa fra di voi, mi ha detto la signora Augusta, e da allora non siete più andati in gita insieme.»

«Non è successo niente; semplicemente lei è cresciuta. Ha preferito la compagnia dei suoi coetanei. E il vecchio patrigno confidente ha dovuto mettersi da parte, normale, no?»

«Dopo la separazione da Augusta, non ha più rivisto Angela? ma le ha parlato per telefono?»

«No, niente, non la vedevo e non la sentivo. Lei non amava mia moglie, Emilia, ed Emilia non amava lei.»

«Sa che Angela scriveva delle favole?»

«No, che tipo di favole?»

«Favole che raccontano, ossessivamente, storie di padri che vogliono mangiarsi le figlie.»

«So che è stata molto scossa dalla morte del padre quando aveva otto anni. Ha lasciato un vuoto, quell'uomo, credo incolmabile, nelle due sorelle. Era, pare, un padre molto affettuoso anche se forse qualche volta dispotico... anche Augusta me lo diceva: che un uomo come quello era introvabile.»

La sua voce suona sincera e franca. Se mente è un simulatore talmente perfetto da scambiare lui stesso la menzogna per la verità.

«Sua moglie ha trent'anni meno di lei, vero?»

«Be', no, ventisette.»

«Quindi è come una figlia per lei.»

«Sì, una moglie bambina... ha mai letto *Rien va* di Landolfi, in cui si parla appunto della "moglie bambina"? quest'uomo solitario innamorato delle carte da gioco... sa che era andato ad abitare a San Remo per stare vicino al Casinò? Perdeva regolarmente, s'intende, come il suo idolo Dostoevskij. Lo traduceva, lo studiava, lo amava, tanto da volere essere lui... Non le è mai successo? a me sì: prenda Bach per esempio, la *Ciaccona*... io una volta suonavo un poco il violino; ecco, darei dieci anni della mia vita per sapere suonare la *Ciaccona* come l'ha scritta Bach, con quelle linee geometriche perfette, quelle ripetizioni sublimi, quel lindore diabolico, da fare perdere la testa.»

Anche lui vuole perdere la testa! Altri cavalli mi vengono incontro al galoppo, dal fondovalle, con il loro carico di teste umane unte di olio di cedro.

«Quindi lei ha una moglie bambina che a sua volta ha messo al mondo un'altra bambina.»

«Proprio così... io, si vede, sono destinato a vivere in mezzo alle donne. Ma ne sono contento; mi hanno insegnato tanto... mia moglie, per esempio, se lei la vedesse... è un esserino che non le daresti un soldo e invece ha una forza interiore insospettabile... è una bambina-mamma, molto più matura di me per certi versi... e quell'altra mia figlia, promette anche lei bene... sono molto contento del mio piccolo gineceo.»

Sorride compiaciuto, con sincera felicità. La sua voce ha preso un andamento musicale, me ne accorgo solo ora, come se cantasse, una melodia interna che solo i grandi seduttori sanno produrre a volontà.

Gli occhi grandi, cilestrini, spiccano sulla faccia abbronzata. E quando sorride, ci si stupisce della dentatura ancora così fresca e integra. Solo i capelli, stanchi e spezzati, tendono a diradarsi, una parte del cranio è completamente nuda. Non so quanti anni abbia, ma ne dimostra a stento cinquanta.

«Bene, se non ha altro da chiedermi, io tornerei al mio lavoro, le dispiace?» Lo dice senza acrimonia, con paterna gentilezza. Intanto si alza e batte leggermente con la scarpa da tennis sul pavimento di mattonelle, come seguendo un ritmo mentale.

Chiudo il Nagra, trangugio l'ultimo sorso di tè freddo, saluto e mi avvio verso la Cinquecento impolverata.

Quarantaquattro

Mi affaccio al finestrino della macchina per chiedergli dove posso trovare della benzina. Mi viene in mente che non gli ho fatto neanche una domanda sulla sua scultura.

«Sta preparando una mostra?»

Il suo sorriso si allarga, le mani, che erano pronte al saluto, si fermano sui bordi del vetro.

«Mi fa vedere qualcosa di suo?» chiedo titubante.

«Se ci tiene», dice, ma non sembra scontento. «Non sono uno scultore di professione sa... io sono architetto; scolpisco così per il piacere di farlo... qualcuno ha la bontà di prendere sul serio i miei pezzi, ma io no. Disegnare case, quello è il mio mestiere, ed è una cosa che so fare bene, ma mi annoia mortalmente.»

Intanto mi precede verso lo studio che sta in fondo al giardino, fra un roseto e un campo di cavoli. Da una parte c'è anche un recinto per le galline.

«Così, abbiamo sempre le uova fresche» dice quasi scusandosi; «non ucciderei una di quelle galline per tutto l'oro del mondo... hanno un nome, vede, quella è Banana, quell'altra si chiama Umbria, i nomi li mette mia moglie... fanno delle ottime uova.»

«Mi piacerebbe conoscere sua moglie.»

«È timida. Non ama gli estranei, ma se vuole proverò a convincerla, quando torna a casa.» È vago, evasivo. Capisco che non vuole che io le parli.

Intanto siamo arrivati allo studio: un'ampia sala dalle finestre alte, nude. Sparsi sul pavimento grezzo, di cemento, ci sono blocchi di marmo di vario colore, forme di gesso coperte da teli umidi.

Al centro della sala una statua a grandezza naturale se ne sta ritta, misteriosa, tutta coperta da stracci bagnati. Elia si avvicina, prende a spogliarla con delicatezza. Mano a mano che la scopre vedo apparire una ragazzina nuda in una posa languida, sensuale. Ha i fianchi stretti, la testa coronata da un caschetto gonfio, le spalle scivolate, morbide, il seno appena in boccio. Sembra uscita, dolce e arresa, da un sogno proibito.

«È il ritratto di mia moglie Emilia» dice precipitoso.

«Assomiglia ad Angela.»

Mi guarda sorpreso. Ed ha l'aria sincera, quasi ferita: come posso pensare una cosa simile?

«Lei l'ha conosciuta?» mi chiede.

«Be', abitava proprio di fronte a me, sullo stesso pianerottolo.»

«Ah, e come mai non ci siamo mai incontrati?» dice distrattamente. Ma si riprende subito con disinvoltura. «Che stupido, stavo pensando all'altra casa, dove andavo qualche volta una decina di anni fa. Certo, so che l'ultima sua abitazione era in via Santa Cecilia, l'ho saputo dai giornali, ma l'avevo dimenticato... Quindi lei abita nello stesso palazzo, e com'era la casa di Angela, bella?»

«Semplice, luminosa. Angela non sembrava amare i mobili, era una casa spoglia, niente quadri, né oggetti, né fiori, né tende.»

«Le piace questa scultura?» riprende lui, lasciando cadere l'argomento della casa.

«Si sente la tenerezza» dico, «ma non ha detto che sua moglie è piccola?»

«Be', i ritratti non sono mai del tutto veritieri, altrimenti è meglio la fotografia, no? La scultura deve cogliere l'essenza di una persona, più che riprodurre fedelmente le precise proporzioni di un corpo...»

«Questa statua, nella sua essenza, mi fa pensare ad Angela», insisto, maleducata.

«In realtà mi sono ispirato a Degas... passato attraverso il setaccio di Emilio Greco... sono un orecchiante, come le ho detto, mi piace riferirmi ai maestri... D'altronde non scolpisco per vendere, ma per il mio piacere; infatti, le dirò la verità, non sono affatto sicuro che accetterò questo invito a fare una mostra a Milano, se si entra nel mondo del mercato, si è fottuti...»

Ride buttando la testa all'indietro. Penso che la statua ha qualcosa di lascivo e di manierato, ma non glielo dico.

«Venga con me, le voglio dare una foglia di insalata per la sua tartaruga ferita.»

Mi precede fra i cavoli, scavalcando a grandi passi i solchi dell'orto. Oltre una fila di pomodori sostenuti da intrecci di canne, ecco i ciuffi di lattughella su cui l'uomo si china con fare amorevole.

«Anche di questo si occupa mia moglie» dice puntandomi addosso gli occhi azzurri, intensi, «è una massaia molto accorta e savia... a fine estate si dedica alle marmellate, alle conserve di pomodoro... peccato che non sia qui... avrebbe amato la sua tartaruga... mia moglie ama molto gli animali... particolarmente quando sono malati o feriti...»

Mentre cammina davanti a me noto che zoppica un poco. Lui si accorge del mio sguardo e prende a spiegare, pazientemente: «Ho avuto una discopatia che mi ha tenuto a letto per qualche giorno, ma ora sto meglio. È che ho l'abitudine di trasportare grossi pezzi di gesso... dovrei trovarmi un assistente, ma non voglio prendere con me stesso le arie di un professionista».

Ride agitando le larghe mani macchiate e tagliate. Devono avere una grande forza quelle mani, mi dico. Prendo la sua insalatina e rimonto in macchina. La tartaruga dorme sotto il mucchietto di foglie. Metto in moto e mi avvio verso il cancello.

Voltandomi prima di uscire scorgo la sua alta figura che mi osserva da dietro un vetro del secondo piano. Non ha più il sorriso ospitale sulle labbra, ma una rigida, enigmatica fissità che gli raggela i tratti.

Quarantacinque

Ripenso alla giornata di ieri, alle fatiche del labirinto, all'incontro con Glauco Elia, al rientro a casa con la tartaruga ferita, alla visita dal veterinario che le ha estratto dal fianco, col bisturi, una decina di vermetti pallidi e gonfi. «Guarirà, la tenga al fresco, le dia della lattuga, le disinfetti la ferita tutti i giorni, la tenga lontana dalle mosche, sono loro che portano i vermi.»

Apro il Nagra e ascolto le parole di Elia. A sentirla su nastro, la voce suona artefatta, come un ferro battuto e ribattuto a caldo, fino a tirarne fuori la forma voluta. Dal vivo sembrava più arresa e sincera; evidentemente il suo corpo mi mandava dei segnali diversi da quelli della sua voce. Lasciata sola, torna quella che avrei potuto ascoltare se avessi chiuso gli occhi: una voce circospetta e studiata, con una intenzione disperata di seduzione.

Tornando a casa ho trovato sulla segreteria una chiamata dell'avvocato Merli e una di Adele Sòfia, esultante: «Abbiamo preso il Pepi».

La chiamo e ho la fortuna di trovarla subito, anzi è lei stessa che mi risponde al telefono: «Ha sentito la buona notizia, Canova?».

«Dove l'avete trovato?»

«All'aeroporto, stava partendo per Amsterdam, con un passaporto falso. È stato l'anello a tradirlo, si ricorda che io posseggo un anello simile, lasciatomi da un amico morto, con un occhio di tigre? Bene, ho distribuito copie della foto del mio anello ai vari posti di polizia, e per mezzo di quello l'hanno trovato. Si era travestito, indovini da che?»

«Che ne so!»

«Da mullah, con una tunica bianca e la kefià in testa... Aveva un passaporto del Kuwait... in effetti qualcosa dell'arabo ce l'ha... ma l'anello era sempre lo stesso, si era dimenticato di toglierlo...»

«Glielo avete fatto l'esame del sangue?»

«Il sangue è stato prelevato, ma i risultati non ci sono ancora. Li aspettiamo per dopodomani. Per ora sta in cella.

«E gli altri? avete fatto l'esame a Mario Torres?»

«Sì, non corrisponde; un altro gruppo sanguigno, ma io l'avevo detto subito che non era il tipo. E poi abbiamo scoperto che Ludovica mente, quasi patologicamente, anche quando sa che possiamo verificare le sue parole; ha mentito sulla sorella, sul fidanzato, anche sulla madre. Abbiamo scoperto che è stata in una clinica per malattie mentali, e ha subito una decina di elettrochoc... io l'avevo detto che non era credibile come teste... Be', mi dispiace per lei, Michela, dovrà ricominciare da capo...»

Immagino la macchinetta che scintilla trionfante fra le labbra grosse. Eppure, per quanto sarcastica, la sua voce non riesce a risultare crudele, solo leggermente derisoria. Sotto, ci trovo la solita materna bonomia.

Le racconto della mia visita a Glauco Elia nella sua campagna vicino Velletri. E lei mi ascolta con cortesia, ma senza molto interesse.

«Ha fatto bene, il suo è un lavoro giornalistico, noi abbiamo le mani in altre paste. Le farò sapere del Dna di Pepi al più presto, vedrà che avevamo ragione.»

Telefono all'avvocato Merli. Mi risponde una voce di donna, allegra e sonante come una campanella. «Sì, l'avvocato è in casa, ora glielo passo.»

Dunque ha trovato qualcuno che lo cura. Non è più solo e abbandonato, e io non dovrò più fare la buona samaritana con lui; bene, meglio così, ma un poco mi dispiace. Che la mia vocazione all'accudimento sia più profonda di quanto pensi? sarà la voglia di farmi madre a tutti i costi, verso chi potrebbe essermi padre?

«Come sta, avvocato?»

«Molto meglio, grazie... mi hanno mandato della compagnia, ha sentito? si tratta di mia nipote Marta, la figlia di mia sorella. Mi accudisce con molto zelo, è bravissima, solo che alle sei stacca e se ne va a ballare. Posso sperare di vederla questa sera?»

«Sì, le devo parlare della visita a Glauco Elia.»

«Ah, com'è andata?»

«Volevo farle sentire la sua voce registrata.»

«Allora venga, l'aspetto.»

«Vuole che le porti qualcosa?»

«No, non si disturbi... Be', se proprio le capita di passare davanti ad una latteria, mi compri un litro di latte, lei sa quanto ne bevo e mia nipote più di una volta non scende a fare la spesa.»

«Anche qualche biscotto e due vasetti di yogurt?»

«Perché no, perché no...»

Gli oggetti sono stranamente silenziosi oggi a casa mia, che stia cambiando il tempo? che sia questa mancanza assoluta di vento, questa quiete afosa e tetra?

Penso a Marco che, a quest'ora, in Angola, starà andando a cena fuori. Porterà con sé la testa o la lascerà in albergo?

Dunque Mario Torres non è l'assassino, dunque Ludovica mente "in maniera patologica", come dice Adele Sòfia; dunque Nando Pepi è stato preso. Se il suo sangue combacerà con quello della macchia, il caso Angela Bari sarà risolto. Si aprirà il processo, e saranno chiamate a testimoniare tutte quelle voci che ho registrato nel mio Nagra. Sono stati scritti tanti articoli sulla misteriosa morte di Angela Bari e ancora si continuano a scrivere, ma appena si saprà chi è stato, nessuno se ne occuperà più, l'enigma sarà risolto e la sfinge resterà muta e inerte fino al prossimo "efferato delitto per mano di ignoti".

Quarantasei

La tartaruga sta guarendo, lo capisco dal suo grattare energico contro le pareti della scatola di cartone in cui la tengo, immersa nelle foglie che ogni mattina colgo fresche per lei nei vasi della terrazza.

Uscendo per andare alla radio ho incontrato frotte di gatti affamati. Ho cercato con gli occhi la gattara ma non l'ho vista né in via Titta Scarpetta, né in via Anicia, né in via dei Salumi, che stia male? ma dove abiterà? non gliel'ho mai chiesto.

Alla radio trovo Tirinnanzi che mangia un grosso gelato con la panna, seduto sopra il mio tavolo. «Ti aspettavo» dice, «la sai la novità? l'esame del sangue di Pepi ha dato esito negativo. Non è lui l'assassino.»

«Come lo sai?»

«Ha telefonato la Sòfia poco fa. Siccome non c'eri, ha voluto il direttore. E poi lui l'ha detto a me. Era incazzata nera la tua signora commissaria.»

Faccio il numero di Adele Sòfia alla Questura. Mi dicono che non c'è, ma sento la sua voce che sbraita vicino al telefono. «Me la passi, per favore» insisto. «Ma chi è che mi vuole? non ci sono per nessuno!» grida. E poi, avendo il brigadiere ripetuto il mio nome, si decide a rispondere.

«Ha sentito il risultato?»

«Me l'ha detto Tirinnanzi.»

«Vatti a fidare di Cusumano! gli avevo detto di non riferirlo a nessuno, ma lasciamo perdere. Rifaremo l'esame, in un altro laboratorio, non mi fido io... nessuno mi toglie dalla testa che... mi scusi, devo lasciarla» e butta giù la cornetta.

«Vuoi un po' di gelato?»

«No.»

«Non lo troveranno mai l'assassino, ormai è tardi, quello si è mimetizzato... non la sai la teoria di Welmer? gli assassini prendono il colore delle cose su cui si posano. Quando uccidono, per qualche minuto, cambiano colore, ma una volta compiuto il delitto, rientrano con tutto il corpo nel paesaggio comune e non li vedi più, si mimetizzano perfettamente.»

«Cosa sono, camaleonti?»

La porta si spalanca brutalmente ed appare il direttore che lancia uno sguardo torvo a Tirinnanzi.

«A quest'ora, col gelato, neanche fossimo al mare... non c'è niente da fare alla radio stamattina?»

«Volevo parlarle» dico timidamente.

«Sì, Canova, volevo parlarle anch'io.» E appoggiando tutte e due le mani sul tavolo, come per impedire loro di volare, butta fuori tutto d'un fiato: «Ho affidato il suo programma sui delitti contro le donne ad un giornalista di grido. Non se la prenda, mi creda, sono addolorato ma... qui bisogna cesellare, sapere scrutare gli eventi, dare delle interpretazioni sociologiche e perfino filosofiche; altrimenti andiamo incontro a seri guai. Ci vuole una firma di prestigio, ci vuole chi ci sostenga, anche pubblicamente... Lei gli consegnerà tutto il materiale di cui dispone e poi tireremo fuori un servizio esemplare, esplosivo. Naturalmente lo aiuterà, gli farà da consigliera, da assistente. Le sono grato per il lavoro che ha fatto, non creda che non lo apprezzi, ma capisce, qui le cose ci sono cresciute tra le mani e abbiamo bisogno di un lavoro più ponderato, più, più... come dire, cosmico... ci vuole la mano di un grande giornalista, affiancato da un regista di successo. Se lei vuole potrà continuare ad occuparsi di delitti insoluti... anzi, sa che le dico, siccome ho visto che i casi irrisolti riguardano soprattutto le donne, lei farà un bel programmino sulle speranze e gli amori segreti delle donne, le va bene?»

«Non mi va bene» dico e mi stupisco del mio ardimento.

«Cos'è che non va, Canova? verrà pagata per questo, mica voglio dire che lo farà gratis.»

«Le lascio il Nagra, le lascio il piccolo Sony, le lascio anche i nastri ma non intendo fare un programma come dice lei.»

«Lei, Canova, non ha il senso delle proporzioni... non ha umiltà, se permette. Capisco la sua reazione, dopo tanto lavoro, capisco ma, se permette, sono io che decido, qui, e a questo punto se le dico che per la radio è necessaria una collaborazione più autorevole non è per farle un dispetto ma per difendere l'interesse degli ascoltatori che hanno il diritto di essere trattati bene, col massimo della professionalità...»

C'è poco da discutere: o prendere o lasciare. Lascio anche se col magone. Spengo il computer, metto nella borsa il bicchiere di legno con il ragno appeso alla tela e me ne vado. Mentre esco, vedo Tirinnanzi che scaraventa per terra il suo gelato con un gesto di rabbia.

Quarantasette

Senza lavoro, senza computer, senza il Nagra mi sento più leggera ma anche sbatacchiata e vuota. Mi sembra di avere sentito un grido soffocato mentre uscivo definitivamente dal mio ufficio: era il Nagra o la scrivania?

Vado da Adele Sòfia che mi accoglie sgarbata, rabbiosa. Le voglio fare ascoltare la conversazione con Glauco Elia. È il solo nastro che ho conservato per me; degli altri ho tenuto qualche pezzo di scarto e molti appunti.

È l'una. Il vento afoso entra da una delle finestre aperte e mi scompiglia i capelli. Lei è occupata a parlare con un ispettore e sembra seccata che io sia lì; ma quando faccio per andarmene, mi richiama indietro.

«Aspetti, Canova, mi faccia ascoltare quel nastro. Forse aveva ragione lei, dopotutto, ci siamo incaponiti su una pista e... dove ha detto che sta questo signore? il fatto è che abbiamo la testimonianza di due infermiere sulla sua presenza in sala parto la sera del 24 giugno... be', chiederemo di fare un esame del sangue pure a lui.»

Usciamo insieme. Ci imbuchiamo in una minuscola bottiglieria vicino alla Questura dove ci mangiamo dei quadratini di pane col burro e le alici.

«Del vino bianco?»

«Perché no?»

«Un frizzantino dell'89? va bene? anno magnifico per le uve del Trentino.»

«Cosa festeggiamo, il mio licenziamento?»

«È stata licenziata?»

«Veramente me ne sono andata io, ma dopo che lui mi ha cacciata dal mio programma.»

«Mi dispiace, è ingiusto strapparle di mano il programma a questo stadio... Però bisogna anche capire il suo punto di vista... la radio non va bene, diminuiscono gli ascoltatori, e lui teme di perdere il posto... Non è contro di lei, Michela, deve vederla come una acrobazia di Cusumano per tenersi a galla... comunque, di qualsiasi cosa abbia bisogno, io sono qua.»

«Non avrò più bisogno di lei, visto che non faccio più il programma sui crimini contro le donne e neanche quello sulla morte di Angela Bari.»

«La terrò informata, se le interessa.»

«Grazie.»

Non ho voglia di andare a casa. E gironzolo per il mio quartiere pensando ai miei guai: quanto potrò sopravvivere senza lo stipendio? Mentre imbocco vicolo dei Tabacchi mi accorgo di essere seguita da due gatti rossicci col pelo sporco e ispido. «Non so proprio dove sia la vostra gattara» dico allargando le braccia, ma loro non smettono di seguirmi.

Mi fermo davanti ad un negozio di scarpe, osservo incantata i sandali di vario colore, hanno l'aria così fresca. Quanto tempo è che non mi compro un paio di scarpe nuove? la mattina infilo distrattamente le vecchie scarpe impolverate senza pensare che sono sformate, col tacco consumato.

Entro. Mi accomodo davanti ad uno specchio e lascio che la commessa mi infili sul piede destro delle scarpe di vario genere: col tacco, senza tacco, coi lacci, senza lacci, aperte, chiuse. Sento che comincia a sbuffare: «Deve andare in giro a piedi? perché non prende queste?» mi dice mostrandomi un paio di scarpe da tennis azzurre, leggere e delicate. Le guardo un momento con commozione, poi scelgo un paio di sandali alla francescana, freschi e comodi per camminare.

Appena esco mi accorgo che i gatti sono ancora là e sono cresciuti di numero, ora sono tre. Il terzo mi sembra di riconoscerlo: è una bestiola nera come la pece, con un occhio velato.

Mi affretto verso la macelleria. Compro un chilo di macinato e mi incammino lungo via Anicia dove ho visto la gattara distribuire il cibo l'ultima volta.

Di lontano vedo un gruppetto di gatti che allungano il collo. Mi avvicino e senza che faccia un verso, senza che li chiami, li vedo accorrere da tutte le parti, inalberando delle code ritte, unte e sporche.

Faccio per aprire il pacco ma due gatti più grossi degli altri mi saltano sulle braccia e si impossessano della carne, litigando fra di loro: il fagotto si apre e la carne si sparge sul marciapiede. I più piccoli gongolano, si gettano a capofitto sul malloppo strappando coi denti gli ultimi brandelli di carta e di plastica.

«Ma guarda che imbranata! mica si fa così, ma chi è sta cretina?» sento una voce graffiante alle spalle. Mi giro, e mi trovo davanti una donna piccola e bassa, quasi una nana, con un fazzoletto rosso legato in testa.

«Veramente io... lei sa dove abita la gattara, quella che sta sempre da queste parti?»

«Maria la scema? È morta, non lo sapeva?»

«Quando?»

«Una settimana fa. Maria Cini era il suo nome vero, ma tutti la conoscevano come Maria la scema, perché era proprio scema. Un volta si è fatta beccare al supermercato. È stata dentro due giorni e poi l'hanno buttata fuori e sa perché? puzzava troppo di gatto.»

Ride aprendo una bocca larga abitata da quattro denti lunghi e solitari. «Lo sa cosa aveva rubato? due scatolette di spezzatino per un suo gatto malato e una saponetta alla fragola per sé.»

«E lei ha preso il posto di Maria?»

«Sono io che decido per tutto il quartiere. Maria è morta e bisognerà trovare una sostituta. Tu mi sembri un poco imbranata, più scema di lei, guarda il sangue che ti cola... ti hanno graffiata, eh? ti sta bene; mica ci si improvvisa gattare, c'è una tecnica come in tutte le cose, bisogna saperlo fare... mi sembri proprio negata, come quell'altra, la castana col caschetto e le scarpe da ginnastica celesti... be', anche quella non ci sapeva fare, infatti non è più venuta, meglio così... siete una frana, meglio che state a casa, ai mici ci penso io, hai capito, sono miei, miei e basta, ma va a fall'ovo, guarda questa scema, non sa neanche tenere in mano un pacchetto di carne... ma come ti chiami?»

«Michela.»

«Siete tutte matte, proprio matte. Di gatti non ne capite un accidente, ma statevene a casa, a grattarvi la pancia, qui non tira aria per gente come voi...»

Quarantotto

Continuo a svegliarmi alle sette anche se non devo più andare alla radio. Stanotte, per la prima volta ho avuto freddo; l'estate sta finendo e non ho fatto neanche un giorno di vacanza. Oggi ho deciso di portare la tartaruga in campagna: è guarita e voglio lasciarla libera.

Salendo in macchina scorgo di lontano la nuova gattara, piccola e zoppicante, col fazzoletto rosso in testa che si sta avviando verso l'angolo di via Anicia con vicolo dei Tabacchi.

«Buongiorno!» le grido dal finestrino, ma lei volta appena la testa. Tanto Maria la scema era gentile e ben disposta, quanto questa è rivoltata e graffiante, più gatto randagio lei delle bestie che nutre.

«Vaffanculo, cretina, non lo vedi che mi disturbi gli animali!» la sua voce mi insegue, cattiva, fino in fondo alla strada, una voce acuta e martellante.

Prendo il lungotevere Portuense, attraverso il Testaccio e mi dirigo sulla via Ostiense, verso il mare cercando un posto alberato dove lasciare la tartaruga. Ma non è una cosa facile. Il primo querceto che incontro sulla strada è invaso da seghe elettriche e uomini in stivaloni di gomma. «Stiamo sfoltendo» mi dice uno di loro quando domando cosa fanno, ma a me pare che stiano distruggendo più che sfoltendo: le seghe affondano nella polpa tenera delle querce schizzando segatura, con un rumore assordante.

Più avanti, verso Castelporziano, trovo un altro boschetto ai bordi della strada, ma quando faccio per lasciare la tartaruga mi accorgo che nel fondo, qualcosa sta bruciando fra nuvole di fumo bianco. Saranno solo delle stoppie o si tratterà di un incendio vero e proprio? Tutta l'Italia brucia; si sono viste sui giornali fotografie strazianti di alberi contorti, scheletriti, terreni sconvolti, animali terrorizzati che scappano. Sono "gli stupidi che gettano le cicche dai finestrini delle macchine" dice qualcuno, "sono gli speculatori" dicono altri, "sono pazzi incendiari che si divertono", "sono gli stessi guardiani che dovrebbero spegnere i fuochi, ad appiccarli per mantenere il proprio posto di lavoro". Fatto sta che gli alberi bruciano e nessuno riesce ad impedirlo.

Di lontano sento delle sirene: si tratta proprio di un incendio e fra poco arriveranno i pompieri. Mi allontano che la strada è già stata invasa dal fumo che si fa ogni momento più denso e più acre.

Finalmente avvisto uno straccetto di bosco in cima ad una collina. Lascio la macchina, mi arrampico su per un viottolo da capre, trovo un grosso pino dall'ombrello folto e ombroso. Ai suoi piedi, su un cuscino di aghi secchi e profumati, appoggio la tartaruga, accanto ad una pietra coperta di muschio. Sembra spaventata. Poi, lentamente, tira fuori la testina rugosa e si guarda intorno con gli occhi acquosi. Ha imparato che io non sono una presenza pericolosa e con grande flemma e pigrizia, spingendo le zampe artigliate contro la terra, si allontana verso un fitto di felci giganti.

Mi seggo a guardarla camminare, goffa e solitaria. Chissà che ne sarà di lei. Mi sembra di vedere me che salgo risoluta e triste incontro alla mia nuova vita di disoccupata. Intanto nella mente mi frullano gli indirizzi delle radio private a cui offrire il mio lavoro. So già che dovrò subire delle mortificazioni, chissà quante. Per questo rimando.

A sentire l'avvocato Merli, dovrei tornare a radio Italia Viva. «Perché non fa pace col direttore?» mi dice per telefono, «lo sa che il giornalista di grande fama ha chiesto una tale cifra che Cusumano non ha potuto dirgli di sì. È lì che brancola, che tentenna, che agita le mani; non mi stupirei se una mattina di queste la richiamasse supplicandola di tornare. Anche Adele Sòfia sta brigando per farla tornare, l'ho sentita dire a Cusumano cose mirabili sulla sua professionalità. E perfino Tirinnanzi ha detto chiaro e tondo che quando c'era lei la radio funzionava meglio... il professor Baldi, per esempio, senza la sua conduzione, va alla deriva.»

Ci diamo ancora del lei con l'avvocato Merli, nonostante le nostre lunghe chiacchierate; conosce i miei guai, compresa la storia di Marco che ha "perso la testa" in Angola e non si decide a tornare.

«In amore vince chi fugge» dice con voce interessata, «perché non prova a fuggire un poco anche lei?»

Mentre faccio i conti, una mattina, calcolando quanto potrò ancora resistere senza stipendio, sento squillare il telefono. È Adele Sòfia.

«Ho degli ottimi canederli in brodo stasera e una torta al cioccolato da leccarsi i baffi, viene a cena da noi?»

«Grazie, ma non so se posso, devo cercare lavoro.»

«All'ora di cena? non faccia la difficile... l'aspettiamo... ho anche qualche notizia da darle.»

Così mi ritrovo la sera, stanca e demoralizzata per i tanti no che ho collezionato nella giornata, di nuovo fra i mobili tirolesi di casa Sòfia.

«Il secondo esame del sangue di Pepi ha dato lo stesso risultato del primo» dice subito e sembra scoraggiata.

«Non è lui l'assassino, insomma.»

«Non è lui.»

«Allora che farete?»

«Dobbiamo fare l'esame del sangue a tutti quelli che in qualche modo sono coinvolti in questa vicenda, vicini e lontani. Il giudice Boni è d'accordo, questa volta.»

«Credevo l'aveste già fatto.»

«Al Carlini, a Ludovica, al Torres e a Carmelina, per gli altri il giudice istruttore non aveva ritenuto opportuno...»

«Quindi anche la signora Augusta Elia e il suo ex marito Glauco Elia?»

«Certo, anche loro.»

«Mi farà sapere i risultati, anche se non lavoro più al programma "Crimini insoluti"?»

«Lei ha in mano un sacco di materiale, si è fatta un'idea della storia, perché non scrive un libro, Michela?»

«Ma se ho consegnato tutti i nastri al direttore...»

«Le faccio avere le copie, se vuole. Scriva un libro e smetta di correre dietro alle voci. Con quel Nagra sempre appeso alla spalla, mi faceva pena... vederla camminare piegata da una parte... i fogli di carta pesano molto di meno.»

«Ma io so lavorare solo con le voci.»

«Imparerà. È dentro fino al collo in questa storia misteriosa in cui tutti mentono... non le sembra degna di essere raccontata?»

«Ma, non saprei da dove cominciare...»

«Cominci dalle cose, "rem tene, verba sequentur", se lo ricorda? Il suo stile sarà il suo rapporto con la materia.»

«Il mio rapporto con questa materia è nebuloso e incerto.»

«Un buon inizio. Poi verranno le chiarezze. La logica traccerà le sue linee geometriche, anche troppo riconoscibili. Meglio uscire dalla nebbia con un grumo di certezza che credere di stare al centro di una piazza soleggiata quando quella piazza si trova solo nella nostra volontà rappresentativa.»

«Ha voglia di filosofare questa sera?»

«Il delitto di via Santa Cecilia probabilmente resterà insoluto. Nessuno di coloro che avrebbero avuto ragioni per ucciderla sembra averlo fatto. C'è sempre la possibilità di uno sconosciuto che con uno stratagemma si fa aprire la porta, uccide e se ne va, senza una ragione comprensibile.»

«Angela non era il tipo da aprire ad uno sconosciuto. Ricordo ancora come chiudeva a chiave la porta di casa, mandata dopo mandata. Lo conosceva il suo assassino e si fidava di lui, al punto di voltargli la schiena tranquillamente... al punto di spogliarsi piegando con pignoleria i vestiti sulla sedia, prima di lasciarsi andare a quello che lei probabilmente prevedeva fosse un abbraccio.»

«Non fantastichi troppo, ci vogliono prove, non elucubrazioni.»

«Quei vestiti piegati sono la cosa che mi inquieta di più, fanno pensare ad un rituale amoroso, una abitudine a lungo ripetuta...»

«Ne abbiamo tanti di casi insoluti, Michela. Solo i giallisti, e le persone curiose come lei, pretendono di trovare una ragione per ogni delitto, un segno riconoscibile, una firma, insomma. Ma spesso non c'è niente di niente, solo ombre, sospetti, chiacchiere. E nessun magistrato accetta di tenere aperto un caso sulle chiacchiere per tanto tempo. Ci sono altre vittime, intanto, che esigono giustizia, altri casi su cui l'opinione pubblica chiede ragione. Dobbiamo andare avanti e riconoscere le nostre sconfitte. Che non sono solo nostre, mi creda. Se pensa che a New York, la patria della polizia più potente del mondo, a detta degli stessi osservatori americani, ci sono per lo meno due delitti al giorno e, di questi, il sessanta per cento rimangono impuniti... Mangi questa fetta di torta al cioccolato e smetta di crucciarsi, le cose si aggiusteranno come si aggiustano sempre...»

Porto alla bocca un pezzo di torta pensando ad altro. Ma il sapore profumato, amarognolo del cioccolato si insinua nelle narici, come una consolazione sensuale e pietosa.

«Come le pare la mia torta?»

«Squisita.»

«Il fatto è che il cioccolato deve essere di prima qualità, non quelle polveri stantie che stanno lì chissà da quando. Si deve sentire l'amaro del cioccolato appena macinato e il burro non deve essere troppo grasso né lo zucchero troppo dolce... anche le mandorle devono essere fresche, la farina deve essere di grano duro e le uova di giornata, il latte appena munto... Solo quando tutti gli ingredienti sono veramente freschi e di prima qualità, la torta viene fuori così, come un pezzo di cielo notturno, scura e morbida e delicata... la torta al cioccolato è un rimedio, mi creda, per molti mali. Ne mangi ancora.»

Quarantanove

Le giornate sono diventate lunghe e vuote, con larghi spazi che riempio passeggiando, leggendo, andando in cerca di lavoro. Nei miei pensieri lenti e nebulosi, senza che lo voglia, continuano però a camminare leggere le scarpe da tennis di Angela Bari.

Ogni tanto prendo il registratore e riascolto le voci che mi hanno tenuto compagnia per due mesi: quella di Angela che racconta le sue storie di re crudeli e figlie in fuga. Fuori dagli altoparlanti sofisticati della radio, suona rauca, strappata e infantile; sembra la voce di una persona che non ama la sua voce e pensa di regalarla con cautela, quasi scusandosi del regalo nel momento che lo fa.

«C'era una volta un re che aveva una figlia...» e quando pronuncia la parola figlia storce le i fino quasi a farle sparire, come se una parte della lingua si rifiutasse di dare suono a quella parola; quando dice re si sente un leggero sibilo che sale dalla gola come il fischio di un uccello prigioniero nei polmoni. Cosa avrà voluto dirmi questa voce che sembra consapevole della sua disgrazia nel momento in cui asserisce la sua volontà di trionfo?

In mezzo agli scoppi di allegria, a risentirla più volte, mi pare di scoprire il terrore, ma di che?

Squilla il telefono. È Adele Sòfia: «Abbiamo fatto l'esame del sangue anche alla signora Augusta Elia. Niente di niente come Ludovica».

«Meglio così.»

«Adesso spetta al patrigno che per il momento è fuori sede.»

«Che vuol dire fuori sede?»

«È partito e torna domani.»

«Bene.»

«Rimangono lui e il suo amico Marco Calò.»

«Che c'entra Marco?»

«Risulta che conosceva Angela Bari, che probabilmente è stato con lei, la sera del delitto e che spesso telefonava a Carmelina Di Giovanni.»

«Chi l'ha detto?»

«Testimonianze Torres e Mario.»

«Stefana Mario ha detto che lui è stato a casa Bari la sera del delitto?»

«Pare che l'abbia visto la suocera, la signora Maimone.»

«Ma se la signora Maimone non c'era in quel periodo...»

«Insomma qualcuno l'ha visto.»

«E perché non l'hanno detto a me?»

«Probabilmente non volevano dispiacerle. Ma non sapeva che il suo Marco conosceva Angela Bari?»

«No.»

«Però sapeva che è partito per l'Angola subito dopo il delitto?»

«Sì, certo.»

«È proprio il fatto che, in sua assenza, il Calò sia salito all'ultimo piano che ha sorpreso i portieri. Aspettavano che scendesse trovando la porta chiusa e invece lui non è sceso che la mattina dopo, molto presto ed è sgattaiolato via come un ladro.»

«A questo punto potrei pure essere stata io: da Marsiglia ho preso un aereo il pomeriggio del 24, ho ucciso Angela e sono tornata la notte stessa», dico esasperata.

«Abbiamo controllato anche le sue mosse, cara Michela. Non le faremo l'esame del sangue perché ci sono trenta persone che l'hanno vista all'Hôtel de France la sera del 24 giugno e francamente non credo che, neanche usando un jet personale, avrebbe potuto venire a Roma, ammazzare la sua dirimpettaia e tornarsene a Marsiglia.»

«Quindi avete sospettato anche di me... ma perché non dirmelo?»

«Nelle indagini come questa tutti sono presunti colpevoli. O presunti innocenti, il che è la stessa cosa.»

«E l'avete rintracciato Marco Calò?»

«Lo stiamo cercando, ma all'ambasciata non ne sanno niente e neanche ai vari consolati. Che si stia nascondendo?»

«A me ha detto solo che ha perso la testa.»

«Sembra anche a me... ma certo lei non immaginava che avesse perso la testa per la sua dirimpettaia dalle scarpette da tennis azzurre. Ma lo troveremo, stia tranquilla, non l'abbiamo preso il Pepi?»

Chiudo e vado a vomitare. La mia faccia nello specchio appare grigia e rattrappita: è possibile amare un perfetto sconosciuto? qualcosa mi si rivolta nello stomaco e mi preme in gola.

Mi stendo sul letto dopo essermi alleggerita del pranzo. La testa mi gira. Per un momento l'avevo pensato, ora ricordo, quando parlando di Angela Bari mi era sembrato così reticente. E quel dirmi che aveva saputo della morte di lei da un vecchio giornale italiano, quando era ancora a Roma al momento della morte di lei. E quei mezzi sorrisi sorpresi in ascensore fra lui e Angela. E quel suo dichiarare di avere "perso la testa" senza precisare per chi. E che dire del suo cocciuto rifiuto di rivelarmi dove sta e di darmi il numero di telefono con scuse poco probabili.

Eppure lo conosco da anni, so com'è fatto, sono sicura che non riuscirebbe, neanche sotto minaccia, ad ammazzare una persona. Così per lo meno ho sempre pensato.

Vado a guardare le fotografie che abbiamo fatto insieme in montagna, davanti ad una ginestra in fiore, su una pista innevata, con gli sci ai piedi, su un lago d'estate.

Mi soffermo su una fotografia molto nitida in cui lui indossa un paio di pantaloncini corti color genziana e una camiciola bianca. La faccia abbronzata, gli occhi stretti e lunghi, qualcosa di aereo e delicato nel lungo collo, il sorriso sempre un poco sarcastico sulle labbra sottili, le mani savie, appoggiate sulle ginocchia: sarebbe questo il ritratto di un assassino?

Ce n'è un'altra fatta in casa, mentre legge un libro, con le gambe allungate sul tavolino e mi guarda da sotto in su con l'aria sorpresa, come se mi chiedesse: ti ho deluso, Michela?

Non c'è niente in queste fotografie che riveli una lacuna nella conoscenza che ho del suo carattere di uomo appassionato al suo lavoro, onesto e gentile, un poco egoista sì, ma incapace di violenza.

Metto nel registratore un vecchio nastro che mi ha mandato una volta dall'Australia. «Cara Michela, non potendo telefonarti, ti mando questa cassetta per mano dell'amico Giampiero che sta partendo per l'Italia. So quanto ami ascoltare le voci, tanto che ne hai fatto il tuo mestiere. Io, lo sai, sono distratto dai suoni, non so ascoltarli con attenzione, tu invece ti chini sulle voci come fossero microbi da analizzare. Certo, alla fine ne avrai una visione forse un poco deformata, ma analitica e precisa... Io preferisco adattarmi alla musicalità pura delle voci, non mi interessa sapere di che fibre sono costituite, mi interessa il risultato... ecco, la tua voce che ascolto volentieri quando riesco a telefonarti, è spessa, fitta, non ha fessure né cedimenti né smagliature, certo si tratta di una voce che è stata allenata ad una forma di rarefazione radiofonica, ma quello che piace a me non è la sua perfezione, bensì la sua dolcezza che, malgrado ogni manipolazione, rimane il fondo indistruttibile del tuo carattere. Ecco, volevo dirti che la tua voce mi manca, con tutta la sua dolcezza e i suoi allarmi. C'è qualcosa di eternamente sorpreso in te che, ti sembrerà strano, mi sorprende, come se le cose ti cascassero addosso sempre inaspettate. E forse la tua dolcezza è fatta di questa sorpresa. Non è una dolcezza da resa, ma da sorpresa, scusa la rima, mi viene da ridere, sai, pensando alla tua faccia stupita quando mi vedi arrivare, come se non sapessi che stavo venendo da te, che avremmo cenato insieme e fatto l'amore.

«Ma cos'è che la meraviglia, mi sono chiesto qualche volta, cos'è che la sorprende tanto ogni volta? neanche tu fossi

Monsieur Candide con le scarpe nuove e le brache bianche sceso giusto giusto dalla luna... ecco, io amo quello stupore anche se non sempre lo capisco. È come se tu, ogni mattina, nascessi di nuovo e si sa che la nascita, ogni nascita, è dolorosa... di solito preferiamo fare sapere al mondo che siamo lì da tanto e la sappiamo lunga, chi è che ha voglia di rinascere ogni volta, per ricominciare tutto da capo? tu invece sollevi quella testa da uccellino che hai e ti stupisci, ogni mattina che dio manda in terra, fai la stessa faccia sorpresa, come se non avessi mai visto la tua casa, il tuo panorama fuori dalle finestre, la tua caffettiera, e il corpo dell'uomo che ami ormai da più di dieci anni...

«Be', volevo dirti, Michela, che io desidero quel tuo stupore, perché mi fa bene, mi dà allegria, anch'io mi sento un poco nuovo e inatteso ogni volta che vengo da te... Solo qualche sera, quando sono stanco, te lo confesso, mi viene un sospetto; mi chiedo, molto vilmente: ma ci sarà un poco di gioco in tutto questo? ci sarà un po' di recita? non posso credere fino in fondo alla tua ingenuità, che in certi momenti sembra davvero divorare se stessa... comunque ti amo, così come sei, in fondo, in te c'è un aspetto solitario, questo l'ho sempre pensato, forse stai meglio quando io sono lontano e puoi pensare a me con tutta la calma e il tempo di un distacco, forse è saggio che sia così. Delle volte penso che tu non mi conosci... e non vuoi neanche conoscermi fino in fondo, perché se no, come faresti a mantenere in vita quella tua eterna meravigliosa capacità di stupirti?...»

Fermo il nastro con le dita che mi tremano. L'aveva detto lui stesso che non lo conoscevo, e non l'avevo preso sul serio. Chissà quante zone profonde e segrete del suo carattere non ho voluto indagare! è stato coraggioso a rivelarsi, sono io che, ottusamente, non ho voluto capire.

Anche la sua voce, riascoltandola a mente fredda, dice molte più cose di quante dicano le sue parole. Dice di un distacco avvenuto chissà quando e chissà dove, un distacco che l'ha portato a formarsi un ritmo e un timbro di voce che non sono quelli che avevo conosciuti e amati, ma quando è avvenuto il guasto? una voce profondamente stanca che ha imparato a reinventarsi per sfuggire a questa stanchezza, per mascherarla. Una voce che da coetanea è diventata paterna. E io non mi sono accorta della metamorfosi.

Eppure so con certezza che Marco non può avere assassinato Angela Bari. Anche se si conoscevano e si vedevano di nascosto, anche se mentre io ero in viaggio è andato da lei la sera del delitto, non è detto che sia stato lui, non ne sarebbe capace.

Cinquanta

Sto ancora riflettendo dolorosamente su Marco quando sento suonare alla porta. Vado ad aprire distrattamente, dimenticando di guardare, prima, dallo spioncino. Mi trovo davanti la faccia pallida e indolenzita di Ludovica Bari.

«Posso entrare?» dice ma è già dentro, e si chiude la porta alle spalle con un gesto secco e rapido. Indossa un vestito bianco lungo, con delle scarpe da tennis azzurre.

«Non mi occupo più del caso Angela Bari», dico «sono andata via dalla radio, mi dispiace.»

«Non importa, Michela, ho bisogno di parlare con qualcuno.»

«Non posso aiutarla.»

«Non mi credono, qualsiasi cosa io dica non mi credono, mentre lei, ho avuto l'impressione che lei mi desse un poco di credito...»

«Ma perché ha detto tutte quelle cose non vere su sua sorella Angela e su di sé?»

«Il fatto è che... che... che io mi confondo con lei... da sempre. Quello che succedeva a lei succedeva anche a me e viceversa... perciò io veramente faccio fatica a distinguere...»

«Be', doveva almeno avvertirmi di questa sua incapacità di distinguere...»

«Lo so, mi dispiace, ma ho bisogno di qualcuno che mi creda.»

«Mi ha detto che sua sorella Angela aveva abortito e che,

dopo, aveva sofferto di depressione e invece viene fuori che è lei che ha abortito e poi sofferto di depressione...»

«Ma è così, mi creda, è così... le stesse cose le ha sofferte Angela, anche se in modo diverso.»

«Mi ha fatto credere che Mario Torres la picchiava e invece...»

«Neanche lei mi crede? ma se ha visto le ferite...»

Non posso fare a meno di pensare che stia dicendo la verità. La sua voce si fa ampia, robusta e piena di archi che rimandano dolcemente i suoni. E se invece si tratta di un'altra serie di inganni? L'ambiguità sembra abitare in lei, suo malgrado. Mi propongo di ascoltarla con fiducia, mettendo a tacere i dubbi.

«Vuole un caffè?» dico tanto per prendere tempo.

«Allora mi crede?»

«Istintivamente le credo. Proverò a crederle anche con la ragione, che però, l'avverto, scalpita.»

«Per farle capire la verità devo raccontarle la mia storia, Michela, ma la mia storia vera, non quella della polizia, la mia storia più profonda e segreta... Tutto è cominciato quando mia madre ha dato alla luce Angela e io avevo quattro anni; il mondo mi è caduto addosso con un fragore insopportabile per le orecchie di una bambina... quell'amore che io chiedevo intero, veniva suddiviso, anzi frantumato, un po' a te, un po' a lei, un po' a te e un po' a lei... io ho cominciato a crescere storta, deforme, coltivando l'invidia e la gelosia... ma Angela, questa sorella bellissima, che faceva innamorare tutti, reagiva fuori da tutte le regole, non stava al gioco, capisce: più io la detestavo, più la aggredivo e più lei mi amava, mi cercava, mi riempiva di baci, si attaccava alle mie braccia e pretendeva che la tenessi con me... Ha finito per conquistarmi, mi crede?, mi ha inondata d'amore e io ci sono cascata: non solo l'amavo, ma volevo essere lei... però ci riuscivo così male, ero ancora più deforme e stupida... mentre lei era solare, magnifica. Nostro padre aveva un qualche sentimento della giustizia e non ha mai fatto mostra delle sue preferenze, mentre mia madre... mi ha preso in antipatia, per quel mio stare a labbra strette, per quel mio corrugare eternamente la fronte, per quel mio ridere a sproposito, con voce squillante e piangere, senza ragione, piangere per ore nascondendomi negli angoli bui.

«Quando è morto mio padre le cose hanno cominciato a precipitare: mia madre, lei l'ha vista, è una donna che mostra molta sicurezza, ma è tutto fumo: nel suo intimo è una bambina di sei anni. Ha sempre avuto bisogno di un uomo a cui affidarsi, mani e piedi legati, perché da sola lei si sente inesistente, non ce la fa. Tutti la prendevano per una donna emancipata, una che lavora, che sa il fatto suo, ma lei aveva paura di tutto, sotto le arie da professionista nascondeva un carattere pavido, portato alla dipendenza, lei semplicemente cessava di esistere quando usciva dalle attenzioni di un uomo.

«Alla morte di mio padre sembrava incapace di continuare a vivere: piangeva disperata, si buttava sulla bara, si rifiutava di mangiare e di bere; ed era sincera, io lo so, perché lei senza papà era persa, si sentiva completamente abbandonata e persa. Ma, passati pochi mesi, quando si è presentato il bel Glauco, architetto e dilettante scultore, innamorato pazzo di lei, subito ha pensato di sposarlo, lei non poteva stare sola, ed essere amata da lui voleva dire riacquistare fiducia, allegria. Fra l'altro Glauco assomigliava in qualche modo a mio padre: estroverso, gentile, padrone di sé, ambiguo, protettivo, brutale in certi momenti, ma anche capace di grandi tenerezze e generosità.

«Lui l'amava ma senza rispetto, io l'ho capito subito, conosceva la dipendenza di lei e se ne gloriava, la trattava come una sua proprietà, senza vero riguardo. Mano a mano che passavano gli anni, poi, diventava sempre più protettivo e sempre meno rispettoso.»

Questa, mi dico, è la Ludovica che ho conosciuto la prima volta che sono andata a intervistarla: lucida e precisa, possibile che sia tutta una maschera? possibile che dietro a questa voce appassionata, ragionevole, si nasconda il labirinto della finzione?

«Una sera che la mamma era via per il suo lavoro, lui è scivolato in camera mia, a piedi nudi... sst, mi fa, non parlare, lo so che hai paura del buio, anch'io ho paura a stare solo, posso rimanere un poco qui con te? Era vero che avevo paura e l'ho accolto con fiducia. Ha cominciato a baciarmi le dita ad una ad una, era una cosa molto dolce: pensa, mi dicevo, quest'uomo grande e intelligente, serio e sicuro di sé, viene a cercare la compagnia di un essere minuscolo e insignificante come me! A quell'epoca mi mangiavo le unghie a sangue, avevo i denti storti e accavallati, i capelli striminziti come la coda di un topo, stretti in una trecciolina unta; avevo le gambe a stecco e un seno enorme di cui mi vergognavo.

«Quella sera lui mi ha detto più volte che ero bella; non me l'aveva mai detto nessuno e mi sono sentita sciogliere di gratitudine. Pensavo che ci saremmo addormentati così, nella tenerezza di un affetto ritrovato, vincendo la comune paura... Invece improvvisamente è salito su di me con tutto il suo peso, mi ha soffocata, strizzata, lacerata. Ho gridato; mi ha dato uno schiaffo, mi ha coperto la faccia con un cuscino, e poi, e poi... ho pensato di essere stata uccisa. E invece ero ancora viva ma non ero più io, ero un'altra che non conoscevo, che mi era estranea, da cui cercavo di prendere le distanze senza riuscirci del tutto... Nelle orecchie conservo ancora le sue parole terribili: "Se parli, farò morire tua madre e tua sorella, stai attenta".

«Andavo in giro come un'appestata. Se qualcuno mi toccava, cacciavo un urlo. Mi vestivo da suora, mi sono tagliata i capelli cortissimi, mi nascondevo dentro maglioni larghi, goffi, dentro cappotti sformati, avevo paura di tutto e di tutti. Solo di mia sorella non avevo paura, e l'abbracciavo, la stringevo a me chiudendo gli occhi, ancora più vogliosa di essere lei, avrei buttato me stessa dalla finestra, cosa me ne facevo di quel corpo sconciato e malato per sempre?»

«E sua madre non si è accorta di niente?»

«Mia madre era cieca e sorda, una talpa non avrebbe potuto essere più cieca di lei. Diceva: questa ragazza non ha voglia di studiare, sarà la pubertà, e basta; oppure diceva a lui: che ha Ludovica? non lo chiedeva a me, non me l'ha mai chiesto, lo diceva a lui, con aria affettuosa: che ha Ludovica?»

«E lui?»

«Lui alzava le spalle... "che vuoi che ne sappia", diceva... Intanto continuava a venire nel mio letto. Per due anni interi ha continuato a venire nel mio letto; ormai era diventato un rituale: vengo a tenerti compagnia, non avere paura, ci sono qua io, sei la bambina di papà... chiudevo gli occhi e stringevo i denti; avevo ottenuto che non mi mettesse più il cuscino sulla faccia, stavo lì rigida come un pezzo di legno aspettando che finisse.»

«Vuole un poco d'acqua?» le chiedo vedendola sudare, i capelli che le cascano sulle guance come morti, senza colore.

«Una sera, mentre faccio il bagno, sento la sua voce che si rivolge a mia sorella Angela che allora aveva dieci anni e cominciava a formarsi. Le diceva: hai paura del buio, vero, lo so, non ti preoccupare, vengo io a tenerti compagnia, sei una bambina paurosa, vero, ci sono qua io... Senza neanche mettermi la vestaglia, con l'asciugamano intorno al corpo, sono andata da mia madre e le ho detto tutto. Lei, sa cosa ha fatto? mi ha dato uno schiaffo. Sei gelosa perché si occupa più di Angela che di te, mi ha detto, eri abituata ad essere la sua beniamina e ora c'è chi ha preso il tuo posto, stai crescendo, Ludovica, non sei più una bambina, lascialo perdere...

«È quel "lascialo perdere" che mi ha tolto il fiato... sembrava che sapesse tutto e accettasse ogni cosa come inevitabile... D'altronde vivendo insieme non poteva non essersi accorta che spesso lui dormiva con me con la scusa che "la bambina ha avuto un incubo, poverina...".

«Era come se mia madre mi avesse fatto capire che quello era il sacrificio necessario per tenerlo in famiglia, per mantenere la sua protezione, la sua benevolenza. Era un sacrificio non detto, occulto e segreto ai suoi stessi occhi, oscuro come la più oscura delle notti... non ci dovevano essere parole fra di noi, ma un consenso cieco e completo, la resa dei nostri corpi alla sua giustificata ingordigia paterna.

«Quella sera li ho sentiti parlottare a lungo, in camera da letto, lui e la mamma, lei aveva un tono lamentoso e lui ridacchiava sarcastico: "Sei pazza", diceva, "sei completamente pazza e pazze le tue due figlie, mitomani". E poi ho sentito che facevano l'amore, rumorosamente, come per farsi sentire da noi e farci sapere che la giustizia procedeva nella sua folgorazione... lui era il marito, il padre, l'uomo di casa, e noi rimanevamo segregate nel cerchio della sua magia... c'era poco da ribellarsi, da infuriarsi... i fatti parlavano chiaro, come le molle del letto che cigolavano a ritmo di ballo.

«Ho parlato con Angela, le ho detto di cacciarlo via perché le avrebbe fatto del male... e lei, sa cosa mi ha risposto? è troppo tardi, Ludovica... ma lei mi crede, vero Michela?, mi crede?»

«Cerco di crederle, Ludovica.»

«Mi deve credere, è tutto vero... anche se ho fatto dieci elettrochoc, anche se sono stata in manicomio, legata come un salame, anche se ho mentito tante volte, lei deve credermi.»

«Le credo, Ludovica.»

La vedo muoversi, sollevata, bere l'acqua che le porgo, chiudere gli occhi come se lo sforzo fatto fosse troppo grande per poterlo sopportare. Il petto si alza e si abbassa col ritmo del respiro.

«Vuole stendersi sul letto?»

«No, voglio continuare. Ma aspetti un momento, sto sudando come una fontana, mi dà un fazzoletto di carta? È la prima volta che non piango, si rende conto, io parlo di queste cose terribili e non piango... è una novità straordinaria... col pianto mi liberavo di tutto, scioglievo i malanni e li diluivo, li disperdevo, li annullavo... vorrei non piangere più ed essere creduta... la ringrazio per la sua fiducia, le sono molto grata...»

Cinquantuno

«Pensa che Glauco Elia possa avere ucciso Angela?» le chiedo appena la vedo respirare con più calma.

«No, non può essere stato lui... ama troppo la sua vita, la sua scultura, la sua villa in campagna per sfidare la galera.»

«Crede che Angela e Glauco si vedessero anche negli ultimi tempi?»

Si vedevano, sì; lui andava a trovarla ogni tanto; oppure si incontravano in qualche albergo... sì, facevano l'amore, anche se non ho le prove, lui era già stufo della moglie bambina che sa fare tutto... mentre Angela era così bella e imprevedibile e sola.»

«Ma perché avrebbe dovuto ucciderla?» chiedo più a me stessa che a lei.

«Non aveva ragioni, Michela, perciò non l'ha fatto, dopotutto eravamo le sue bambine, ci voleva bene a modo suo, sapesse come era geloso, soprattutto di Angela; quando uscivamo con qualche ragazzo arrivava a seguirci per strada. Al ritorno ci faceva delle scenate terribili, del tutto "paterne" come diceva la mamma. Più lui era dispotico e inquisitivo, più lei era contenta; la famiglia in quel modo era rinsaldata, eravamo un nucleo cieco e infrangibile.»

La vedo asciugarsi il sudore con il fazzoletto di carta ridotto ad una palletta. Gliene vado a cercare degli altri. Lei mi ringrazia con un cenno del capo. E poi riprende, con più foga di prima: «Sono rimasta incinta senza neanche sapere cosa mi stesse succedendo. E lui questa volta era preoccupato davvero... non ti angosciare, diceva, risolviamo tutto con un poco di sale inglese... mi ha fatto ingurgitare mezzo chilo di sale inglese che per poco non ne sono morta... credevo di averlo perso il bambino, e invece era ancora lì; allora mi ha portata da una levatrice amica sua che mi ha fatto abortire su un lettino sporco, senza anestesia. Per premio, poi, mi ha trascinata a fare un viaggio a Parigi con lui. Tutti dicevano che era un patrigno esemplare, così affettuoso, disponibile; e lo era, mi deve credere, quando non mi saltava addosso era tenerissimo e tutti me lo invidiavano quel papà.»

«Quanti anni aveva quando è rimasta incinta?»

«Io? quattordici... un anno dopo ho saputo che anche Angela era rimasta incinta. E lei aveva appena undici anni e si era formata giusto giusto quell'anno. Ma lui non l'ha portata da quella levatrice; l'ha fatta abortire da un medico con l'anestesia; come vede, l'aborto, lo sapevamo bene tutte e due cosa fosse... Eppure, se voleva, poteva essere tenero: la domenica ci portava a fare le gite al mare, affittavamo una barca e lui vogava, vogava; ci porgeva l'asciugamano appena uscite dall'acqua, ci comprava le bibite fresche, ci raccontava delle favole: di re che avevano figlie cattive a cui faceva tagliare le mani; ma poi diventavano buone, per amore... I parenti, i vicini dicevano: beate voi che avete un patrigno così amoroso!... se avessero saputo! Ma noi tenevamo la bocca ben cucita, non lasciavamo trapelare niente di niente, per proteggerlo e proteggere la mamma; sembrava che senza di lui sarebbe crollato tutto miseramente; io ci credevo e pensavo che quello era lo scotto doloroso da pagare: un lupo di notte nel letto per avere un padre affettuoso di giorno in casa... Però appena ho avuto l'occasione mi sono sposata.»

«Ludovica, lei non si è mai sposata.»

«È vero, confondo sempre. È Angela che si è sposata, nonostante i divieti di lui, le sue scene. È arrivato al punto di mandare una lettera anonima al futuro marito di Angela, dicendo che lei era malata di nervi, una malattia ereditaria che avrebbe trasferito sicuramente ai figli... la cosa curiosa è che l'uomo non ha ceduto al ricatto della lettera, l'ha voluta sposare lo stesso. Ma dopo qualche tempo ha cominciato ad accusarla di essere debole di mente, irresponsabile, eccetera... In realtà era la mia storia: ero io quella della depressione, della malattia mentale, delle cure in clinica... anche lui confondeva quando gli faceva comodo... Poi Cornelio se n'è andato in America da solo e Angela...»

«Non è vero che Angela ha voluto separarsi dal marito quando ha scoperto che amoreggiava con lei, Ludovica?»

«Sì, è vero... è che mi riesce molto difficile pensarmi un'altra da mia sorella... Per me, suo marito era anche mio marito... non distinguevo, non potevo distinguere. Non avevamo diviso un padre-amante per anni?... È vero che sono io che ho avuto gli elettrochoc, sono io che non ragionavo più e la notte gridavo, gridavo senza un perché... Angela ha sofferto di anoressia, non mangiava, si è ridotta a pesare quaranta chili... credo che anche Glauco Elia si fosse scocciato di questi due impiastri di figlie... fu in quel periodo che si trovò un'altra donna, giovanissima e spariva di casa per intere giornate, e la mamma prese ad essere perseguitata dai suoi atroci mal di testa e dai suoi eczemi alle mani... Lo sa che appena ho potuto mi sono fatta togliere tutti i denti? perché lui mi aveva detto tante volte che erano brutti e storti... sembro molto più vecchia, vero, con i denti falsi? lo so, ma mi sentivo brutta e sgraziata... Lo sa, Michela, io credo di averlo amato, perché si finisce per amare chi passa la notte nel tuo letto, anche se è il tuo carnefice, si può amare il proprio carnefice?... non si può continuare a detestare chi mescola il suo fiato al tuo... lo puoi uccidere forse, ma non odiare, d'altra parte era un padre amorevolissimo, gliel'ho detto, e come non amarlo? era bello, colto, conosciuto e stimato... Io ero una "scorfaniella" come diceva lui, dovevo essergli grata per avermi... "iniziata al sesso" come ha asserito una volta a voce alta... Poi non so cosa è successo, non lo so, tutto ha cominciato a precipitare... l'amore è marcito dentro di me, mi sentivo un cadavere. Mi sono abbarbicata ad un altro uomo per sentirmi di nuovo viva, ma è durato pochissimo... avevo troppa poca stima di me perché l'avesse lui... Forse gli ho anche perdonato, parlo del mio patrigno, era un uomo giovane, costretto a vivere accanto a due bambine seducenti e maleducate... Mentre lei, Angela, non l'ha perdonato: ha continuato a vederlo, per provare quanto era ancora capace di fargli perdere la testa... lei aveva bisogno di sapere questo... bastava guardarla come si vestiva, come una sirena, non aveva pudori di nessun genere... faceva innamorare di sé e poi scappava, si defilava in un buco e guardava gli altri muoversi, con disgusto... Credo che lo odiasse quanto me, ma il suo odio si mescolava irrimediabilmente al suo desiderio... be', vai a capirlo!»

«Non potrebbe averla uccisa per gelosia?»

«Angela è morta, io sono morta, mia madre è morta... a che serve uccidere una donna morta?»

«Angela era ben viva quando è stata ammazzata.»

«Non lo so... lei gli ha aperto la porta, questo è certo, ha aperto la porta al suo assassino perché voleva sedurlo, è una cosa sicurissima, voleva dimostrare che lei è più forte... "la bellezza femminile è una roba che svanisce subito, in un batter di ciglia" diceva lui e faceva un gesto con le dita, come a schiacciare una mosca... E lo sa, io gli ho creduto, ho pensato che la mia bellezza, se c'era mai stata, se n'era già andata o era sul punto di andarsene e piangevo dal dolore che ne avrebbe avuto lui, non io, badi, ma lui... La domenica ci portava un vassoio di paste appena uscite dal forno, profumate, calde e ce le mangiavamo seduti sul letto. Ma ci teneva a essere lui a distribuirle, lui a imboccarci, come due neonate. Una volta ha messo una pasta al cioccolato sul rigonfio dei pantaloni e ci ha ordinato di mangiarla senza usare le mani, chi finiva prima aveva vinto. Angela credeva ancora di giocare, gli faceva il solletico, lo rincorreva per casa per farsi portare a cavalcioni. Per lui erano invece tutti preludi di un possesso futuro... Io lo so che le figlie spesso seducono i padri, li vogliono per sé, portandoli via alle madri, lo fanno, lo so, lo fanno... ma finché tutto rimane un gioco, anche crudele, non ti senti uccisa. Solo nel momento che il suo corpo ti grava addosso come una montagna, solo nel momento che un cuscino ti schiaccia il viso togliendoti il respiro, finisce il gioco e diventa orrore.»

La sua voce ha perso le incertezze, le lacerazioni, le cadute delle altre volte; ora sgorga come un fiume in piena e non riuscirei, neanche volendo, a fermarla.

«Mi consideravo morta per me e per gli altri... e accettavo questa morte come l'olocausto necessario per tenere la famiglia unita: la sola cosa che si salvasse nel naufragio orribile dei sentimenti; che responsabilità per una bambina! quasi me ne gloriavo, solo da me dipendeva l'integrità di quella piccolissima famiglia cristiana... non era questo il mio compito? assistevo, da quel cadavere che ero, alla nascita di una specie di veleno carezzevole: l'orgoglio brutale della mia missione, la presunzione che solo io, come un piccolo dio misconosciuto, potessi salvare mia madre e mia sorella dalla catastrofe... La mia presunzione è crollata nel momento in cui ho capito che stava circuendo Angela... Allora il mio sacrificio non era servito a niente! non erano serviti a niente quei patimenti silenziosi, quello stringere i denti, a niente. Io volevo ucciderlo, l'ho pensato veramente, l'avrei fatto, ma poi so che all'ultimo avrei ucciso me stessa, perché in fondo ero convinta che la colpa fosse mia... Quando mia madre mi ha detto: "come al solito, Ludovica, sei una bugiarda e una mitomane", ho pensato che aveva ragione lei; ero una bambina colpevole, votata alla finzione e all'obbrobrio; la lingua mi si è marcita in bocca per sempre... Perché non l'ho ammazzato? me lo sono chiesta tante volte... avrei potuto, se solo avessi... facevo le prove sul cuscino, col coltello; ma poi finivo per dormirci sopra. Dopo tanto ragionare credo di avere capito, ma solo adesso, perché poi non l'ho ucciso. Il fatto è che io lo amavo, amavo la mia degradazione in lui, la mia umiliazione, io ero innamorata dell'orrore e volevo solo che continuasse... ecco ho detto la verità nella sua feccia, Michela, nella sua schifosa feccia... ricordo una sera che sono andata al cinema con un ragazzo e improvvisamente me lo sono visto dietro, al buio e ho cominciato a tremare... avevo diciotto anni ormai, non ero più una bambina ma ancora tremavo... quando mi ha afferrata per un braccio e mi ha portata via dal cinema, dentro di me gli ho dato ragione... ancora una volta, idiotamente, gli ho dato ragione... Pallido come un cadavere, appena arrivati a casa, mi ha riempita di schiaffi. E ancora, ancora gli davo ragione. Mi ha urlato che ero una troia, che ancheggiavo per strada, che facevo la civetta con tutti... sì, sì, mi dicevo, è proprio come dice lui, faccio schifo... Ma quando ho sentito che diceva le stesse cose a mia sorella, che era una zoccola, una "sgualdrina nell'anima", che meritava di essere stuprata mille volte, sono insorta... sono uscita per strada e sono andata a letto col primo che ho incontrato, facendomi anche pagare... per fargli rabbia, credo, non so, forse per confermare le sue parole e dimostrare a me stessa che aveva ragione lui...»

Ora piange con tanta desolazione che non so cosa dirle. Le faccio una carezza sui capelli che sono umidi anche loro, impregnati di lacrime, come se tutto il suo corpo piangesse assieme agli occhi.

«Mi crede, Michela, per favore, dica che mi crede.»

«Credo proprio di sì.»

«Perché sono stata così vile?» dice sollevando gli occhi liquidi. Il dolore le ha scavato un solco sulla fronte liscia.

«Non si torturi.»

«La morte di Angela non mi fa dormire... è colpa mia, capisce, so che non aveva una gran voglia di vivere, ma sono stata io a dare il consenso allo scempio che si è fatto di lei... un riformatorio non sarebbe stato meglio di quel silenzio complice? un silenzio che comprendeva l'amore terribile per il nostro carnefice...»

Non sapendo che dire mi prodigo col caffè, coi biscotti, ma Ludovica non ne vuole sapere. Poi, improvvisamente, mi chiede: «Ce l'ha un profumo?».

«Sì, credo, vado a vedere.»

Torno con una boccetta panciuta, in cui oscilla un poco di liquido verdognolo. Lei prende la boccetta dalle mie mani, tira su il tappo di vetro smerigliato e se lo porta al naso socchiudendo gli occhi. Come per incanto le lagrime le si

seccano sulle guance, le labbra le si increspano in un imper-
cettibile delicato sorriso.

«Essenza di bergamotto» dice, «posso versarmene un
poco?»

«Certo.»

Solleva una mano a conca e vi rovescia dentro un poco
di quel liquido verdino. Da chi ho visto fare un gesto simile?
ma sì, da Sabrina-Carmelina quando gettava la cenere della
sigaretta nella mano a vaschetta. E, improvvisamente, scopro che ci sono molti punti in comune fra Ludovica e Sabrina-Carmelina: che sia questa intima convinzione di essere
colpevoli della propria umiliazione sessuale?

Con gesti infantili Ludovica si apre un bottone del cor-
petto e si passa un poco di profumo sul petto e sul collo,
spargendo un leggero sentore di olive e limone verde.

«Ora va meglio, grazie» dice pigramente.

«Quindi anche lei pensa che Angela sia stata uccisa da
un pazzo capitato lì per caso» dico insistente e cocciuta.

«Non lo so, Angela aveva un rapporto così imprevedibile, così intenso con gli uomini... anche con Marco...»

Si ferma portandosi una mano alla bocca, come a dire:
oh Dio, ho fatto una gaffe! ma la rassicuro, lo so già. Anzi, le
chiedo se può dirmi quando è cominciata questa storia di
Angela con Marco.

«Non lo so, non da molto comunque... le ho detto che
l'ammirava, Michela, avrebbe voluto fare un lavoro come il
suo, alla radio... scriveva delle favole che recitava a voce alta,
ma dentro di sé, sono sicura, disprezzava le sue ambizioni...
Marco era parte di lei, Michela, e volendo avvicinarsi a lei,
ha trovato il modo più spiccio, quello in cui era più brava,
che presumeva l'uso del suo corpo.»

«Un modo un po' contorto di avvicinarsi ad una persona...»

«Angela non ne conosceva altri... era troppo incerta dei
suoi pensieri, delle sue parole... sul suo corpo invece, sì, sapeva di potere contare a occhi chiusi... avrebbe sedotto anche il tabaccaio all'angolo o l'impiegato delle poste per otte-

nere qualcosa che magari le era anche dovuta per legge... era il suo modo... e devo confessarlo, molte volte è stato anche il mio... solo che io non avevo la sicurezza, la spontaneità meravigliosa che aveva lei...»

Si morde un labbro. Ha l'aria così infelice che le porgo istintivamente la boccetta del profumo perché le dia un poco di sollievo. Lei la prende fra le dita, se la porta al naso e aspira a lungo, profondamente come fosse una droga.

«I profumi sono la mia consolazione. Michela, mi crede, vero? le ho detto tutta la verità, senza lasciare il minimo dettaglio, mi crede?»

«Le credo, sì» dico, ed è vero.

Cinquantadue

È notte. Per strada si sentono i tonfi dei raccoglitori di immondizia: un cassonetto viene sollevato, rovesciato nel camion e posato per terra da due bracci di ferro. Un cassonetto, due cassonetti, tre cassonetti, il camion si sposta lentamente verso il fondo della strada e il rumore si allontana assieme alle voci giovani dei netturbini che chiacchierano allegramente nella notte silenziosa.

Accendo la luce, ormai sono sveglia. Prendo in mano un romanzo di Conrad che non avevo mai letto e tento di addentrarmi, con gli occhi gonfi, nella storia straordinaria del *Compagno segreto*: un capitano di nave che pesca nelle acque nere della notte un naufrago, all'insaputa dei suoi stessi marinai. L'uomo, giovane, nudo, risulta del tutto simile, quasi un sosia del capitano che decide lì per lì di nasconderlo nella sua cabina.

Si trovano così faccia a faccia, in silenzio: un uomo in regola con le leggi, stimato da tutti, con un lavoro ben pagato, e un uomo nudo, fuori da ogni legge perché ha assassinato un marinaio in una rissa, ricercato e solo. Eppure i due si scoprono vicini, intimi, solidali: c'è nell'uno qualcosa dell'altro e il riconoscersi segretamente è un atto di profonda umiltà ma anche di piacere, quasi un bene proibito da tenere celato.

Per liberare il naufrago clandestino il capitano porterà la nave così vicina agli scogli da rischiare di sfracellarla, perché l'altro, il sosia, possa scendere in acqua senza essere visto, tanto vicino alla costa da potere trovare un rifugio, senza morire affogato.

Mi sembra di riconoscere nella doppiezza del capitano di Conrad qualcosa della mia doppiezza: non sarei tanto incuriosita da Angela Bari se non riconoscessi in lei parte delle mie perdizioni e dei miei disordini, delle mie paure e delle mie abiezioni.

Anch'io sto facendo una manovra arrischiata per avvicinarmi il più possibile alle rocce, col pericolo di fracassare malamente il mio futuro. Per deporre delicatamente in acqua la morta dalle scarpe di tela azzurrina, perché nuoti al sicuro, nel buio della notte e raggiunga un qualche approdo, se non felice, per lo meno tranquillo.

Nel silenzio che segue l'allontanarsi del camion comunale sento squillare il telefono. Corro a rispondere sapendo che è Marco. Infatti è lui.

«Perché non mi hai detto che conoscevi Angela Bari?» dico subito d'un fiato per non perdermi d'animo. Sento un silenzio apprensivo dall'altra parte e poi un sospiro.

«Proprio ora che sono malato mi vieni a rinfacciare un fatto senza importanza... sei di un egoismo mostruoso, Michela!»

«Non è un fatto senza importanza, Marco, che tu lo voglia o no sei implicato in un delitto; sospettano di te perché sei stato da lei la sera in cui è stata uccisa, e perché sei partito subito dopo la sua morte... ti vogliono fare l'esame del sangue per vedere se coincide con il Dna dell'assassino.»

«Se tu pensi che io abbia ucciso Angela sei una cretina... sai benissimo che non sono capace di fare male a una mosca, perché dici queste idiozie, mi conosci, Michela, non mi credi?»

«Dimmi solo quando torni, Marco.»

«In questo momento non posso, cerca di capirmi... tu non fai niente per capirmi, sei troppo presa da te stessa.»

«Ti cercano, Marco, la polizia ti cerca.»

«Che mi cerchino pure, io sono innocente... e tu devi credermi.»

Metto giù il ricevitore. Lui richiama, dice che sono una

"screanzata". Ma improvvisamente mi sento così stanca, che mi sembra di non potere nemmeno reggere il peso della cornetta. Mi butto sul letto dopo avere staccato la spina e mi addormento profondamente.

Sogno che Marco se ne sta disteso sul letto, tutto nudo. Sul suo petto è seduta una bambina piccolissima. Se ne sta a gambe larghe, con una gonnellina bianco-neve e un paio di scarpette da tennis azzurre.

Mi sveglio con la testa indolenzita. Mi alzo, metto a posto i ritagli dei giornali sui fatti di cronaca nera: donne squartate, bambine trucidate, ragazze sgozzate, stuprate, affogate. Ho un improvviso moto di disgusto e di rifiuto per tutti quegli orrori. Non voglio più sentire né vedere niente che mi parli di corpi femminili straziati, violati, ridotti in pezzi.

Faccio per gettare via tutto, ma mi ferma il ricordo delle parole di Adele Sòfia: «Bisogna dare una forma alle proprie ossessioni, che hanno sempre delle ragioni profonde; non chiuda gli occhi, vada avanti».

Prendo in mano il libro di una americana sulle violenze in famiglia. Guardo le statistiche senza vederle. Debbo sedermi per chiarirmi un poco le idee. Sento il freddo del pavimento sotto i piedi.

Leggo che i casi di violenza sono più numerosi fra le famiglie cattoliche che in quelle protestanti ed ebree. Leggo che le violenze non avvengono solo nelle famiglie povere e incolte come si pensa generalmente, ma in tutti i ceti, anche in quelli ricchi e professionalmente elevati. La ricerca parla di un 30 per cento di violenze che avvengono in famiglie di *advanced degree*. E scopre che la maggioranza degli incesti padre-figlia si trovano nella *middle class* (dal 52 al 56 per cento). E che la maggioranza delle mogli che vengono picchiate sono senza lavoro, casalinghe insomma: il 77 per cento. I casi di incesto, dice ancora l'autore, tendono a "ripetersi negli anni, non sono quasi mai fatti isolati". E spesso il padre stupratore passa "da una figlia all'altra". L'alcolismo sembra essere molto presente, ma più come un modo per cancellare i sensi di colpa che come motore delle violenze.

Leggo che le bambine stuprate dai padri, da adulte soffrono di depressione (60%), di gravi sensi di colpa (40%), di manie suicide (37%), di uso di alcol e droga (55%), di deficienze sessuali: frigidità, vaginismo ecc. (55%), di tendenza alla promiscuità (38%), di scarsa stima di se stesse (60%).

Ho davanti agli occhi la fotografia che mi ha regalato Ludovica la prima volta che l'ho intervistata per la radio: lei ed Angela bambine per la strada. La magra e spigolosa Ludovica, con il suo pesante seno che sembra volere nascondere portando le spalle in avanti e la piccola armoniosa Angela dai soffici capelli castani che scintillano al sole.

Non si assomigliano le due sorelle, eppure c'è qualcosa che le accomuna: un'ansia dolorosa, quasi una mutilazione invisibile che le rende arrese e nello stesso tempo armate, ferocemente in difesa. Una difesa che è anche voglia spasmodica di contrattare, discretamente, col minor dolore possibile, la resa.

Due bambine che si incamminano con qualche titubanza verso un inferno ben conosciuto ad entrambe e in cui forse si sono talmente abituate a vivere da non volerlo più abbandonare. D'altronde, dove sarebbero potute andare?

Angela guarda davanti a sé come se conoscesse la strada da percorrere e la intraprendesse con coraggio. Ludovica interroga con gli occhi la sorella come per chiederle se non ci sia una scappatoia, anche difficile, anche spinosa, per sgattaiolare via tutte e due insieme non viste.

Cinquantatré

«Che fa, dorme a quest'ora?»

È la voce di Adele Sòfia, leggermente rallentata e impedita dalla macchinetta.

«Non ho niente da fare, dormo.»

«Sa che non riusciamo a trovare il suo Marco Calò? È stato visto a Luanda, ma negli alberghi della città non risulta. È stato segnalato a Cuanza Sul, ma neanche lì le autorità ne sanno niente. L'ultimo albergo dove ha lasciato i suoi dati si trova a Matanje, ma è andato via da qualche giorno senza lasciare recapito. Le ha telefonato?»

Dico sì anche se vorrei dire di no.

«E perché non ci ha avvertito subito?»

«Non mi ha detto dov'era, non mi ha lasciato il numero, ha detto solo che sono una cretina ed una egoista a sospettare di lui.»

«Avrei dovuto continuare a tenere il suo telefono sotto controllo.

«E Glauco Elia?»

«Appena torna gli faremo l'analisi per scoprire il suo Dna. Il giudice è d'accordo, manca l'assenso dell'interessato.»

«Non doveva essere già tornato?»

«Non ancora. Ma lui ha un alibi solido: era in ospedale la sera del parto di sua moglie: è scritto sui registri dell'ospedale e c'è la testimonianza di due infermiere.»

«Insomma, per esclusione, non può essere stato che Marco.»

«Per esclusione sì, ma la logica deve essere suffragata dalle prove scientifiche, dobbiamo analizzare il suo Dna. La prossima volta che chiama, metta la sua voce in registrazione. Comunque porrò nuovamente il suo telefono sotto controllo, sempre che il giudice Boni mi dia l'autorizzazione.»

«Che altro?»

«Ha trovato lavoro?»

«No.»

«Chi dorme non piglia pesci. Arrivederci, Michela, non si scoraggi, lo troverà un altro lavoro, lei sa fare il suo mestiere... E poi, si ricordi il mio suggerimento del libro.»

Mi alzo. Decido di andare a controllare l'alibi di Glauco Elia; c'è qualcosa che non mi convince in questa coincidenza troppo perfetta: la morte di Angela, la nascita della bambina, ma veramente tutto è successo nella stessa sera, alla stessa ora?

Prendo la Cinquecento color ciliegia e mi avvio verso l'ospedale Sant'Anselmo. Lì mi mandano da un ufficio all'altro: «Ma lei chi è? cosa vuole?». Non riesco a capire che chiedo una cosa semplicissima: sapere con precisione a che ora è nata la figlia di Glauco Elia.

Finalmente, al reparto maternità, trovo una giovane ginecologa gentile che mi porta a consultare i registri delle nascite. Si chiama Rosa, è piccola e ben fatta, porta i capelli tagliati cortissimi. Sotto il camice bianco si indovinano due seni minuscoli da atleta, mentre dalle maniche arrotolate escono due polsi robusti e due mani grandi e delicate, adatte a scrutare nei misteri del corpo femminile.

«Augusta Elia è nata il 24 giugno» mi dice.

«A che ora?»

«L'ora, aspetti... non c'è... è strano. Può darsi che... sa, qui quando sono passate le undici di sera il registro viene chiuso e le ragazze lo riempiono solo il giorno dopo.»

«Quindi, in realtà, potrebbe essere nata il 23 giugno verso mezzanotte.»

«Potrebbe essere così, in effetti. Benché, avrebbero l'obbligo di scrivere la data precisa e l'ora della nascita, voglio dire che se anche la scrivono la mattina dopo, dovrebbero mettere la data del giorno prima. E di solito lo fanno. Ma questa mancanza dell'orario preciso nel caso di Augusta Elia mi fa pensare che sia come dice lei; forse è nata tardi, a cavallo fra la mezzanotte del 23 e la mattina del 24. E così il giorno dopo hanno scritto che si trattava del 24, senza precisare l'ora.»

«Due infermiere hanno testimoniato che il padre, Glauco Elia, era presente al parto e che era notte.»

«È la verità. C'ero anch'io; ricordo benissimo che stava dietro il vetro.»

«Ed era sera tardi?»

«Sì, quasi mezzanotte.»

«Quindi la testimonianza delle infermiere è giusta, solo che riguarda il giorno 23 e non il 24.»

«Loro ricordano, come ricordo io, che lui era presente; ma non siamo andate a controllare la data sul registro. Quelle che hanno scritto la data appartengono certamente al turno del mattino e avranno pensato che, se la bambina è nata dopo mezzanotte, bisognava scrivere la data del 24.»

«Grazie, lei è stata gentilissima» dico, sentendomi la febbre addosso.

«L'ho fatto per la sua voce» mi dice inaspettatamente, «quando l'ho sentita parlare con la caposala mi sono detta: questa voce io la conosco; poi mi sono ricordata di averla sentita a radio Italia Viva, non è così?»

«Non lavoro più a radio Italia Viva.»

«Mi dispiace, l'ascoltavo volentieri, lei ha una voce curiosa, che mi ricorda le pesche nel vino.»

«Pesche nel vino? in che senso?» non so se prenderlo come un complimento o come una critica.

«Non so, qualcosa che scivola in gola con un senso di fresco e di dolce.»

Mi accompagna alla macchina che ho posteggiato sotto un enorme tiglio. Il cofano color ciliegia matura è cosparso di piccoli fiori soffici che basta un soffio perché volino via frullando.

«L'estate sta finendo» dice la ginecologa prendendo in mano un fiore schiacciato e portandoselo al naso... «il profumo di questi tigli mi raggiunge in sala parto e mi consola dei dolori a cui sono costretta ad assistere quotidianamente.»

Un'altra patita dei tigli. Le dico che anch'io vado inseguendo quel profumo e che mi dispiace soltanto che fra poco l'albero perderà i suoi ciuffi piumosi e metterà a dormire i suoi profumi fino all'anno prossimo.

Alla prima cabina che incontro scendo per chiamare Adele Sòfia e annunciarle la mia scoperta.

«Bene, perché no, ha fatto bene, abbiamo avuto troppa fiducia nei registri dell'ospedale... anche se non vedo il motivo, Canova, non vedo il motivo di questo omicidio...»

Due ore dopo ricevo una telefonata di Lipari: «È scappato».

«Ma chi?»

«Glauco Elia.»

«E dov'è andato?»

«Quando gli abbiamo notificato la convocazione, quando gli abbiamo detto che dobbiamo fargli il test del Dna, quando ha saputo che abbiamo controllato il suo alibi all'ospedale, è sparito.»

«Pensavo che l'aveste messo sotto controllo.»

«Lo stavamo facendo, ma ci ha prevenuti. Il fatto è che... quale ragione aveva per uccidere la figliastra che non vedeva da anni?»

«La signora Maimone, la macellaia, l'aveva detto di averlo visto nel cortile di via Santa Cecilia, ma voi non le avete creduto.»

«Una che ha visto la Madonna, ma siamo seri!»

«In questo caso diceva la verità.»

«Be', arrivederci.»

Cinquantaquattro

Stamattina, sul pianerottolo di casa ho trovato una busta con dentro una cassetta. C'è il mio nome scritto a mano. Qualcuno deve averla portata lì di persona, il postino non viene mai su e né Stefana né Giovanni ne sanno niente.

Appena il nastro ha cominciato a girare ho riconosciuto la voce sensuale e corposa di Glauco Elia.

«Lei si stupirà della mia sparizione, cara Michela, ma non se la prenda, sono per natura restio agli interrogatori, agli esami in genere; pensi che quando ero bambino mi nascondevo negli armadi il giorno che dovevo fare le gare in palestra, tutti mi cercavano e io me ne rimanevo lì al buio, in segreto, senza dire una parola, finché la buriana era passata, e mai che mi scoprissero: ero bravissimo nel nascondermi.

«Se mi rivolgo a lei è perché ho avuto l'impressione, conoscendola, di una curiosità accompagnata da simpatia e tolleranza, mi sono reso conto che lei voleva capire prima che giudicare e di questo le sono grato, anche se, certo, non ho fatto una bella figura con lei quel giorno... ero troppo preso dal mio lavoro e forse lei era troppo presa dalla sua tartaruga. Ma ho sentito che avremmo potuto intenderci noi due, non è vero? lei ha acutamente attribuito la mia statua al ricordo di Angela, ebbene sì, glielo confesso, quella ragazzina da me plasmata è proprio Angela e, se vogliamo, anche un poco sua sorella Ludovica, due bimbe che sono state vicine al mio cuore per anni, sebbene non fossero figlie mie nel senso biologico del termine.

«Ludovica aveva dodici anni quando ho sposato Augusta, la loro bellissima madre. Era una bambina sgraziata, impaurita di tutto e di tutti, un piccolo gatto selvatico che odiava sua madre perché tutta la bellezza se l'era presa lei, odiava la sorellina più piccola perché era convinta che si portasse via tutta l'attenzione del padre. Come non sentirsi toccati da una bambina così miserabilmente messa al bando da se stessa, come non provare tenerezza per un piccolo essere ferito, solitario e disperato? Ho preso a parlarle come ad una persona adulta e lei mi è stata grata per questo, ho preso a portarla con me in macchina quando uscivo per lavoro e lei ne era felice, si sentiva trattata come una donna, accettata per quello che era, rispettata per giunta come non lo era mai stata dal suo vero padre e da sua madre che la trascurava. Si favoleggia molto in quella famiglia sulla figura del padre morto prematuramente, ma è bene lei sappia, me l'ha confidato Augusta, che in vita sua non è mai stato fedele alla moglie: un mese dopo il matrimonio Augusta ha scoperto che lui se la filava con l'infermiera. Lei ci si è messa di punta e l'ha fatta mandare via, ma qualche tempo dopo è venuta a sapere che aveva intrecciato un'altra relazione, con una anestesista; come si sa, il materiale umano non manca mai per chi è sessualmente inquieto di natura... Quando Augusta ha deciso di amarmi, dopo mesi e mesi di corte, era talmente esasperata con suo marito che era in una continua crisi di nervi: a tavola, nel bel mezzo di un risotto ai funghi, si metteva a piangere e le lagrime le scendevano fin dentro il piatto. Io l'ho amata tanto quella donna e ho cercato di dare a lei e alle bambine una famiglia; ho ristabilito degli orari che non erano mai stati rispettati; ho creato delle precedenze, dei rituali che sono importanti in ogni famiglia che voglia chiamarsi tale. Ogni giorno, cascasse il mondo, io tornavo a pranzare con loro, non le ho mai lasciate sole e non ho mai tradito mia moglie con cassiere o segretarie come lui faceva con infermiere e anestesiste... per quanto ne avessi di bellissime, glielo posso garantire... La sera la passavo in casa, anche se avevo importanti impegni di lavoro facevo in modo di essere libero, per loro. Avevamo una cameriera somala educata in una famiglia parigina che ci preparava dei manicaretti impeccabili; a tavola le bambine potevano parlare solo se interrogate come mi ha insegnato mio padre, non potevano urlare, alzarsi, riempirsi il piatto, mangiare facendo rumore con la bocca, bere senza asciugarsi le labbra, sbriciolare il pane, eccetera.

«Ricordo ancora le prime volte che mangiavo con loro: sembravano due selvagge: ciascuna faceva quello che voleva, parlava con la bocca piena, si allungava sulla tavola per prendere il vino, ne rovesciava la metà sulla tovaglia, non chiedeva neanche scusa, mentre la povera Augusta andava e veniva dalla cucina. No, tu devi stare seduta, le ho detto, prenderemo una persona che serva a tavola, ma tu devi stare seduta accanto a me e devi dare il buon esempio alle bambine che stanno venendo su come delle bestie, spettinate, sporche, non si lavano neanche le mani per venire a tavola...

«Posso dire di essere stato un ottimo padre, di averle avviate alla buona educazione e al rispetto degli altri. Qualche volta le portavo all'Opera e all'inizio loro protestavano perché erano ignoranti come capre. Poi hanno imparato ad amare la musica e dopo... mi sembra ancora di sentire la voce di Angela che diceva: "Papà, danno il *Barbiere di Siviglia*; mi ci porti?"... e i libri, sono io che ho insegnato loro a leggere; quando sono entrato in quella casa non c'era neanche un libro negli scaffali, le ragazzine erano abituate a scorrazzare tutto il giorno per i prati, a tornare a casa stanche morte, con le gambe scorticate e imbrattate di fango, per mettersi a tavola urlando: ho fame e buttarsi sul cibo come delle cagnoline affamate.

«Prima di cena le ho abituate a fare delle letture a voce alta: abbiamo letto insieme *Oliver Twist*, *Pinocchio*, *Robinson Crusoe*. Ludovica non si dava pace, era ribelle, voleva sempre uscire e sua madre diceva: "È più forte di me, non ci posso fare niente, non la reggo". Lascia fare a me, vedrai, te la ammansisco io. Infatti, dopo mesi di piccole ribellioni, di musi, di pianti, ha finito per fare come dicevo io: usciva solo per delle ragioni che concordava con me, tornava a casa alle ore stabilite, e aveva preso dei modi più femminili, più dolci, più umili insomma, era stata addomesticata, come io avevo predetto. Anche se ogni tanto la vedevo rizzare la testa come sa fare solo lei, con la grazia furente di una serpe, per dirmi: "Tu non sei mio padre, sei solo il mio patrigno", ma io la riportavo, con l'ironia, con la convinzione, qualche volta anche con uno schiaffo, ma senza violenza, a richiamarmi papà e a ubbidire. Non creda però che fossi tanto severo o addirittura tirannico, ero capace di grandi indulgenze e tenerezze infinite quando capivo che ne avevano bisogno.

«Augusta mi era grata che ne avessi fatto due ragazze educate, "Le hai trasformate in due signorinelle" diceva e rideva contenta, come io ero contento delle loro voci educate, dei loro modi eleganti, della loro naturale assennatezza: studiavano quando dovevano studiare, non sono mai più state rimandate né bocciate da quando io sono entrato in quella casa... mentre prima, una volta su tre, erano a terra con gli esami... e le professoresse usavano dire di loro che erano "incontrollabili".

«Le cose hanno cominciato a guastarsi con la pubertà: Ludovica si è sviluppata tardi, a quattordici anni; è diventata civetta e riottosa, di nascosto si toglieva il reggipetto per fare ballare i seni che aveva particolarmente voluminosi, e le assicuro che era terribilmente provocante, ai limiti dell'intollerabile; ho provato con le buone, parlandole dei pericoli che correva; ma lei niente, non mi dava retta. Ho provato a fare il severo: quando tornava a casa con un suo compagno di scuola, la chiudevo al buio per ore e lei mi supplicava di aprire, ha sempre avuto paura del buio; e infine l'ho presa a schiaffi pubblicamente il giorno che l'ho incontrata, per caso, al cinema con un tipo orribile, un teppista: si strusciavano, doveva vedere come si strusciavano, era una cosa ignobile, disgustosa.

«Infine ho deciso che l'avrei lasciata al suo destino, sebbene sua madre mi pregasse di non abbandonarla, "Ha delle qualità, quella bambina, e tu sei tanto bravo a tirare fuori le qualità delle persone", mi diceva, ma evidentemente con Ludovica non era più possibile, mi si rivoltava contro con una tale furia che avrei fatto più danni che altro... pensi che è arrivata ad accusarmi con sua madre di averla insidiata, ma per fortuna tutti sapevano che aveva sviluppato una capacità di mentire quasi patologica, mentiva senza sforzo alcuno, senza mai arrossire né imbarazzarsi, come la più incallita delle dissimulatrici, alle volte anche solo per il piacere di farlo.

«Da quando ha preso ad odiarmi perché le impedivo di comportarsi da prostituta ha inventato le cose più ignobili sul mio conto; e insisteva perché sua madre le credesse, si rende conto a quale perfidia può arrivare una bambina corrotta nell'anima che persegue solo e soltanto il suo piacere? non voleva che nessuno si mettesse in mezzo fra lei e la sua volontà di godere sfrenatamente di ogni libertà possibile.

«A questo punto, quando si è presentato all'orizzonte un uomo, già sposato, ma innamorato di lei e di carattere forte, l'abbiamo incoraggiata a mettere su casa con lui. Si tratta di Mario Torres, che poi è risultato un essere contraddittorio, a volte molto affettuoso, a volte violento; so che la picchia; ma credo che abbia le sue buone ragioni, mi creda, Ludovica è una donna testarda, capricciosa e capace di tutto pur di ottenere quello che vuole.

«Per fortuna c'era l'altra, la sorella più piccola, Angela... lei sa che fra di loro c'erano quattro anni di differenza, eppure sembravano lontane, due diverse generazioni, il giorno e la notte; Angela così docile, semplice, così candida e festosa... mi amava moltissimo nonostante l'avessi forzata a modi che le erano estranei quando l'ho conosciuta. Ma Angela era un'altra cosa, una creatura malleabile e tenera, sensuale e vogliosa di piacere, con lei non ho avuto l'impressione di perdere tempo come con Ludovica; mi è stata fedele e complice fino all'ultimo...

«Le confesso che la vedevo, anche se ho detto il contrario, avevamo conservato un dolcissimo rapporto di affetto. Se ci incontravamo di nascosto era per via di mia moglie che era gelosissima di lei e quando sapeva che andavo a trovarla si metteva a piangere e io non posso, non potrò mai resistere ad una donna che piange, mi fa troppa pena. È una ragazza così giovane, così devota, mia moglie, che devo evitare di addolorarla, per lei sono la vita intera e sarebbe stupido deluderla. Per questo andavo da Angela senza dire niente a nessuno, e cercavo di non farmi vedere neanche dai suoi portieri. Solo una volta ho colto lo sguardo d'aquila della suocera calabrese, la macellaia, quella megera dagli occhi porcini, sempre incollata su quella sedia, mi guardava fisso, attraverso il vetro, e neanche usando le scarpe di corda sono riuscito a sfuggire alla sua attenzione. Per fortuna c'erano dei periodi in cui lei era via e io potevo sgattaiolare lungo i muri e infilarmi nell'ascensore senza essere visto. Stefana e il marito Giovanni Mario sono molto distratti, anche perché ho saputo ringraziarli della loro distrazione con regali opportuni...»

Il telefono mi strappa all'ascolto del nastro. «Ma lei non aveva un appuntamento con il nostro direttore alle sei?»

«Ah sì, mi scusi, è che...»

«Se viene entro cinque minuti lo trova, altrimenti dobbiamo rimandare alla prossima settimana.»

«No, vengo subito, gli dica che arrivo.»

Il direttore di radio Vox Populi è un signore sui settanta, dai modi lenti e cortesi. Mi fa un mucchio di domande a proposito del programma sui crimini contro le donne: «So che Cusumano è nei guai, potrei proporgli di comprarlo in blocco il programma, lei che ne dice? sarebbe disposta a lavorarci ancora?».

Mi viene voglia di abbracciarlo e invece rimango come inebetita a fissare le gallinelle bianche sulla sua cravatta azzurra.

«Se però non la interessa...»

«Come no, è il mio lavoro, sono mesi che ci sto dietro...»

«Allora, bene... ne parlerò con Cusumano, poi le farò sapere... Arrivederci, Canova, spero proprio che lavoreremo insieme, ho bisogno di professioniste come lei qui alla mia radio.»

Cinquantacinque

Mi precipito a casa per riascoltare la voce di Glauco Elia: una voce che diventa mano a mano più irsuta e ossessiva. Che altro avrà da raccontare?

«Con Angela eravamo amici... più che amici, un padre e una figlia che si tengono compagnia, che si cercano, che si capiscono al volo, bastava uno sguardo... mi faceva le confidenze sui suoi amori, come quando era bambina e io le raccontavo di mia moglie e delle mie sculture e del figlio che aspettavo... A proposito, sa che io volevo chiamarla Angela, la mia bambina, come lei, ma mia moglie ha opposto un rifiuto così deciso e testardo che non c'è stato niente da fare, l'ho chiamata Augusta, piccola consolazione.

«Angela amava sua sorella, nonostante le tirannie a cui l'ha sempre sottoposta; era strano il loro rapporto: Angela aveva una stima e una fiducia illimitata nella sorella per quanto sapesse che delirava, che era mitomane, che era stata chiusa in manicomio e aveva subìto tutti quegli elettrochoc. Per non parlare di quel marito a cui Angela era molto affezionata, e che proprio per questo, secondo me, Ludovica ha voluto portarle via, vilmente, usando la seduzione e l'inganno. Quando Angela l'ha saputo, invece di prendersela con la sorella, si è inferocita con il marito e l'ha cacciato di casa... si può essere più ingiuste?... a sua volta credo che ad un certo momento Angela abbia portato via a Ludovica il suo Torres, o per lo meno il Torres si è innamorato pazzamente di lei; ma senza per questo pensare di lasciare Ludovica, l'ha solo riempita di botte.

«La sorella maggiore, nella sua goffaggine luciferina, voleva essere come la sorella minore, capiva che era di una stoffa inimitabile e si irritava; copiava tutto quello che l'altra faceva senza metterci qualcosa di personale, niente; era quasi volgare in questa sua voglia di non esser se stessa... lo sa che è arrivata a farsi strappare tutti i denti perché erano storti e lei li voleva dritti e candidi e perfetti come quelli della sorella... se li è fatti fare uguali, ma quelli erano veri e i suoi erano di porcellana; si vedeva da un miglio di distanza.

«Da ultimo Angela era rimasta sola, molto sola, troppo sola... non so perché fosse tanto sola, aveva il dono di fare amicizia, ma quando chiedeva qualcosa di più, tutti scappavano, come se avessero paura del peso di cui lei li avrebbe gravati... era una ragazza fragilissima e forte nello stesso tempo; se voleva qualcosa la otteneva, ma senza forzare niente, non avrebbe mai usato l'arma del ricatto o dell'aggressività come la sorella... con la remissività, la mitezza, finiva per ottenere quello che desiderava... sapeva prendere tutto dandoti l'impressione di concederti quello che poi non ti concedeva... il suo corpo era lì a lusingarti, blandirti, era difficile resistere, nessuno resisteva in effetti... un corpo di bambina affamata d'amore, un corpo talmente arreso e morbido che invitava ad una sorta di cannibalismo amoroso... Chiunque di fronte al suo corpo, vestito o nudo che fosse, era preso da una voglia spasmodica di toccarlo, di carezzarlo, di penetrarlo, perfino di forzarlo, perché lei in qualche modo chiedeva proprio questo, voleva l'urto, la presa di possesso, l'invasione... per poi magari respingerti con ripulsa infantile... faceva no con la testa mentre le labbra, i seni, dicevano di sì, offrendosi e negandosi nello stesso tempo con una sensualità che metteva addosso la voglia di uccidere.

«Ecco, forse è arrivato il momento di confessarlo, io avrei potuto ucciderla, Angela, perché l'amavo, nonostante tutto, perché mi chiamava e mi respingeva, perché prometteva senza mantenere, perché voleva l'altrui distruzione, perché la sua seduzione era assoluta e mortale, ma non l'ho uccisa; qualcun altro l'ha uccisa per me... non so chi sia né voglio saperlo... immagino che sia stato spinto dalle stesse ragioni che avrebbero potuto spingere me: una disperazione profonda, rabbiosa per la sua costante, continua fuga da ogni laccio d'amore, da ogni sentimento di tenerezza, da ogni rapporto di fiducia e di fedeltà, condotta però sul filo della dolcezza, della tenerezza, della mansuetudine e della resa più assoluta... non l'ho mai scoperta ribelle, come sua sorella Ludovica, mai vista seccata, arrabbiata, di malumore, le sue disperazioni erano così profonde che nessuno le avrebbe mai potute sondare; ma prendevano la forma di una stregata, dolorosa gioia di esistere... È su quella gioia che giocava tutte le sue lusinghe; una gioia triste, se così si può dire, una gioia straziata: non l'ho mai sentita protestare, mai rifiutare, mai rispondere per le rime, mai mostrare le unghie... sapeva essere solo zuccherina... mi par di toccar giuncata e annusar rose, come dice Don Giovanni... era solo indifesa, solo tenera e premurosa... e non fingeva mai, assolutamente... era incapace di fingere, la sua mancanza di difesa era tale che ti metteva in agitazione: come farà, ti chiedevi, a cavarsela? per questo io la seguivo, anche dopo tanti anni, anche dopo il mio secondo matrimonio, anche quando stavo per avere una figlia; sentivo che dovevo starle vicino in qualche modo, tenerle compagnia, proteggerla.

«E lei mi era riconoscente, ne fa testimonianza il fatto che quando andavo da lei mi faceva trovare sempre i fiori freschi, un dolce fatto in casa e poi diceva: "Papà, racconta!" ma in realtà era lei a raccontare, storie orribili di uomini che si innamoravano di lei e poi la volevano chiudere in casa, legarla al letto, imprigionarla per sempre, rinchiuderla... uomini che volevano metterle una catena al collo, mostrarla agli amici, divorarla pezzetto per pezzetto, lasciandola più sola di prima... So che ha anche provato a prostituirsi una volta, me l'ha confessato lei, con grande candore: "Papà" mi ha detto, "sono andata con uno che mi ha dato cinquecentomila lire, tutte in una volta, capisci, solo per stare un'ora con lui e non era neanche brutto, aveva un buon odore di bucato...". La seconda volta però l'uomo che l'ha pagata era un giovanotto sudato e lei non ne ha sopportato l'odore, "Sai, non potrò mai fare la prostituta" mi ha detto, "per via del mio naso sottile: non sopporto gli odori forti e il corpo nudo ha delle robustezze odorose che mi nauseano"; credo che non ci abbia più provato, ma aveva conservato, di quella unica esperienza, delle strane amicizie: una certa Sabrina, prostituta della zona Tiburtina e un suo amico protettore, un certo Nando che lei riteneva una persona "buona" nonostante facesse di mestiere il protettore... due tipi da galera secondo me, infatti credo che siano finiti tutti e due in gattabuia... Ma lei era fatta così, era una strana ragazza, mansueta, docile, con delle malinconie brucianti e una propensione al degrado mentale... non mi stupirei se fosse stata lei a provocare l'assassino, tanto da spingerlo al delitto... con la dolcezza naturalmente, sempre con la dolcezza più profonda e arresa, con la remissività più terribile e avvolgente... non ho mai conosciuto una dolcezza più dissolutrice, più feroce della sua... una dolcezza che ti accoglie come la notte stessa nel buio del suo grembo e poi ti lascia lì solo a meditare sulle pochezze del corpo umano...

«E ora le faccio la confessione più grave, e spero che lei mi creda... deve credermi, Michela... della polizia non mi importa, non mi crederanno mai, ma lei deve credermi, è necessario che mi creda... Dunque, la notte del 24 giugno io non ero all'ospedale perché mia figlia è nata il 23 giugno, un minuto dopo mezzanotte... perciò all'ospedale l'hanno segnata il giorno dopo, ma senza ora; per cui, quando le infermiere hanno testimoniato che io ero presente al parto, che è avvenuto di notte, hanno pensato che fosse quella notte e non la precedente. Ho benedetto questo disguido che mi ha permesso di avere un alibi, credibile e sicuro.

«La sera del 24 giugno io ero con Angela e credo che nessuno mi abbia visto arrivare... i portieri dormivano e il cancello che dà sul cortile era aperto... sono salito senza usare l'ascensore, ho grattato alla porta e lei mi ha aperto. Portava i pantaloni color avana e una camicia bianca, di seta che le scivolava come una schiuma sulle spalle e sui seni. Ho capito subito che c'era qualcosa che non andava, forse aveva litigato con qualcuno, lei che non litigava mai... e qui mi dispiace doverla deludere, cara Michela, ma credo proprio che la persona con cui aveva litigato fosse Marco Calò... doveva essere andato via da poco e forse lei aspettava che tornasse... Ho notato che si era tolte le scarpe da tennis celesti e le aveva posate nell'ingresso, forse era venuta in punta di piedi all'uscio pensando o sperando, non so, che fosse di nuovo lui, Marco.

«Io, in effetti, non avevo un appuntamento preciso con lei, le avevo detto: se posso vengo una di queste sere... non penso che fosse innamorata di Marco Calò, era una manovra di seduzione come tante altre, voleva ridurlo in suo possesso, fargli "perdere la testa", per poi magari cacciarlo... O forse voleva farselo amico per poi arrivare a lei, perché aveva molto interesse per il suo lavoro di giornalista radiofonica e voleva in qualche modo entrare nel magico mondo delle voci... Angela non sapeva, non conosceva altro modo di interessare la gente che usando il suo corpo... e certamente era più facile usarlo con lui che con lei... ma era una manovra innocente, mi creda, non c'era nessuna malvagità in lei, solo una inveterata abitudine a servirsi del suo fascino fisico per ogni cosa, anche per entrare in rapporti con lei e la radio.

«Ha detto che aveva caldo, si è tolta la camicetta... fra noi c'era una tale intimità, ma, le assicuro, non sessuale, che non ci ho trovato niente di strano in quel suo spogliarsi... è rimasta col reggipetto e i pantaloni... mi è venuta vicina e mi ha guardato in un modo che mi ha messo i brividi, non so cosa avesse per la testa, era strana... poi si è tolta i pantaloni e ha preso a piegarli sulla sedia guardandomi sorniona, "faccio come piace a te" ha detto, "come una brava ragazza ordinata, non è così che mi vuoi, papà?" e sembrava così seria e giudiziosa che mi commuoveva. "Ma che fai?" le ho detto... francamente mi sembrava esagerato... "Ho caldo" è stata la sua risposta ed è tornata sui pantaloni e sulla camicia piegandoli e ripiegandoli in quel modo preciso, maniacale, provocatorio. Io stavo a guardarla e pensavo che era proprio matta, una bambina matta e perversa... "Vuoi un caffè?" mi ha detto dirigendosi verso la cucina, così, quasi nuda, con solo le mutande e il reggipetto addosso. "Perché fai così?" le ho chiesto e lei ha alzato le spalle; era così bella e docile e non c'era niente di volgare in quel suo spogliarsi, la *Primavera* di Botticelli non avrebbe potuto farlo con più grazia e leggerezza...

«Quando ha fatto per togliersi il reggiseno ho detto: "Me ne vado, capisco che vuoi stare sola", e lei si è messa a ridere, ma con molta delicatezza, senza astio. "Hai paura di me?" ha detto... mi provocava capisce, mi provocava orribilmente... è rimasta tutta nuda; si è tolta gli ultimi indumenti con una naturalezza, una freschezza infantile che escludevano ogni pensiero malizioso. Intanto il caffè gorgogliava nella napoletana... e lei me l'ha versato nella tazzina, mi ha chiesto: "Quanto zucchero?", sembrava una bambina pudica appena uscita da una conchiglia marina... Ma non ha aggiunto lo zucchero, ha lasciato ogni cosa sul tavolo e se n'è andata alla finestra voltandomi le spalle... guardava fuori dai vetri, come se aspettasse di vedere qualcuno giù in cortile... ho pensato: lo sta aspettando... le ho detto: "Copriti che ti vedono da fuori" ma lei non mi ha risposto; e così di spalle, del tutto senza vestiti, mi ha detto alcune cose velenose... Ero esterrefatto perché non l'aveva mai fatto, non era nel suo carattere, nel suo stile... Ho capito immediatamente che in lei parlava Ludovica... era come se la sorella maggiore avesse preso momentaneamente possesso di quel corpo tenero che avevo sempre conosciuto nella sua muta e zuccherina cecità... mi ha detto che le avevo rovinato la vita, che il suo corpo era morto, morto per sempre...

«"Come cadavere sei molto seducente" ho detto tanto per dire qualcosa... capivo che era incollerita, ma non con me, era fuori di sé, come non l'avevo mai vista... e questa rabbia non sua aveva preso la strada della esibizione e della provocazione, armi tipiche di Ludovica, solo lei poteva averla portata a questo punto, chissà con quali menzogneri argomenti... "Guardalo, questo corpo nudo", mi ha detto, "sei tu che l'hai reso così assolutamente estraneo e assente"... era esattamente la voce di Ludovica... sono fandonie naturalmente perché io quel corpo non l'ho mai toccato e dio sa quanto mi è costato... Ha parlato a lungo di sé e di Ludovica... era terribile vederla lì in piedi, nuda, che piangeva tranquilla, senza disperazione, senza rabbia, con la calma ragionevole di un fantasma... allora mi sono avvicinato per abbracciarla, per dirle che le volevo bene, che era ancora la mia bambina anche se...

«Proprio in quel momento lei ha sussultato, come se avesse visto qualcuno giù in cortile, come se avesse sentito un passo, non so... ha detto: "Vattene". "Aspetti qualcuno? chi è, dimmi chi è" ho chiesto... lei ha alzato le spalle, come solo lei sa fare, con una noncuranza assoluta e una tale dolcezza passiva che non è possibile non assecondarla.

«Ecco, io l'ho lasciata alle undici di sera, quasi mezzanotte, del 24 giugno scorso. Questa è la verità. Sono uscito in fretta e non l'ho più vista, non volevo che quel "qualcuno" mi trovasse lì. Non l'ho incontrato per le scale, tanto è vero che ho pensato: forse mentiva; ma poi, quando ho saputo che era stata pugnalata, ho capito che davvero aspettava qualcuno e quel qualcuno l'aveva massacrata.

«Non ho potuto dire la verità al giudice perché non mi avrebbe creduto. Se avessero trovato l'assassino avrei potuto dire quello che era successo quella sera, ma poiché non era stato scoperto, non potevo rischiare di essere scambiato per l'omicida.

«Questa è la verità, Michela, glielo giuro... la dico a lei perché mi è simpatica, perché non è né un giudice né un poliziotto: ne faccia l'uso che vuole, tanto io sto partendo per un luogo dove non mi troveranno mai; sono avvezzo a nascondermi, come le ho raccontato, lo facevo da bambino e lo rifarò adesso... spero nel frattempo che trovino l'assassino... solo allora potrò ricomparire a raccontare la verità...

«Con questo la saluto sperando che lei mi creda, perché merito di essere creduto e spero che comprenda anche la mia reticenza a farmi analizzare, interrogare, vagliare, soppesare. Mi sentirei *bétail*, del bestiame da macello... mia madre che era francese usava spesso questa parola, con disprezzo, arricciando un poco il labbro superiore... quel labbro sollevato e gonfio che ho ritrovato in Ludovica e poi in Angela, quasi un segno del destino...

«La ringrazio di cuore per avere avuto la pazienza di ascoltarmi. Sto per partire per un altro continente... non le dirò quale, per un pudore che ancora mi anima e mi sazia,

«con molta simpatia, il suo Glauco Elia.»

Cinquantasei

Una cassetta confessione, da portare subito ad Adele Sòfia. Per quanto larvata, per quanto incompleta, cosa si può rivelare di più? Anche se insinua che "qualcuno" all'ultimo momento ha ucciso per lui, anche se suggerisce che questo qualcuno sia Marco Calò, è tutto talmente visibile e chiaro. Faccio il numero della Questura ma è sempre occupato. Decido di andarci.

La macchina l'ho posteggiata in via della Lungarina. All'angolo con via Titta Scarpetta vedo la gattara nana col fazzoletto rosso in testa che cammina svelta reggendo due pesanti sacchetti di plastica.

«Buongiorno!» dico rallentando e sporgendo la testa dal finestrino.

Lei, per tutta risposta, si piazza con una mossa rapida e pericolosa davanti al cofano in modo che io sia costretta a fermarmi. Ha voglia di insultarmi, lo vedo dalla piega rabbiosa della bocca. Non mi resta che ascoltarla mentre in piedi, con i sacchetti appoggiati contro le anche, mi aggredisce burbera.

«I gatti vengono uccisi, avvelenati, strangolati e voi ve ne andate in giro comodi, seduti in macchina, puh!» e lancia uno sputo che si spiaccica contro il finestrino. «Stamattina ho trovato un sacco con dentro tre gatti morti, avvelenati, chi è stato eh? chi è stato? e non erano solo trucidati, ma li avevano torturati... Animali! dicono animali con la puzza sotto il naso, quando i veri animali siete voi... meglio, molto meglio qualsiasi animale, persino i topi, loro non passano il tempo a torturare, avvelenare e impacchettare altri animali... solo gli uomini, solo voi mefitici automobilisti con la faccia da luna piena, solo voi sapete fare certe nefandezze... Questi non sono gatti da salotto, certo, puzzano, e fanno vedere gli artigli, ma come può essere grazioso e docile un gatto di strada, costretto a cercare il suo cibo fra i rifiuti, cacciato da tutti, sempre in procinto di essere schiacciato dalle ruote di una delle vostre schifose automobili?»

Ora gesticola da sola in mezzo alla strada e sembra essersi scordata di me. La gonna nera coperta di patacche le si agita attorno alle gambe magre calzate di nero.

«Anche Maria la scema l'avete ammazzata voi automobilisti, a furia di farle respirare i vostri scappamenti mefitici... era proprio scema, non capiva niente di niente, però una cosa la sapeva fare: le melanzane alla parmigiana; come le faceva lei erano un portento, colanti, filanti, con la mozzarella che veniva giù, veniva giù, non la finiva più di venire giù... peccato che è morta, una volta al mese mi invitava a casa sua, diceva: vieni a mangiare una melanzana come piace a te... voleva farsi perdonare perché aveva una casa, delle pentole, un figlio, mentre io non ho niente altro che una panchina pubblica per dormire.»

Inaspettatamente si mette a saltellare in mezzo alla strada, mandando in alto i piedi chiusi nelle scarpe rattoppate e girando su se stessa con una agilità che non ci si aspetterebbe da una donna della sua età. La guardo sbalordita, poi divertita, ammirata: in quel saltare disperato c'è una grande elegante dignità.

Faccio per dire qualcosa, ma lei è già sparita dietro un gruppo di gatti affamati, così metto la prima e avvio la macchina verso la Questura.

Mi dicono che Adele Sòfia non c'è, mi aspetta a casa mia. A casa mia? Torno indietro di corsa, lascio la Cinquecento sul lungotevere Alberteschi, di traverso, a metà sul marciapiede e corro in via Santa Cecilia.

Eccola, Adele Sòfia, sulla soglia della mia porta aperta, la macchinetta più luccicante che mai, i capelli grigi tutti schiacciati da una parte, una gonna nera che le fascia i fianchi larghi, una giacca ben tagliata con le tasche rigonfie di carte.

«Avete forzato la porta? ma perché?»

«Abbiamo saputo che ha ricevuto una cassetta da Glauco Elia e la volevamo subito, lei non c'era.»

«Come l'avete saputo?»

«Da Stefana Mario.»

«Ma se non c'era scritto sulla busta il nome di chi la mandava.»

«L'avrà indovinato. È vero o non è vero che lei ha ricevuto questa cassetta?»

Capisco che deve essere venuto lui, Elia, a portarla e certamente la Maimone l'ha riconosciuto. Forse è perfino possibile che lui abbia lasciato la busta con la cassetta in mano a Giovanni Mario, fidando nella sua distrazione.

«Sì, ero venuta proprio da lei per consegnargliela.»

«Allora me la dia, per favore.»

Gliela consegno. Lei la infila in un registratore portatile e prende ad ascoltarla andando su e giù per l'ingresso. Intanto squilla il telefono in camera da letto, vado a rispondere; è la voce lontana e affettuosa di Marco che mi annuncia il suo arrivo per domenica.

«Ho voglia di vederti, Michela, mi vieni a prendere all'aeroporto?»

«Hai ritrovato la testa?»

«È salda sul collo come prima.»

«Guarda che ti cercano, vogliono farti l'analisi del sangue.»

«Vengo anche per questo, non voglio che pensino che sono un assassino... Tu non lo pensi, Michela? tu mi credi vero?»

«Dimmi una cosa sola: di cosa parlavi per telefono con Carmelina-Sabrina dall'Angola?»

«Di niente; era lei che chiamava, per parlarmi di Angela che era stata ammazzata e di Nando che era disperato. In tutto mi avrà chiamato tre volte, prima che mi mettessi a girare, quando stavo fermo a Luanda... Il numero l'avevo dato ad Angela prima che morisse e lei l'aveva passato a Sabrina, ecco tutto.»

«A me non hai mai voluto darlo...»

«Non sarai mica gelosa di Sabrina!» dice ridendo e questa sua malandrinaggine mi rassicura: è un bugiardo, non un assassino.

Mentre lo saluto, vedo Adele Sòfia che se ne va con la cassetta facendomi un segno da lontano. Non ha capito chi stava all'altro capo del telefono, non ha ascoltato le mie parole, troppo presa dalla ambigua confessione di Glauco Elia. Meglio così, ma sono sicura che la vedrò all'aeroporto domenica.

Cinquantasette

La voce sonora di Adele Sòfia mi sveglia nel mezzo della notte. Accendo la luce, guardo l'orologio: sono appena le quattro.

«Si è sparato un colpo di fucile in bocca» sento che dice.

«Ma chi?»

«Glauco Elia.»

«Dove?»

«In un campo vicino a casa sua. Abbiamo già preso il sangue e l'abbiamo fatto analizzare in fretta: è quello... finalmente sappiamo chi ha ucciso Angela Bari.»

«E la cassetta?»

«La mettiamo agli atti. Poi, se vuole, quando tutto sarà a posto, gliela restituiremo, dopotutto le appartiene.»

«Sembrava sincero.»

«Il suo sangue lo è stato di più.»

«Quindi ha mentito sull'ultima parte della visita notturna... mi aveva quasi commossa con la sua richiesta di essere creduto... anche se credergli avrebbe significato dare la colpa a Marco...»

«Sembrerebbe uno che parla di un altro, uno sconosciuto che senza saperlo adopera le sue stesse mani... ci sono molte verità nella cassetta e molte omissioni... la voce è bella, suadente... sembra proprio che voglia proteggere, nonostante il giudizio negativo che ne dà, l'altro inquilino della mente, il fratello vampiro... Il movente, ma che termine brutto, lei ha ragione quando mi rabbuffa perché uso un linguaggio inerte e inespressivo, non dice così? be' il movente, ma chiamiamolo motore dell'aggressione, è poco chiaro; Gadda chiamerebbe la storia un "pasticciaccio brutto": rabbia, gelosia, orgoglio, pregiudizio, delirio, paura, viltà, desiderio, frustrazione sessuale, senso di colpa, puro furore achilleo, da eroe tradito, non so, probabilmente tutte queste cose messe insieme con l'ingordigia propria degli egocentrici genialoidi... un uomo di talento, comunque, ha visto le statue? stava preparando una mostra a Parigi... peccato!... Ah, lo sa che Cusumano ha rinunciato al programma in quaranta puntate sui crimini contro le donne? ai proprietari della radio non è piaciuto. In quanto a radio Vox Populi, tentenna... sembra che l'argomento metta paura... secondo me lei dovrebbe proprio farne un libro; se vuole le posso procurare altri documenti, venga a trovarmi, ne parliamo insieme...»

«Grazie.»

«E poi, con calma, lunedì, quando si sarà riposato del viaggio, mi porti il suo Marco, dobbiamo fargli un piccolo esame.»

«Ma se l'avete trovato, l'assassino!»

«È una pura formalità... Il Calò era a Roma quella sera, non ha un alibi credibile ed è possibile che sia andato a casa di Angela Bari la notte del delitto, subito prima o subito dopo... Si potrebbe ipotizzare un concorso in colpa... è un'idea del giudice Boni e sinceramente non gli si può dare torto...»

Sembra impossibile liberarsi di questo delitto, perfino dopo una più che plateale e chiarissima soluzione. Concorso in colpa? ma se non si conoscevano nemmeno Marco ed Elia? Lo so di sicuro? ne sono certa? la logica continua a chiedere sacrifici, ma fino a quando? la sfinge sembra sorridere sorniona.

La voce di Glauco Elia insiste nell'orecchio, amabile: «Lei deve credermi, Michela, io merito di essere creduto». La voce di Marco martella al telefono: «Tu devi credermi, Michela, devi credermi»... E nell'altro orecchio sento Ludovica che incalza: «Io ho bisogno che qualcuno mi creda, la prego di credermi, lei mi crede, vero?».